DIE HOCHZEIT AM GARDASEE

LILLY & LEO BAND 1

SUSAN DE WINTER

DIE HOCHZEIT AM GARDASEE

Lilly & Leo Band 1

Susan de Winter

Bibliografische Information der Deutschen Nationalbibliothek: Die Deutsche Nationalbibliothek verzeichnet diese Publikation in der Deutschen Nationalbibliografie; detaillierte bibliografische Daten sind im Internet über dnb.dnb.de abrufbar.

© 2025 Susan de Winter

Covergestaltung: Rauschgold Coverdesign

Bildcredits: Depositphoto.de / @ Ale-ks, Depositphoto.de / @ boerescul

Korrektorat: Textshine

Verlag: BoD · Books on Demand GmbH, Überseering 33, 22297 Hamburg, bod@bod.de.

Druck: Libri Plureos GmbH, Friedensallee 273, 22763 Hamburg

ISBN: 978-3-8192-9898-1

Erfahren Sie mehr über die Autorin, ihre Bücher und die exklusiven Reisetipps zu den einzelnen Romanen auf: www.susandewinter.de

 Formatiert mit Vellum

„*Wenn ich weiß, was Liebe ist, dann nur wegen dir.*"
Hermann Hesse

PROLOG

Hameln, Juni 2024

*E*s fühlte sich falsch an, diesen Brief zu lesen. So, als spähe man durch ein Schlüsselloch in ein fremdes Zimmer, in dem sich ein Liebespaar zurückgezogen hat. Und doch hatte sie nicht widerstehen können. Vielleicht hatte die Flasche Rotwein dazu beigetragen, das Kuvert an sich zu nehmen. Bestimmt aber die wenigen Sätze, die ihrer Großmutter ungewollt entwichen waren.

Sie hatten sich über Beziehungen unterhalten und wie schwer es heutzutage war, den richtigen Mann zu finden. Bella hatte sich beschwert, dass nur Idioten auf Tinder unterwegs waren. Und dass sie auch noch das Pech hatte, sich die schlimmsten von ihnen herauszupicken.

„Du hast doch noch Zeit, mein Liebes", hatte Oma Irmgard gesagt, wobei ihre Stimme etwas lallte. „Sieh dir deine Mutter an, sie hat die Liebe schließlich auch erst im zweiten Anlauf getroffen. Und dein Vater war doch nun wirklich ein Volltreffer. Ich habe ihn schon immer gemocht."

„Im zweiten Anlauf?", hatte Bella nachgehakt. „Was ist denn mit dem ersten Anlauf passiert?"

Ihre Großmutter war leicht zusammengezuckt und Bella hatte großzügig aus der Rotweinflasche nachgeschenkt.

„Ach, das ist alles schon so lange her."

„Na, dann kannst du es mir doch erst recht jetzt erzählen. Vielleicht würde es mich ja trösten", hatte Bella nachgebohrt.

Ihre Großmutter stieß einen langen Seufzer aus. „Na gut, aber du darfst deiner Mutter nicht erzählen, dass ich es dir gesagt habe."

„Ich schwöre." Bella erhob die Hand zum Schwur und Irmgard kicherte.

„Also, vor einer gefühlten Ewigkeit hat deine Mutter in Hannover einen Italiener kennengelernt und war irrsinnig verliebt in ihn. Sie hat ihn uns vorgestellt und träumte von einer Hochzeit mit ihm. Und dann ..." Sie verstummte einen Moment lang und hob die Schultern. „War von einem Augenblick zum anderen alles vorbei."

Bella runzelte die Stirn. „Okay, aber wieso? Es muss doch einen Grund gegeben haben."

Irmgard schüttelte den Kopf. „Die beiden waren an den Gardasee gefahren und deine Mutter kam frühzeitig allein zurück. Total verstört und unglücklich. Nun ja, zum Glück hat sie später Michael wiedergetroffen. Mit ihm war sie während ihrer Schulzeit schon einmal kurz zusammen gewesen. Und wenn du mich fragst, hätte sie es gleich bleiben sollen."

„Sie hat dir nie erzählt, was damals geschehen ist?"

Bella konnte sich nicht vorstellen, dass ihre Mutter niemals wieder darüber geredet hatte. Sie war ein offener Typ und nannte die Dinge gerne beim Namen.

„Nein, niemals", beharrte Irmgard und biss sich auf die Lippe. Eine leichte Röte überzog ihr Gesicht.

„Komm, Oma, du hast mir noch nicht alles erzählt." Bella war eine gute Beobachterin.

„Doch, habe ich." Irmgard tauchte ihre Nase ins Weinglas und hustete, weil sie so hastig getrunken hatte.

„Ich erzähle es auch nicht weiter."

„Lass uns von etwas anderem reden."

„Sobald du es mir erzählt hast."

Irmgard seufzte erneut, wohl wissend, dass ihre Enkelin niemals lockerlassen würde, bis sie ihr Ziel erreicht hatte.

„Er hat ihr noch mal geschrieben."

Bellas Augen leuchteten auf. „Wieso weißt du davon?"

Irmgard hüstelte. Ihre Gesichtsfarbe näherte sich dem Ton des Primitivos. „Dein Opa und ich hatten sie an dem Tag in ihrer Studentenbude besucht und ich habe die Post mit nach oben genommen. Als ich seinen Namen auf dem Kuvert las, habe ich den Brief verschwinden lassen."

„Oma! Das glaube ich jetzt nicht. Wie konntest du das tun? Und warum überhaupt?"

„Du hast geschworen, dass du es ihr nicht verrätst!"

„Ich weiß." Bella schnaubte entrüstet. „Und daran halte ich mich ja auch. Aber warum wolltest du nicht, dass sie den Brief bekam? Vielleicht hatten sie gestritten und er wollte sich entschuldigen."

Irmgard schloss kurz die Augen und nickte. „Genau das hatte ich ja befürchtet. Deine Mutter hatte Michael gerade wiedergetroffen. Die perfekte Partie. Ich wollte einfach nicht, dass dieser Italiener dazwischenfunkt."

Bella schüttelte den Kopf. „Unglaublich, Oma. Wo ist der Brief?"

Irmgard hatte ihn schließlich unter Protest herausgerückt. Und zu ihrer Ehrenrettung hinzugefügt, dass sie ihn nie gelesen habe. „Du gibst ihn auf keinen Fall deiner Mutter. Wirf ihn einfach weg und vergiss ihn."

„Mach ich, Oma."

Sie hatten die Flasche zusammen geleert und dann war Bella ins Gästezimmer gegangen, hatte sich aufs Bett fallen lassen und den Brief angesehen. Er war tatsächlich noch zugeklebt, ein hellblauer Luftpostumschlag, federleicht. Als Absender stand dort ein Leonardo Baldaletti. Und eine Postfachadresse in Chile.

Bella zog die Stirn kraus. Hatte ihre Oma nicht gesagt, der Typ sei vom Gardasee gewesen? Auf dem

Poststempel entzifferte sie das Jahr 1995. Ihr Geburtsjahr.

Sie zögerte, doch dann siegte die Neugierde und sie öffnete das Kuvert. Der Brief war kurz, in einer schönen, schwungvollen Handschrift verfasst.

Meine liebste Lilly,

bestimmt glaubst du, dass ich ein Mörder bin. Doch ich schwöre dir, ich bin unschuldig. Mir blieb an jenem schicksalhaften Tag auf dem Weingut keine andere Wahl, als zu fliehen. Ich wollte dich mitnehmen, doch die Zeit lief mir davon. Seitdem ist kein Tag vergangen, an dem ich nicht pausenlos an dich denke. Ich liebe dich mehr als mein Leben.

Bitte glaube mir, denn alles, was ich dir jemals gesagt habe, ist die Wahrheit. Bitte gib mir die Chance, dir alles zu erklären und dir meine Liebe zu beweisen. Ich flehe dich an, schreib mir an diese Postfachadresse zurück.

Leo

KAPITEL 1

Mallorca, Juni 2024

Die Schultern der Frau beben. Sie hat die Reling mit den Händen umfasst und blickt zum Hafen von Palma und zur angestrahlten Kathedrale zurück. Beides wird immer kleiner, während das Kreuzfahrtschiff dem offenen Meer entgegenfährt. Die ersten Passagiere wenden sich bereits wieder von ihren Aussichtspunkten ab, um eine der Bars anzusteuern. Doch die Frau bleibt wie angewurzelt an der Reling stehen und lässt die Insel Mallorca nicht aus den Augen.

„Bin gleich wieder da."

Ich lasse Connie an unserem Tisch zurück und schlendere zu der Frau hinüber. Etwas an ihrer Haltung lässt mich einfach nicht los. Sie wirkt so verzweifelt, dass ich Angst habe, sie stürzt sich gleich vor meinen Augen ins Meer.

„Wohin willst du denn?", höre ich Connie hinter mir fragen. Aber da bin ich schon bei der Frau angekommen und berühre sie am Arm, als sei ich rein zufällig gegen sie gestrauchelt.

„Entschuldigung! Ich bin gestolpert. Ich hoffe, ich habe Ihnen nicht wehgetan?"

Die Frau wendet sich um. Sie scheint um die siebzig zu sein, vielleicht auch schon achtzig. Das lässt sich schlecht sagen. Tränen sind ihre Wangen hinabgelaufen und haben ihre Wimperntusche verschmiert.

„Bitte? – Nein, ist nicht schlimm." Sie schnieft und wendet sich rasch wieder ab, damit ich ihre Tränen nicht sehe.

Ich bleibe neben ihr stehen und blicke zur Kathedrale zurück.

„Kann ich Ihnen vielleicht irgendwie helfen? Ich bin eine gute Zuhörerin."

Sie lacht kurz auf. „Mir kann niemand mehr helfen. Oder können Sie Tote zurückholen?"

Ich berühre sie vorsichtig an der Schulter. „Das kann ich leider nicht. Wen haben Sie denn verloren?"

„Meinen Werner. Wir haben immer davon geträumt, eine solche Schiffsreise mal zusammen zu unternehmen. Und nun bin ich alleine hier und vermisse ihn einfach nur ganz schrecklich."

Ich hole tief Luft und streiche ihr noch mal über die Schulter.

„Das tut mir leid. Ich kann Sie verstehen."

Sie wendet sich mir wieder zu und wischt sich die Tränen ab.

„Sie sind sehr freundlich, aber ich glaube kaum, dass Sie mich verstehen. Dafür sind Sie doch viel zu jung."

Ich versuche, einen leichteren Ton anzuschlagen. „Oh, so jung nun auch nicht mehr. Ich bin zweiundfünfzig."

Sie schnalzt missbilligend mit der Zunge. „Zweiundfünfzig ist blutjung, verglichen mit mir. Und außerdem gehen Sie locker für zweiundvierzig durch."

„Danke für die Blumen", antworte ich. „Und ich finde, es ist egal, wie alt man ist. Die Traurigkeit ist einfach da, wenn der Partner gestorben ist. Auch für mich ist es die erste größere Reise, seit mein Mann tot ist."

Nun habe ich ihre volle Aufmerksamkeit gewonnen. Sie zieht die Augenbrauen in die Höhe und mustert mich erstaunt. Dann schüttelt sie den Kopf. „Tut mir leid, ich sollte wohl nicht immer davon ausgehen, dass ich allein so viel Mist durchstehen muss."

Ich lächle. „Sollen wir uns etwas zu trinken holen und auf den Abschied von Mallorca anstoßen?"

Sie zögert einen Moment, dann lächelt sie zurück. „Das ist wirklich nett von Ihnen, aber vielleicht ein anderes Mal. Ich werde noch ein wenig übers Schiff spazieren und danach in meine Kabine gehen. Danke, dass Sie so aufmerksam waren. Das erlebt man selten heute. Ich bin übrigens Annette. Und ich freue mich schon, Sie bald wiederzutreffen."

Ich reiche ihr meine Hand. „Ich bin Lilly. Und den Drink holen wir nach, einverstanden?"

Sie nickt und wirkt schon wesentlich entspannter als vor ein paar Minuten. „Auf jeden Fall, noch einen schönen Abend, Lilly." Dann geht sie davon.

Als ich zu Connie zurückkehre, stehen zwei eisgekühlte Gin Tonic auf unserem Tisch und sie sieht mich schräg von der Seite an. „Was war das denn gerade? Musstest du mal wieder Mutter Teresa spielen?"

Ich verdrehe die Augen. „Nur ein bisschen. Du weißt doch, jeden Tag eine gute Tat."

„Darauf trinke ich." Sie hebt ihr Glas und stößt mit mir an.

„Morgen haben wir einen Seetag vor uns, bevor wir nach Barcelona kommen. Da war ich zuletzt in meinen Twenties. Gott, ist das lange her."

Ich war noch nie in Barcelona, denke ich. Michael liebte das Wandern und Skandinavien, also waren wir meistens nach Norwegen, Schweden oder Finnland gefahren. Mir war es mehr oder weniger egal gewesen. Manchmal war ich mit Isabella zu einer Mutter-Tochter-Tour losgezogen. Dann waren wir durch London, Paris oder Amsterdam spaziert, hatten uns die Sehenswürdigkeiten dort angeschaut und waren shoppen gegangen.

„Du lächelst, also denkst du bestimmt an Bella, stimmt's?"

Connie und ich waren zusammen auf dem Gymnasium gewesen. Freundinnen forever. Manchmal denke ich, sie kennt mich besser als ich mich selbst.

„Du hast recht. Sie ist dieses Wochenende bei

meinen Eltern in Hameln. Ich bin echt froh, dass sie hin und wieder nach den beiden sieht, während ich unterwegs bin."

Connie nickt. „Bella ist ein tolles Mädchen. Schade nur, dass sie keinen Freund hat."

Obwohl ich das eigentlich auch finde, habe ich sofort das Bedürfnis, sie zu verteidigen. „Meine Güte, sie hat doch noch endlos Zeit, einen zu finden. Sie ist schließlich erst neunundzwanzig."

Connie hebt beschwichtigend die Hände. „Ist ja schon gut, natürlich wird sie noch einen finden. Genauso wie du. Michael ist jetzt zwei Jahre tot. Niemand würde es dir verübeln, wenn du dir wieder jemanden suchst. Und so, wie du aussiehst, würdest du auch schnell einen finden, keine Sorge, meine Liebe."

Ich werfe ihr einen vernichtenden Blick zu. „Vergiss es, wir hatten das Thema schon. Und ich habe nach wie vor kein Interesse."

Einen Moment sehen wir uns schweigend in die Augen. Dann stößt Connie einen langen Seufzer aus und nimmt einen Schluck von ihrem Gin Tonic. Die Neigung, gerne schwierige Themen anzusprechen, hat sie leider niemals abgelegt. Nicht mal im Urlaub.

„Hast du ihr eigentlich mal von Leo erzählt? Jetzt, wo Michael tot ist, solltest du es endlich tun."

Ich starre sie entsetzt an. Unglaublich, dass sie das gerade wirklich gesagt hat. Connie ist zwar meine beste Freundin, aber irgendwo gibt es Grenzen. Sie kannte Leo und ich habe mir damals das Herz bei ihr ausgeschüttet, als ich aus Garda zurückkehrte. Doch die ganze Wahrheit habe ich ihr nie erzählt. Sie war einfach viel zu grauenhaft. Also darf ich ihr dieses Geplapper hier und ihren absurden Vorschlag vielleicht nicht allzu übel nehmen. Trotzdem muss ich Grenzen setzen. Jetzt und für alle Zeit.

Ich stelle mein Glas so heftig auf den Tisch ab, dass ein Teil der Flüssigkeit überschwappt. Dann hole ich tief Luft und sage in drohendem Tonfall: „Nein, Connie, ich habe es ihr nicht gesagt. Und du wirst es auch nicht tun. Du kennst Bella. Wenn sie es erfährt, wird sie Himmel und Hölle in Bewegung setzen, um alles herauszukriegen. Und das darf nie geschehen."

Denn es könnte sie womöglich in Lebensgefahr bringen, setze ich in Gedanken hinzu und sehe dabei offenbar so furchterregend aus, dass Connie die Augen aufreißt und schluckt.

„Okay, wenn du meinst. Von mir wird sie nichts erfahren, versprochen."

Ihre Stimme klingt verwundert und ein bisschen kleinlaut. Mein Herzschlag beruhigt sich wieder. Ich blicke hinaus in die samtschwarze Nacht und fröstele ein wenig, obwohl es eigentlich ganz warm ist. So, wie es sich für Spanien im Sommer gehört. Auf dem Pooldeck spielt eine Band und die Musik dringt leise zu uns hinüber. Ich sollte etwas Lustiges erzählen und noch zwei Drinks bestellen. Oder mit Connie tanzen gehen. Aber ich kann nicht. Seit langer Zeit ist er jetzt auf einmal wieder in meinem Kopf. In meinem Herzen. Leo, den ich mit aller Kraft versucht hatte, zu vergessen. Ich schließe kurz die Augen und erblicke ihn vor mir – so, wie ich ihn damals zum allerersten Mal gesehen habe, im Dezember 1993.

KAPITEL 2

H̃annover, Dezember 1993

Ich dachte, ich hätte schon einige außergewöhnliche Hotels gesehen, aber dieses hier schlägt die anderen definitiv aus dem Rennen. Das altehrwürdige Haus im Bahnhofsviertel von Hannover war kürzlich aufwendig renoviert worden und das Ergebnis kann sich sehen lassen. Dabei haben wir bis jetzt nur die Lobby betrachtet und einen Seminarraum, in dem wir nun schon seit mindestens zehn Minuten auf den Geschäftsführer warten. Er soll unseren Innenarchitekturkurs durchs Hotel führen.

„Wahrscheinlich hat er den Termin vergessen", schüttelt meine Kommilitonin Britta den Kopf und schaut zum wiederholten Male auf ihre Armbanduhr.

Da öffnet sich die Tür und ein dunkelhaariger

Mann in einer eleganten, dunkelgrauen Anzughose und einem blütenweißen Hemd betritt schwungvoll den Raum.

Ziemlich jung für einen Geschäftsführer dieser Nobelhütte, denke ich. Er breitet die Arme zur Seite aus und lächelt unsere Gruppe von rund zwanzig Studenten an. „Bitte entschuldigen Sie die Verspätung. Mein Name ist Leonardo Baldaletti und es kann jetzt sofort losgehen. Bitte folgen Sie mir!"

Hinter mir beginnt Inga zu kichern. „Das ist aber nicht der Geschäftsführer ...", flüstert sie kopfschüttelnd. „Ich war neulich mit meinen Eltern in diesem Hotel essen und da hat er unseren Tisch bedient. Er kommt aus Italien und macht hier so was wie ein Auslandsjahr."

Der arme Kerl, denke ich. Wahrscheinlich hat man ihm unsere Gruppe ungewollt aufs Auge gedrückt und jetzt schwitzt er Blut und Wasser, um die Führung irgendwie hinter sich zu bringen. Wir folgen ihm in die Lobby, wo Leonardo uns auf die baulichen Herausforderungen hinweist, die bei der Neugestaltung beachtet werden mussten.

„Die Besitzer hatten sich einen eleganten und modernen Stil vorgestellt, der aber trotzdem gemütlich auf die Gäste wirken sollte. Ich finde, die Designer haben diesen Wunsch hervorragend umgesetzt", sagt er, und in seinen Worten schwingt Begeisterung mit. Er spricht ein ausgezeichnetes Deutsch, nur ein leichter – und dabei höchst charmanter – Akzent deutet darauf hin, dass er aus Italien stammt. Leonardo weist uns auf die besonderen Lampen hin, die Farbtöne, die sich in den Vorhängen und Clubsesseln wiederfinden, und die indirekte Beleuchtung, die für eine warme Wohlfühlstimmung sorgt.

Es wundert mich, dass er kein bisschen nervös oder unbeholfen wirkt. Ich habe sogar das Gefühl, dass ihm die Führung Spaß macht. Wir folgen ihm durch die öffentlichen Räume, lassen uns das Spa und das Restaurant zeigen, staunen über die geschmackvollen Zimmer und Suiten und sind fast schon enttäuscht, als die Führung nach einer guten Stunde wieder in der Lobby endet. Unser Dozent, Herr Dellkamp, will sich gerade bei Leonardo bedanken, als dieser bescheiden abwinkt und uns alle in die Bar bittet.

„Unser Hotel möchte Sie gerne alle noch auf ein Getränk und ein kleines Flying Buffet bei uns einladen", verkündet er und erntet dafür ein wohliges Aufseufzen der gesamten Gruppe. Kaum haben wir die Bar betreten, drängeln sich alle an die Theke und schnappen sich die Mini-Sandwiches von den Tabletts, die uns von zwei Kellnerinnen präsentiert werden. Mir ist der Sturm aufs Essen und auf die Getränke ein bisschen peinlich. Es sieht aus, als seien wir vielmehr auf die Fressalien fixiert als auf die wunderbare Hotelführung. Ich werfe einen Blick auf Leonardo. Der Mann ist abgeschrieben. Er steht im Hintergrund des Raumes und scheint unschlüssig zu sein, ob er uns nun unserem Schicksal überlassen und weggehen kann oder ob er bis zum bitteren Ende bleiben soll.

Ich kann nicht anders, als ihn anzusprechen.

„Die Führung war super!"

„Äh, bitte?" Er scheint verwirrt. Doch dann überzieht ein strahlendes Lächeln sein Gesicht. Ich fühle mich ein wenig unbehaglich. Vielleicht hätte ich doch nicht so vorpreschen sollen.

„Dankeschön. Es ist so nett, dass Sie das sagen. Ich hatte – wie sagt man hier gleich? – etwas die Hosen voll, diese Führung zu machen. Schließlich sind Sie alle Experten, was das Interieur betrifft. Und ich habe so gut wie keine Ahnung davon."

„Das stimmt nicht", protestiere ich. „Bei Ihren Ausführungen hat man gemerkt, dass Sie sehr wohl ein gutes Gespür für stimmige Einrichtungen haben. Auf jeden Fall haben Sie sich hervorragend auf diese Führung vorbereitet."

Er lacht. Und das klingt so sympathisch, dass mir warm ums Herz wird.

„Leider konnte ich mich gar nicht auf diese Sache vorbereiten. Ich war gerade damit beschäftigt, eine neue Weinlieferung ins Regal einzuräumen, als der Chef kam und mich hierherschleppte. Unterwegs hat er mir dann verraten, dass Sie Architekturstudenten sind und ich Sie durchs Hotel führen soll. Mamma mia, mir blieb keine Wahl."

„Was?" Ich schüttele ungläubig den Kopf. „Dann sind Sie echt ein Naturtalent. Und Ihr Chef sollte mal über eine Gehaltserhöhung nachdenken."

Er blinzelt mir zu und ich muss schlucken. Flirtet er etwa gerade mit mir oder habe ich Halluzinationen?

„Okay, das mit der Gehaltserhöhung werde ich ausrichten. Von wem darf ich das bestellen? Ich kann ja schlecht sagen ‚eine unbekannte, bildhübsche Dame machte den Vorschlag' ..."

Ich spüre, dass mir heiß wird. Und ich kann den Blick nicht mehr von seinen Augen losreißen, in denen ein belustigtes Funkeln aufblitzt. Verdammt, was ist hier eigentlich los?

„Lilly", stoße ich hervor. „Mein Name ist Lilly Taub, aber das wird Ihrem Chef nichts sagen. Denn in so teuren Häusern wie diesem hier verkehre ich normalerweise nicht."

Wie rede ich eigentlich? Wie eine Tussi aus dem vorigen Jahrhundert, wird mir klar. *In so teuren Häusern verkehre ich nicht* ... Aber ihm scheint das zum Glück nicht aufgefallen zu sein. Obwohl er ein astreines Deutsch spricht, ist es schließlich nicht seine Muttersprache.

„Lilly ist ein wunderschöner Name", stellt er fest und schiebt noch ein langgezogenes „bella" hinterher. Meine Knie werden weich. Zum Glück weiß er nicht, dass ich eigentlich Lisbeth heiße. Nach der Lieblingstante meines Vaters. Ein fürchterlicher Name. Ich hasse ihn, seitdem ich fünf Jahre alt bin, und habe jeden eingenordet, dass ich gefälligst Lilly heißen will. Penetrante Lisbeth-Verfechter meide ich seit Jahren und so denkt jeder, dass ich tatsächlich Lilly heiße.

„Ich glaube, ich brauche etwas zu trinken", krächze ich. Mein Mund fühlt sich staubtrocken an.

Sofort kommt Bewegung in ihn. „Oh Gott, Verzeihung", ruft er. „Was bin ich bloß für ein schlechter Gastgeber. Und so jemand will Hotelier werden, mio dio! Was kann ich Ihnen denn bringen?"

„Ein Ginger Ale wäre toll." Alle meine Kommilitonen haben etwas Alkoholisches in den Händen, aber ich habe das Gefühl, ich sollte meine sieben Sinne lieber beisammenhalten.

Sekunden später kehrt er mit einem Tablett wohldrapierter Canapés und einem Ginger Ale zurück. Ich trinke erst mal einen großen Schluck und setze das Glas dann auf einem Beistelltisch ab. „Bitte", deutet er auf die kleinen Köstlichkeiten, die er mitgebracht hat, „Sie müssen etwas essen. Fast hätten Ihre Freunde alles weggefuttert. Ich konnte gerade noch den letzten Teller vor ihnen retten."

Beim Anblick der Blätterteigpasteten und Lachssandwiches läuft mir das Wasser im Munde zusammen. Außer einem Frühstück und einem Snickers zu Mittag hatte ich heute noch nichts zu mir genommen. „Danke", seufze ich glücklich und greife zu.

„Sie studieren ein tolles Fach", stellt er fest, während er aufmerksam beobachtet, wie ich mir schon den zweiten Happen in den Mund schiebe. Hoffentlich hält er mich nicht für einen Vielfraß, allein darauf aus, sich für lau den Magen vollzuschlagen.

„Interessieren Sie sich für Innenarchitektur?", nuschele ich und versuche dabei, mir unauffällig mit der Zunge ein Stückchen Lachs zwischen den Zähnen wegzuschieben. Ich hätte verflixt noch mal vor dem Hotelbesuch essen sollen.

„Absolut", entgegnet er und hält mir eine Serviette hin. „Ich finde es einfach faszinierend, wie man die Stimmung eines Raumes durch entsprechende Einrichtung und Dekoration verändern kann. Irgendwann werde ich einmal das Hotel meiner Eltern übernehmen, und ich mache mir jetzt schon Gedanken darüber, wie ich es umgestalten könnte, damit sich die Gäste noch wohler fühlen."

Als er von dem Hotel seiner Eltern spricht, leuchten seine Augen noch ein bisschen mehr. Er wird eines Tages seine Leidenschaft leben, denke ich und bin ein wenig neidisch. Mir war nach dem Abi gar nicht klar gewesen, was ich mit meinem Leben anfangen sollte.

„Wo befindet sich denn dieses Hotel?", frage ich. Nicht nur, weil es mich interessiert, sondern auch, weil ich mich unbedingt weiter mit Leonardo unterhalten will. Selbst wenn mich das Funkeln in seinen Augen ziemlich nervös macht.

„In Garda, am Ostufer des Gardasees", entgegnet er. „Sind Sie schon einmal dort gewesen?"

Ich schüttle den Kopf und widerstehe der Versuchung, ein drittes Sandwich zu nehmen. „Meine Eltern sind echte Mallorca-Fans. Wir sind jedes Jahr in den Sommerferien für zwei Wochen nach Malle geflogen. Auf der Insel bin ich fast zu Hause, aber von Italien kenne ich leider nur Rom von einem Städtetrip mit Freunden."

„Dann müssen Sie unbedingt mal zum Gardasee fahren."

Kommt es mir nur so vor, oder ist Leonardo noch ein Stückchen nähergerückt? Auf jeden Fall scheinen die hier die Heizung aufgedreht zu haben. Mir ist plötzlich total warm in meinem Fleecepullover. „Unser Lago ist wunderschön, Sie werden es dort lieben", schwärmt Leonardo und will gerade weiter ausholen, als hinter uns ein verlegenes Hüsteln ertönt.

„Ich will nicht stören, aber ich muss mich nun leider verabschieden und wollte mich noch einmal ganz herzlich bei Ihnen für die wunderbare Führung bedanken."

Herr Dellkamp hat schon seinen Mantel angezogen und streckt Leonardo seine Hand entgegen, während ich einen Schritt zur Seite trete. Ein Blick zur Bar lässt mich erkennen, dass der halbe Kurs bereits verschwunden ist. Nur einige Jungs lungern noch an der Theke herum und haben sich tatsächlich weitere Drinks bestellt. Unglaublich.

„Auf Wiedersehen, Lilly", wendet sich Dellkamp nun kurz an mich, bevor er dem Ausgang entgegenstrebt. Leonardos Blick ist ebenfalls zur Bar gewandert. „Scheint so, als sei die Veranstaltung hier gleich zu Ende." Nun schaut er mich wieder an und lächelt bedauernd. „Ich muss die Sache mit dem Wein noch zu Ende bringen."

Mist. Er will sich verabschieden. Meine Schultern sacken hinab. Mir war gar nicht klar gewesen, wie wohl ich mich in seiner Gegenwart fühle. Doch damit ist es gleich vorbei. Ich reiße mich zusammen und schlage einen unverbindlichen Tonfall an.

„Tja, dann werde ich jetzt auch gehen. Viel Glück mit Ihrem Hotel."

„Moment." Schnell fasst er meinen Arm, als wolle er verhindern, dass ich ihm davonrenne. „Ich würde mich gerne weiter mit Ihnen unterhalten, Lilly. Aber nicht hier an meinem Arbeitsplatz."

Ein seliges Glücksgefühl steigt in mir auf. Seine Hand liegt noch immer auf meinem Arm, als er fortfährt. „Ich würde so gerne mehr über Innenarchitektur erfahren. Vielleicht können Sie mir ein paar Tipps für unser Hotel geben. Und ich erzähle Ihnen etwas über den Gardasee."

Aha, es geht also nur um meine Expertise als angehende Innenarchitektin. Ich hatte auf etwas ganz anderes gehofft. Aber egal, ich werde die Chance, Leonardo näher kennenzulernen, auf jeden Fall nutzen. Auch wenn er nicht an mir interessiert ist, sondern nur an meinem Fachgebiet.

„Aber natürlich. Wie wäre es, wenn wir uns mal auf einen Kaffee irgendwo treffen?"

Ich hoffe, das klang jetzt nicht zu liebenswürdig und auch nicht zu unverbindlich. Er soll auf keinen Fall denken, ich hätte es in irgendeiner Weise auf ihn abgesehen. Ich will einfach nur als hilfsbereite Studentin herüberkommen, die ihm einen Gefallen tut.

Er strahlt, als er mein Angebot hört, und stemmt die Hände an seine Hüften. „Okay! Okay, das klingt super. Wie wäre es mit morgen Nachmittag? Da habe ich frei. Würde Ihnen das passen?"

Ich halte kurz die Luft an. So schnell? Damit habe ich nicht gerechnet. Aber wenn ich jetzt ablehne, wird vielleicht gar nichts daraus. Morgen Nachmittag habe ich einen Kurs an der Uni. Perspektivisches Zeichnen.

„Das ist ja ein Zufall. Morgen Nachmittag habe ich auch noch nichts vor", sage ich. „Wo wollen wir uns treffen?"

Er zuckt mit den Schultern. „Sie kennen sich bestimmt besser in Hannover aus als ich. Machen Sie einen Vorschlag."

Ich überlege kurz, aber die Gedanken wirbeln in meinem Kopf nur so durcheinander. Ich werde ihn morgen wiedersehen! Was ziehe ich an? Hat er eine Freundin? Ist er wirklich an Innenarchitektur interessiert? Und zwar ausschließlich?

„Wir könnten uns an der Kröpcke-Uhr treffen. Zentraler geht's nicht", sage ich schließlich, froh, dass mir überhaupt irgendwas Sinnvolles eingefallen ist. „Wissen Sie, wo das ist?"

Er schüttelt den Kopf und strahlt dabei. „Nein, aber kein Problem. Die Mädchen werden's mir erklären."

Die Mädchen? Meine Stimmung sinkt gleich mal wieder in den Keller. Aber dann deutet er mit dem Kopf zu den beiden Kellnerinnen hinüber, die gerade dabei sind, die leeren Teller meiner Kommilitonen einzusammeln. Ich fühle mich erleichtert.

„Na gut, dann bis morgen. Vielleicht um halb drei?"

„Perfetto." Er greift meine Hände und drückt sie. Beugt sich ein Stückchen zu mir hinunter. Meine Haut prickelt. Wird er mir jetzt etwa einen Kuss auf die Wange geben? Aber dann tritt er wieder einen Schritt zurück und beißt sich auf die Unterlippe. Oh Gott, das sieht so sexy aus, dass ich schnell den Blick abwenden muss. Was ist das bloß für ein verrückter Abend? Als ich mit achtzehn mit Michael Wagner zusammen war, der zwei Stufen über mir aufs Gymnasium ging, war ich in dessen Anbagger-Phase nicht halb so aufgeregt gewesen wie jetzt. Und außerdem ist dies vermutlich nicht mal eine Anbagger-Phase, sondern einfach nur ein unverbindliches Gespräch. Ach, zum Henker. Ich straffe die Schultern und zwinkere Leonardo einmal kurz zu.

„Ciao. Wir sehen uns morgen am Kröpcke."

„Er ist Italiener?"

Connies Stimme am Telefon klingt skeptisch. Doch dann beginnt sie zu kichern. „Gott, irgendwie verstehe ich dich. Ich war mal mit meinen Eltern an der Adria und erinnere mich noch genau an einen ganz bestimmten Kellner in unserem Hotel. Er konnte flirten wie ein Weltmeister und ich habe mich wie das schönste Mädchen des Universums gefühlt. Leider haben meine Eltern auf mich aufgepasst, als sei ich ein Dauergast im Gefängnis und zum ersten Mal auf Bewährung raus. Ich hatte gar keine Chance, den Typen näher kennenzulernen."

Ich verdrehe die Augen, denn natürlich kenne ich Connies Eltern und kann mir lebhaft vorstellen, wie sie meiner Freundin die Tour vermasselt haben.

„Wie sieht er denn aus, dieser Leonardo?", fragt sie. Es ist schon spät abends und wir liegen beide im Bett. Ich in meiner winzigen Studentenbude und sie in ihrer Mietwohnung in Hameln. Da ihr Abi nicht so glänzend war und sie ohnehin die Nase voll vom Lernen hatte, hatte sich Connie für eine kaufmännische Ausbildung entschieden. „Da kannste später mal alles mit machen", hatten ihre Eltern ihr geraten, die froh waren, dass ihre Tochter erst mal zu Hause blieb. Inzwischen war Connie fertig mit der Lehre, arbeitete in einer exquisiten Boutique in der Innenstadt und war heimlich in ihren viel älteren und verheirateten Chef verliebt.

„Er sieht toll aus", seufze ich und merke selbst, wie kitschig das klingt. Aber es fällt mir nun mal schwer, Connie zu beschreiben, wie hinreißend ich die Grübchen finde, die sich an seinen Wangen bilden, wenn er lächelt. Oder welche fatale Wirkung es auf mich hatte, als er sich bei seinem Rundgang im Hotel von Zeit zu Zeit durch sein dunkelbraunes Haar fuhr. Ich hatte allen Ernstes Lust verspürt, selbst einmal in sein Haar zu greifen. Ich war durchgeknallt. So etwas ist mir noch nie passiert.

„Das Problem ist nur, dass ich absolut nicht weiß, was ich morgen anziehen soll."

„Unbedingt ein Kleid oder einen Rock", entgegnet Connie.

Ich kann nicht glauben, was sie gesagt hat.

„Bist du irre? Wir haben Dezember und es ist saukalt draußen. Wahrscheinlich werden wir einen Spaziergang durch die Innenstadt unternehmen und ich friere mir wer weiß was ab."

Connie prustet leise. „Wenn es dir wirklich wichtig ist, musst du auch bereit sein, Opfer zu bringen. Überleg doch mal, was für Frauen er von Hause gewöhnt ist. Die haben doch alle ein super Figürchen und sind modisch voll auf Zack. Lichtjahre von unserem modischen Verständnis entfernt."

„Danke für die aufmunternden Worte", antworte ich dumpf.

„Ach Quatsch, du brauchst dich doch nun wirklich

nicht verstecken. Du hast Kleidergröße 36, schätze ich mal, und wunderschöne Beine. Zieh den engen schwarzen Rock an, den wir zuletzt zusammen gekauft haben, und dazu eine blickdichte Strumpfhose. Dazu könnte der lilafarbene Rollkragenpulli passen."

Auf die Zusammenstellung wäre ich nie gekommen. Aber Connie hat recht, das könnte gut zusammenpassen. Oder war es vielleicht übertrieben? Ich könnte ja auch mein ganz normales Uni-Outfit tragen. Jeans und Sweatshirt. Ich seufze.

„Danke, Connie. Ich denk drüber nach."

Sie gähnt. „Mach das. Ich muss jetzt leider schlafen, bin todmüde. Aber morgen Abend erwarte ich einen detaillierten Bericht über dein Rendezvous."

„Es ist kein ...", entgegne ich, doch da hat sie schon aufgelegt.

KAPITEL 3

Am nächsten Tag stehe ich in Rock und Mantel um Viertel nach zwei vor einem Geschäft in der Innenstadt. Durch die Spiegelung des Schaufensters habe ich die Kröpcke-Uhr perfekt im Blick und komme mir etwas bescheuert vor. Ob sich Detektive im Zuge einer Beschattung auch so fühlen? – Ein feiner und gleichzeitig eisiger Nieselregen legt sich auf meine frisch gewaschenen und sorgfältig geföhnten Haare. Ich friere jetzt schon.

Und was, wenn er gar nicht kommt? Er könnte es sich im Laufe des Tages anders überlegt haben. Oder sein Chef hatte außerplanmäßig eine Sonderaufgabe für ihn, die länger gedauert hat. Leonardo hat weder eine Telefonnummer von mir noch meine Adresse. Ich starre auf den Boden. Wir werden uns nie wiedersehen.

„Lilly?" Eine tiefe Stimme mit einem federleichten Akzent lässt mich herumfahren. Und da steht er, diesmal in Jeans und einem schwarzen Rollkragenpulli, darüber einen grauen Kurzmantel. Nichts Besonderes, und doch wiederum wie aus einem Prospekt für italienische Herrenmode.

„Habe ich doch richtig gesehen! Ich hatte schon Angst, du würdest nicht kommen. Und ich Idiot habe gestern nicht mal nach deiner Telefonnummer gefragt ...“

Ich lächle ihn an. Und auf einmal ist mir gar nicht mehr so kalt. Zum Glück hat er dieses blöde *Sie* zu den Akten gelegt.

„Hallo Leonardo! Also hast du die Kröpcke-Uhr ja doch schnell gefunden.“

„Natürlich.“ Er zwinkert mir zu. „Das war ja nicht allzu schwer. Ich wünschte nur, das Wetter würde es etwas besser mit uns meinen. Nichts gegen Hannover, aber wettermäßig kann es mit meiner Heimat nicht mithalten.“ Er schlägt den Kragen seines Mantels hoch und schüttelt sich etwas. „Ich hasse diese nasse Kälte.“

Er blickt an mir herab und seufzt kurz. „Du siehst wunderschön in diesem Rock aus, aber du musst doch fürchterlich frieren, oder nicht?“

War das jetzt eine nette Floskel oder meint er seinen letzten Satz wirklich so, wie er ihn gesagt hat? Er findet mich schön? Bevor ich mir weitere Gedanken darüber machen kann, nimmt er meine Hand und nickt.

„Habe ich mir doch gedacht. Eiskalt.“

Jetzt nimmt er meine andere Hand dazu und legt seine Hände darum. Dann beugt er sich hinab und haucht seinen warmen Atem auf meine klammen Finger.

„Besser?“

Ich nicke. Von mir aus könnte er die ganze Zeit so weiterhauchen. Es fühlt sich einfach so gut an, wie er meine Hände hält. Aber schließlich können wir nicht ewig hier stehenbleiben. „Wir könnten irgendwo ins Warme gehen und etwas trinken", schlage ich vor.

„Das machen wir. Und am besten sofort. Hast du eine Idee, wohin?"

Nichts geht über eine gute Vorbereitung. Über diese Frage hatte ich mir schon den ganzen Vormittag Gedanken gemacht, deswegen kann ich nun weltgewandt und lässig antworten.

„Lass uns doch ins Teestübchen gehen. Kennst du das?"

Er schüttelt den Kopf und hält meine Hände weiterhin fest umschlossen. Ich schlucke. Es fällt mir schwer, mich auf unser Gespräch zu konzentrieren, denn wenn ich ihm in die Augen blicke, scheint mein Kopf wie leergefegt zu sein. Ich muss mich unbedingt besser fokussieren. „Äh, also es ist wirklich nett dort. Das Café liegt an einem der schönsten Plätze der Stadt und es ist ein bisschen so, als tauche man in eine andere Zeit ein."

„Das klingt wunderschön. Und ich hoffe, die haben auch eine Heizung. Also, worauf warten wir?"

Wir gehen durch die Fußgängerzone, die jetzt – ein paar Tage vor Weihnachten – mit beleuchteten Holzhütten glänzt, die Glühwein, Punsch und Kunsthandwerk anbieten. Bald haben wir einen der schönsten Plätze der Stadt erreicht, den Ballhofplatz. Eine Lichterkette leuchtet an der Außenfassade der Teestube, die im Herbst immer mit wunderschönen Weinranken bedeckt ist. Als wir eintreten, liegt ein feiner Duft von wohlriechendem Tee in der Luft. Kleine Lämpchen über den Tischen beleuchten den dämmrigen Raum, der mit einem Sammelsurium von Fundstücken aus historischen Gebäuden eingerichtet ist. Die kunstvoll geschmiedeten Gitter und Säulen zählten einst zum Treppenaufgang der ehemaligen königlichen Eisenbahndirektion am Thielenplatz. Die dunklen Holzvertäfelungen an den Wänden stammen aus dem Direktorenzimmer der Landschaftlichen Brandkasse am Aegi. Und der neugotische Eichenschrank hinter der Theke gehörte vor langer Zeit in Wilhelm Eichhorns Colonialwarenhandlung.

Leonardo stößt einen leisen Pfiff aus und sieht sich um. „Das ist wirklich mal etwas Besonderes."

Ich freue mich, dass es ihm hier gefällt, denn ich liebe es, in diesem Café zu sitzen und die entspannte Atmosphäre zu genießen. Irgendwie wäre es ziemlich doof gewesen, wenn er die Teestube nicht mögen würde.

Bevor er sich seines Mantels entledigt, nimmt er mir meinen ab und hängt ihn sorgfältig an der Garderobe auf. Fast wäre ich ihm zuvorgekommen, denn solche Etikette bin ich ehrlicherweise nicht gewohnt.

Weil mir nichts Gescheites einfällt, womit ich das Gespräch beginnen kann, greife ich zur Karte und studiere die angebotenen Teesorten. Überflüssigerweise, denn eigentlich weiß ich sowieso schon, welchen ich nehme. Einen Darjeeling namens Margret's Hope.

„Den nehme ich auch", sagt Leonardo, als die Bedienung kommt, um die Bestellung aufzunehmen.

„Ich vertraue auf deinen guten Geschmack", sagt er und blinzelt mir zu. „Als Italiener bin ich eher der Espresso-Typ. Klar, damit erfülle ich natürlich jedes Klischee. Aber was soll's?"

„Espresso gibt's hier aber auch", beeile ich mich, zu sagen. Bin ich hier angestellt? Das hat er doch garantiert schon selbst in der Karte gelesen. Ich frage mich, warum ich mich so tölpelhaft anstelle, anstatt charmant zu plaudern oder wenigstens etwas Scharfsinniges von mir zu geben.

Er schüttelt lächelnd den Kopf. „Tee ist perfekt."

„Darf es sonst noch etwas sein?", fragte die Bedienung, ein zierliches Geschöpf mit Mandelaugen und langen schwarzen Haaren. „Ich kann unseren selbst gebackenen Kuchen empfehlen."

Wir bestellen beide ein Stück Apfelkuchen und sie kehrt hinter die Theke zurück. Während ich ihr hinterherblicke, fällt mir wieder ein, was Connie gestern Abend zu mir sagte. Über die Italienerinnen mit dem Super-Figürchen und dem exzellenten Modegeschmack. Im gleichen Moment komme ich mir zu groß, zu dick, zu provinzmäßig vor.

„Du studierst also in Hannover, Lilly. Bist du auch hier geboren?"

Aha, wahrscheinlich hat er gerade genau dasselbe wie ich gedacht. Dass ich aus der Provinz komme. Unglücklich sehe ich ihn an. „Nein, ich stamme aus Hameln. Das ist hier ganz in der Nähe."

„Die Rattenfängerstadt?"

Seine Augen leuchten auf. War ja klar, dass er es kennt. Jetzt sieht er vermutlich große, fette Ratten vor seinem inneren Auge und wird dieses Bild nie wieder los. Er wird es jedes Mal mit mir assoziieren.

Ich nicke bedrückt. „Genau. Die berühmte Rattenfängerstadt."

„Die Sage davon ist sogar bei uns in Italien bekannt." Er klingt total begeistert, während meine Miene gefriert. „Vielleicht kannst du mir deine Heimatstadt mal zeigen. Ich würde sie wirklich gerne kennenlernen."

„Ja, natürlich." Er meint es nett, aber ob er sich in ein paar Tagen noch an seinen Vorschlag erinnert? Das Mädchen vom Teestübchen kommt zurück und ich wundere mich. So schnell bin ich hier nie zuvor bedient worden. Ihr Blick klebt förmlich an meinem Begleiter und ich finde sie auf der Stelle unsympathisch. Mit einem nervigen Dauergrinsen drapiert sie auffällig langsam Teekännchen, Tasse und Kuchenteller vor Leonardo. Dann knallt sie mir meine Bestellung auf den Tisch, ohne mich eines Blickes zu würdigen.

„Das sieht wunderbar aus", seufzt Leonardo, als sie weg ist. „Ich hoffe, dir wird schnell wieder warm, wenn du den Tee trinkst. Nicht, dass du dich noch erkältest."

In seiner Gegenwart ist mir längst so warm wie unter einer flauschigen Kuscheldecke, aber das werde ich ihm natürlich nicht auf die Nase binden. Er greift zum Teekännchen und gießt mir ein. Jedes Mal, wenn er mir in die Augen blickt, lächelt er ein wenig. Ich finde das ebenso schön wie irritierend. Ob er das bei allen Mädchen so macht? Weiß er überhaupt, welch hypnotisierende Wirkung das hat?

Gerade bemerke ich, dass ich unwillkürlich jedes Mal zurücklächele. Wirklich, ich bin sonst nie so!

„Also, Lilly, ich habe dir ja gestern schon erzählt, wie faszinierend ich deinen zukünftigen Beruf finde. Vielleicht kannst du mir ein wenig mehr darüber erzählen. Was hat dich dazu gebracht, Innenarchitektur zu studieren?"

Er lehnt sich zurück, trinkt einen Schluck von seinem Tee und sieht mich an, als erwarte er eine abendfüllende Geschichte. Ich zucke die Schultern und fühle eine leichte Panik in mir aufsteigen. Womit fange ich an? Ich kann ihm unmöglich erzählen, dass ich noch im Abitur überhaupt nicht gewusst habe, was ich mit meinem Leben anfangen soll. Dass ich ja schließlich irgendetwas machen musste. Meine Eltern hätten es nie und nimmer akzeptiert, wenn ich erst mal nur herumgegammelt und auf eine Eingebung gewartet hätte. Also war meine Wahl auf die Innenarchitektur gefallen. So hatte ich die Geschichte schon öfters erzählt.

Aber war es wirklich so gewesen?

Bilder steigen in mir auf. Ich als Vierzehnjährige, wie ich die Zeit nutze, als meine Eltern mal nicht da waren, und mein Zimmer komplett ausräume. Anschließend tünchte ich die Wände und meinen Kleiderschrank in Vanillegelb, dekorierte alles um und überredete meine Tante, mit mir zu Ikea zu fahren, um dort passende Utensilien für mein neues Zimmer zu kaufen.

Oder das Hotel in Cala Ratjada, das so hässlich eingerichtet war, dass selbst mein Vater den Kopf geschüttelt und etwas von Geschmacksverirrung vor sich hingemurmelt hatte. Anstatt am Strand in der Sonne zu braten, war ich mit Stift und Zeichenblock durch die öffentlichen Räume spaziert und hatte aufgemalt, wie man sie schöner gestalten könnte. Am Ende unseres Urlaubs hatte ich dem verblüfften Hotelier meinen Block in die Hände gedrückt und mich mit einem vielsagenden Nicken verabschiedet. Zwei Jahre später besuchte ich das Hotel aus reiner Neugier erneut. Wir waren damals ganz woanders untergebracht, aber ich wollte einfach wissen, ob das Haus in Cala Ratjada immer noch so scheußlich wirkte. Bei meinem Besuch traute ich meinen Augen nicht. Es war tatsächlich renoviert worden. Und vieles sah so aus, wie ich es zwei Jahre zuvor gezeichnet hatte.

„Ich konnte schon als Kind sehen, was ein Raum alles sein kann", höre ich mich sagen. Leonardo nickt. Weiter, scheint sein Blick zu sagen. Erzähl mir mehr.

Und so erzähle ich mehr. Wie elektrisierend es sich anfühlt, wenn ich einen leeren Raum betrete und mir vorstelle, was alles möglich ist. Wie wichtig ich es finde, die richtigen Farben zu verwenden. „Farben können Erinnerungen wecken", sage ich und denke dabei an mein Zimmer im Haus meiner Großeltern. Dort waren die Wände in himmelblau gestrichen, vor dem Bett lag ein blau-gelb gestreifter Läufer und meine Lieblingsbettwäsche war blau-weiß-kariert gewesen. Jedes Mal, wenn ich mich abends in die Federn gekuschelt hatte, mit geschlossenen Augen den Duft der gestärkten Bettwäsche eingesogen hatte, war ich in Sekundenschnelle zur Ruhe gekommen. Mein ganzes System war wie von selbst heruntergefahren und ich war immer schnell in süßen Träumen versunken. Noch heute überkommt mich dieses heimelige Gefühl, wenn ich ein Zimmer betrete, das in Hellblau gehalten ist.

„Blautöne wirken beruhigend und sind daher gut für Schlafzimmer geeignet", fahre ich fort. „Orange kann die Kreativität fördern und Grün kann ein Gefühl des inneren Friedens hervorrufen."

„Ich liebe ein schönes Grün", unterbricht Leonardo mich. „Später, wenn ich mich um unser Hotel in Garda kümmere, möchte ich überall Grünpflanzen platzieren. Ich glaube, das könnte unsere Gäste dazu bringen, noch besser zu entspannen."

Ich nicke eifrig. „Dann musst du aufs Licht achten. Nicht nur, weil es die Pflanzen zum Leben brauchen. Das Herzstück eines Hauses ist die Helligkeit, die es bewohnt. Wenn es nicht genügend Fenster gibt, muss man für andere Lichtquellen sorgen, die Akzente setzen. Sie können eine behagliche Atmosphäre schaffen und uns inspirieren."

Leonardos Augen glänzen, während er an meinen Lippen hängt und sein Tee darüber kalt wird. Ich dagegen bin jetzt erst so richtig warm geworden. Die Anspannung ist von mir abgefallen und mein Herz schlägt schneller, als ich über Wohnkonzepte, Farben, Materialien und besondere Häuser sprechen kann. Ich denke keine weitere Sekunde darüber nach, ob mein Haar sitzt oder wie Leonardo die zierliche Bedienung findet. Es ist, als habe jemand einen Schalter umgelegt und alles, wofür ich mich in meinem tiefsten Inneren begeistere, plötzlich aus mir herausfließt. Von Zeit zu Zeit stellt Leonardo eine Zwischenfrage oder nickt mit gerunzelter Stirn. Er scheint ernsthaft gefesselt zu sein von all den Dingen, die ich in den vergangenen Jahren gelernt habe und die sich zusammen mit meinem eigenen Gespür zu meinem ganz persönlichen Credo entwickelt haben.

Ich glaube, ich habe nie zuvor mit jemandem so offen und lange über meinen zukünftigen Beruf gesprochen. Weder meine Eltern noch Connie sind besonders an den Einzelheiten interessiert und mit meinen Kommilitonen spreche ich eher über technische Details als über die Leidenschaft, die mich antreibt.

Leute kommen und gehen. Wir bestellen zwei frische Teekannen und als ich irgendwann auf die Uhr schaue, stelle ich überrascht fest, dass drei Stunden um sind. Blitzschnell. Aber wer weiß, ob die Zeit für ihn auch so rasend vergangen ist?

„Entschuldige, Leonardo. Jetzt habe ich nur über mich geredet. Und über Stoffe und Farben. Du musst dich zu Tode langweilen."

Er beugt sich vor und legt seine warme Hand auf meine. „Leo, meine Freunde nennen mich Leo. Und die Zeit in einem Café ist für mich noch nie so schnell vergangen wie hier mit dir. Ich könnte dir stundenlang weiter zuhören, Lilly. Ich habe in den letzten Stunden so viel gelernt. Und ich fühle mich so voller Inspiration und Energie – ich weiß gar nicht, wie ich dir danken soll."

Ich schlucke. Wärme durchflutet mein Inneres. *Meine Freunde nennen mich Leo.* Eigentlich hatte ich mich inzwischen ganz gut an Leonardo gewöhnt.

Früher hatte ich bei diesem Namen einen alten Mann mit langer Nase, wehendem weißen Haar und Rauschebart vor Augen. Leonardo da Vinci. Das berühmteste Universalgenie aller Zeiten. Nun sehe ich einen jungen Mann vor mir. Mit breiten Schultern und schmalen Hüften. Mit langen, dunklen Wimpern, für die jede zweite Frau morden würde, um sie zu besitzen. Mit kleinen Lachfältchen in den Augenwinkeln. Und einem so offenen Blick, dass man sich sicher sein kann, dass dieser Mensch niemals etwas Böses tun könnte. Obwohl man das natürlich nie wissen kann. Leonardo, der Löwenstarke, geht mir durch den Kopf. Ich fahre mir nervös mit den Händen durchs Haar.

„Okay, Leo. Ich bin wirklich froh, dass du bei meinen Monologen nicht eingeschlafen bist."

Er schüttelt vehement den Kopf. „Unsinn. Du solltest Dozentin werden, denn du kannst, was nur wenige können – andere Menschen mit der Kraft deiner Worte mitreißen. Andererseits ..." Er zögert einen Moment. „Nein, das wäre zu schade. Du musst dein Talent, deine Leidenschaft, deinen Sinn für das Außergewöhnliche leben. Du musst die Welt schöner machen durch deine Begabung."

Er meint es wirklich ernst, das lese ich in seinem Blick. Wir lächeln uns an.

„Wie wäre es, wenn wir noch eine Runde über den Weihnachtsmarkt gehen? Der Regen scheint aufgehört zu haben."

Leo blickt mich fragend an und ich nicke. Selbst wenn die Leine über die Ufer getreten wäre und hüfthoch vor dem Teestübchen stände, würde ich mich nicht davon abhalten lassen, mit ihm durch die Stadt zu spazieren. Er zieht eine Geldbörse hervor und winkt der Bedienung.

„Hälfte, Hälfte?", frage ich.

Er sieht mich an, als hätte ich ihn gefragt, woran das Tote Meer gestorben ist.

„Nein. Auf keinen Fall. Natürlich lade ich dich ein. Und ich hoffe, dass du mir noch einmal Gelegenheit dazu geben wirst."

An mir soll's nicht liegen, denke ich und versuche, ein Lächeln zu unterdrücken. Kaum bin ich aufgestanden, hält er auch schon meinen Mantel in den Händen und hilft mir hinein. Dann verlassen wir die dämmrige Wärme und den lieblichen Duft des Cafés und treten auf die Straße hinaus.

Draußen ist es längst dunkel, aber zahlreiche funkelnde Lichter leuchten von den Häusern und an den Buden, die jetzt von Menschentrauben umringt sind.

„Ich habe die deutsche Bratwurst zu schätzen gelernt. Hättest du Lust, eine zu essen? Oder lieber etwas anderes?"

Leo hat mich untergehakt und geht dicht neben mir. Er scheint unauffällig meine Beine zu betrachten und im Stillen danke ich Connie für ihren Tipp mit dem Rock und der Strumpfhose.

„Eine Currywurst wäre super", antworte ich. Ein paar Minuten später stehen wir vor einer dicht umlagerten Holzhütte, aus der uns der köstliche Geruch von gegrillten Würstchen entgegenweht. So sehr es mir auch gefallen hat, über Innenarchitektur zu reden, muss ich jetzt unbedingt noch ein paar Details über Leo herausfinden, bevor er womöglich im Nachtleben unserer Landesmetropole verschwindet.

„Wo wohnst du eigentlich in Hannover", platze ich wenig geschickt heraus.

Leo tunkt seine Wurst in den Senf und blickt auf. „In einem Zimmer im Hotel. Es ist ja nicht für ewig. Und ich will nicht allzu viel Geld ausgeben. Einen Monat habe ich nun schon herum. Und du? Wo wohnst du?"

„Ich habe eine winzige, möblierte Studentenbude in der List." Ich zucke die Achseln und lache ihn an. „Ich kann niemanden hineinlassen, weil mir sonst keiner glauben würde, dass ich Innenarchitektur studiere. Die Einrichtung ist furchtbar, aber ich muss leider alles so lassen, wie es ist."

Die kleinen Sprenkel in seiner Iris sprühen, als er mir in die Augen schaut. „Also eine echte Folter für dich, jedes Mal, wenn du deine Wohnung betrittst?"

„So ähnlich. Aber was soll's, ich bin froh, dass meine Eltern mir einen Zuschuss dafür geben und ich nicht bei ihnen wohnen und jeden Tag pendeln muss. Dafür jobbe ich im Sommer nebenbei in einem Biergarten, um etwas dazuzuverdienen."

Er zieht die Augenbrauen in die Höhe. „Als Bedienung? Das trifft sich gut, dann kann ich dich gleich an den Gardasee mitnehmen und dich in unserem Hotel beschäftigen. Und keine Sorge, ich kann dir jetzt schon sagen, dass du es lieben wirst."

„Hm, ich überlege es mir", sage ich in einem Ton, als würde ich ernsthaft darüber nachdenken.

„Du musst nicht nachdenken, tu es einfach", entgegnet Leo und wirft seine leere Pappe in den Müll. Ich kaue immer noch an meiner Currywurst und hoffe, dass ich mich nicht bekleckert habe. Aber offenbar ist es schon passiert, denn Leo hebt die Hand und wischt mir mit dem Zeigefinger einen Klecks Ketchup aus dem Mundwinkel. Ich halte kurz die Luft an, denn die Berührung entfacht ein Feuer in mir, das definitiv nichts mit dem Curryketchup zu tun hat.

„Scusa, du hattest da etwas", murmelt er leicht verlegen und streift mich dabei mit einem so zärtlichen Blick, dass meine Knie weich werden. Plötzlich habe ich überhaupt keinen Hunger mehr. Mein Magen ist komplett in Aufruhr und ich schaffe es leider nicht, den Blick von seinen Augen abzuwenden. Er beißt sich auf die Unterlippe und deutet auf die Currywurst. „Tu sie weg, wenn du sie nicht mehr magst. Wir können auch nach etwas anderem für dich gucken."

Ich reiße mich zusammen, nehme noch einen Bissen und werfe die restliche Wurst dann in den Müll. „Tut mir leid, ich weiß auch nicht, was mit mir los ist. Vielleicht habe ich zu viel Tee getrunken."

Dümmer geht es ja wohl nicht. Ich frage mich, wohin sich meine Redekunst verabschiedet hat, die ihn im Teestübchen noch so fasziniert hat. Nun sind wir nicht durch einen Tisch getrennt und in meiner Wahrnehmung scheint die Luft zwischen uns zu brennen. Wahrscheinlich trübt das meinen Sinn für charmantes Geplauder. Die Gefühle, die gerade mit mir durchgehen wie ein Rennpferd kurz vorm Ziel, scheinen mein Hirn komplett zu vernebeln. Ob es ihm auch so geht? Ich meine natürlich gefühlsmäßig. Oder hat er sich womöglich nur mit mir getroffen, um sich Tipps für die Einrichtung seines Hotels zu holen? Ich würde einfach zu gerne in seinen Kopf sehen, um das herauszufinden.

Erst mal gehen wir weiter und Leo steuert einen Glühweinstand an.

„Zum Abschluss noch ein kleines Getränk?"

Abschluss klingt in meinen Ohren überhaupt nicht gut, aber ein Getränk zögert ihn definitiv hinaus, also nicke ich und halte kurze Zeit später einen dampfenden Becher in den Händen, der nach Orange, Zimt und Nelken duftet.

„Was machst du Weihnachten, fährst du heim zu deinen Eltern?", frage ich und puste in den Glühwein. Ein Schatten gleitet über sein Gesicht. „Nein, leider nicht. Ich bin ja erst seit gut einem Monat hier und außerdem muss ich Weihnachten arbeiten. Es ist das erste Weihnachten, das ich nicht bei meiner Familie verbringe."

Er klingt traurig, doch als er meinen Blick bemerkt, schlägt er schnell einen fröhlichen Tonfall an. „Bestimmt habe ich so viel zu tun, dass ich gar nicht dazu komme, mich einsam zu fühlen. Das Hotel ist an den Feiertagen nämlich ausgebucht. Und was machst du an Weihnachten, Lilly?"

„Ich feiere in Hameln bei meinen Eltern." Am liebsten würde ich ihn mitnehmen. Die Vorstellung, dass Leo nach Feierabend allein in seinem Zimmer im Hotel hockt, gefällt mir gar nicht. Allerdings kann ich natürlich nichts daran ändern, dass er arbeiten muss.

„Und Silvester? Bist du zu einer Party eingeladen?"

Ich stelle meinen Becher ab und denke an die Fete in Hameln, zu der Connie und ich eigentlich gehen wollen. Jede Menge Leute aus unserer ehemaligen Stufe haben schon zugesagt und ich hatte mich eigentlich auf die Party gefreut. Bis jetzt.

Anstatt ihm zu antworten, reagiere ich mit einer Gegenfrage. „Was machst du denn an Silvester, musst du da auch arbeiten?"

Er schüttelt den Kopf. „Silvester habe ich frei."

Kurz überlege ich, ob ich ihm anbieten soll, mich zu der Party zu begleiten. Er würde dort niemanden außer mir kennen. Und er wäre den ganzen Abend der penetranten Neugierde von Connie ausgesetzt. Vermutlich hätte ich ihn nicht für eine Minute für mich alleine.

„Also bis jetzt habe ich noch nichts vor", lüge ich.

„Wirklich?" Jetzt strahlt er richtig und mein Herz vollführt schon wieder einen Trommelwirbel. „Dann hätte ich eine Idee. Hast du eine Küche in deiner Studentenbude?"

„Natürlich. Also, zumindest einen Herd mit Backofen."

Ich denke an die klapprige Küchenzeile in meinem Mini-Appartement. Bisher habe ich höchstens Spaghetti, Spiegeleier, Dosensuppe oder Fertigpizza gekocht. Wobei man von Kochen vermutlich nicht reden sollte.

„Okay, das reicht mir. Was hältst du davon, wenn ich an Silvester für uns koche? Ein richtig feines Menü, natürlich italienisch."

Er sieht mich mit einer solchen Intensität an, dass ich das Essen am liebsten schon vorverlegen würde. Doch dann verändert sich sein Gesichtsausdruck und das Lächeln verschwindet. „Natürlich nur, wenn du wirklich nichts anderes vorhast. Ich meine …", er hält kurz inne, „schließlich kennen wir uns ja noch nicht lange."

„Ich könnte mir nichts Schöneres vorstellen, Leo." Und das meine ich genauso, wie ich es gesagt habe.

Nachdem unsere Verabredung steht, bummeln wir gemeinsam zum Bahnhof, wo mein Fahrrad auf mich wartet. Je näher wir unserem Ziel kommen, umso langsamer gehen wir. Fast scheint es mir, als würde er den Abschied genauso gerne herauszögern wie ich. Aber dann ist es so weit, denn noch behäbiger kann vermutlich nicht mal eine Schildkröte laufen.

Ich schreibe ihm meine Adresse auf und wir verabschieden uns. Kurz bevor ich mit dem Fahrrad um die Ecke biege, schaue ich mich noch mal um. Leo steht noch immer da, wo ich ihn verlassen habe, und sieht mir nach. Er hebt den Arm und winkt. Es beginnt zu regnen. Aber das ist mir egal. Sowas von egal.

KAPITEL 4

„Die Gans ist dir wirklich hervorragend gelungen, mein Schatz."

Mein Vater, der sich ein zweites Stück Fleisch auf seinen Teller gelegt hat, nickt meiner Mutter anerkennend zu. Oma Martha, mein kleiner Bruder Basti und ich fallen noch kauend in den Lobgesang ein und meine Mama, die den ganzen Tag mehr oder weniger in der Küche verbracht hat, blickt uns glücklich an.

„Wirklich? Dann haut ordentlich rein. Freut mich, dass es euch schmeckt."

Heiligabend zu Hause findet alljährlich nach einem genauen Ablaufplan statt. Zuerst gibt es für jeden ein Glas Sekt unter dem Weihnachtsbaum. Dann werden die Geschenke ausgepackt und schließlich kredenzt uns Mama ein üppiges Drei-Gänge-Menü, auf das ich mich schon die ganze Adventszeit über freue. Nichts gegen das Essen in Hannover, aber mit den Kochkünsten meiner Mutter kann die Mensa-Küche nicht im Entferntesten mithalten.

„Mhm, der Rotkohl schmeckt auch ganz ausgezeichnet", lobt Oma Martha und wirft anschließend einen kritischen Blick auf meinen Teller. „Du solltest noch nachnehmen, Kind. Ich finde, du bist viel zu dünn."

Das finde ich zwar ganz und gar nicht, aber beim Rotkohl greife ich trotzdem noch mal zu. Oma nickt zufrieden und meine Gedanken wandern – nicht zum ersten Mal an diesem Abend – zu Leo. Ich frage mich, ob er gerade im Restaurant mit auftragen muss oder an der Rezeption arbeitet. Bestimmt ist er traurig, weil er nicht bei seiner Familie sein kann. Ob er auch mal an mich denkt?

Bevor ich gestern nach Hause fuhr, habe ich einen Abstecher zu seinem Hotel gemacht und einen Umschlag an der Rezeption für ihn abgegeben. Zum Glück war er selbst nicht zugegen, als ich der Mitarbeiterin mein Geschenk für ihn aushändigte und sie bat, ihm den Brief erst am Abend des 24. Dezembers zu übergeben. Ich hoffe, sie hat sich dran gehalten. Und ich frage mich, ob Leo ihn inzwischen bekommen hat.

Nachdem wir uns vor ein paar Tagen am Bahnhof getrennt hatten, dachte ich fast ununterbrochen darüber nach, womit ich ihm zu Weihnachten eine Freude machen konnte. Es durfte nicht zu teuer und nicht zu billig sein. Nicht zu plump und auch nicht zu überkandidelt. Gar nicht so einfach, denn schließlich kenne ich ihn ja kaum. Irgendwann kam mir die Idee mit den Konzerttickets. Musik mag jeder, oder nicht?

Und ein Konzert war eine super Gelegenheit, etwas zusammen zu unternehmen. Natürlich hatte ich keine Ahnung, auf welche Musik Leo stand, aber als ich dann im Veranstaltungsbüro von Hannover anrief und erfuhr, dass Eros Ramazzotti im Februar ein Konzert bei uns gibt, war die Sache geritzt. Ich kaufte zwei Karten und tat eine davon zusammen mit einer hübschen Weihnachtskarte in den Umschlag.

„Erde an Lilly, bitte kommen."

Verwirrt schaue ich auf und bemerke, dass alle mich anstarren. „Hey, ich habe dich jetzt dreimal gefragt, ob du mir mal die Kartoffeln rüberreichst. Wo bist du denn gerade mit deinen Gedanken?" Basti schüttelt den Kopf und grinst. Verlegen gebe ich ihm die Schüssel hinüber und murmele etwas von „Sorry, hier sind sie ja."

„Ich kann mir schon denken, woran unsere Lilly die ganze Zeit denkt und dabei vor sich hinlächelt." Meine Mutter zwinkert mir zu und widmet sich wieder ihrer Gans, während die anderen alarmiert aufschauen.

„Ach ja? Woran denn?", will mein Vater wissen und das frage ich mich auch. Ich habe hier natürlich kein Wort über meine neue Bekanntschaft fallen lassen. Immerhin weiß ich ja noch gar nicht, was daraus wird. Dann durchfährt mich die Erkenntnis. Mama hat Connie getroffen und die hat geplaudert. Meine Mutter arbeitet bei Edeka und kennt daher Gott und die Welt. Vor allem auch sämtliche meiner Schulfreundinnen sowie deren Mütter. Wenn sie Connie zwischen irgendwelchen Regalen in ihre Fänge bekommen hat, kann es gut sein, dass meine Lieblingsfreundin Mamas Scotland-Yard-Qualitäten nicht gewachsen war.

„Ich weiß nicht, wovon sie redet", sage ich betont gleichmütig und zucke mit den Achseln. „Tatsächlich habe ich gerade an eine Sache aus meinem Studium gedacht."

Meine Oma zieht eine bekümmerte Miene. „Aber Lilly, doch nicht an Weihnachten. Du musst auch mal loslassen und dich von dem ganzen Stress erholen. Grübeleien bringen doch nichts."

Ich nicke ihr zu. „Da hast du recht, Oma."

Das Lächeln meiner Mutter wird noch eine Spur breiter.

Nach dem Essen räumen Basti und ich die Spülmaschine ein, während Mama Kaffee kocht. Pappsatt machen wir es uns danach mit dem Kaffee im Wohnzimmer gemütlich und reden über unsere Pläne für die Weihnachtsferien. Basti will mit ein paar Kumpels in den Harz fahren und die beschneiten Pisten ausprobieren. Oma freut sich aufs weihnachtliche Fernsehprogramm und meine Eltern sind fast jeden Tag mit irgendwelchen Bekannten verabredet.

„Wann musst du denn nach Hannover zurück?", fragt Oma Martha.

„Ich fahre übermorgen. Ich habe einfach total viel für die Uni zu tun", antworte ich.

Die Tasse meiner Mutter klirrt. Sie hustet, weil sie sich an dem heißen Kaffee verschluckt hat.

„Wie bitte? Ich denke, du gehst zu dieser Fete hier an Silvester?", fragt sie, nachdem sie sich gefangen hat.

Ich schüttle den Kopf. „Ich hatte es zwar erst

geplant, aber so wichtig ist das ja nicht. Ich bleibe Silvester in Hannover."

Mama sieht mich an, als sei ich ein Alien. „So ein Quatsch, Lilly. Ich finde, du solltest hingehen. Du verpasst eine Menge, wenn du es nicht tust." Dabei nickt sie mir so eindringlich zu, dass die anderen schon wieder aufhorchen.

Ich lache etwas gekünstelt. „Also, ich weiß nicht, was ich da verpassen soll. Es sind ein paar Leute aus meiner alten Stufe da, aber so wichtig sind die mir nicht. Und Connie treffe ich sowieso regelmäßig."

Meine Mutter holt tief Luft. „Ich weiß, dass Michael kommt." So wie sie es sagt, klingt es wie eine top-secret-Nachricht aus dem Pentagon. Ich verdrehe die Augen.

„Mama, wir sind nicht mehr zusammen. Also warum sollte es mich interessieren, dass er kommt? Und woher weißt du das überhaupt?"

„Ich habe seine Mutter bei Edeka getroffen. Sie hat es mir gleich erzählt. Und stell dir vor, sie hat mich auch gefragt, wie es dir geht. Und zuletzt meinte sie noch, dass sie dich immer sehr nett gefunden hat."

Mein Vater räuspert sich und greift demonstrativ zu seiner Tageszeitung. Basti und Oma betrachten mich mit süffisanter Miene.

„Interessant. Ich habe Frau Wagner höchstens zwei- oder dreimal gesehen, als ich mit Michael zusammen war. Und ich wüsste auch nicht, warum mich der Umstand, dass sie mich *ganz nett* findet, dazu bewegen sollte, hierzubleiben. Nichts gegen Michael, aber wir haben beide entschieden, dass es für uns keine gemeinsame Zukunft gibt. Und dabei bleibt es auch."

Ich kann Mamas Zähneknirschen bis zu meinem Platz hören. Sie war hin und weg, als ich in der Zwölften mit Michael Wagner zusammenkam, dem wohlgeratenen Sohn reicher Eltern. Unternehmer aus Hameln mit großem Haus, großen Autos und bestem Leumund. Mir war damals schon klar, dass sie im Geiste bereits die Hochzeitsglocken läuten hörte. Doch davon wollten weder Michael noch ich etwas hören. War ich überhaupt verliebt in ihn gewesen? Früher dachte ich das, immerhin sah er verdammt gut aus und es gab nicht wenige Mädchen, die für ihn schwärmten. Aber wenn ich heute so darüber nachdenke ... Natürlich fand ich es aufregend, mit ihm auszugehen, im Auto mit ihm herumzuknutschen. Und dann das berühmte *erste Mal*, das ich eher als Enttäuschung empfunden hatte. Aber hatte mein Herz wegen Michael jemals vor Aufregung so gepocht, wie an dem Nachmittag mit Leo in Hannover? Ich durchforste mein Hirn nach einer Erinnerung, aber mir fällt nichts ein.

Genauso unspektakulär wie unsere Beziehung war auch unsere Trennung verlaufen. Nach dem Abi bekam Michael durch irgendwelche Connections seines Vaters die Möglichkeit, in Südafrika Wirtschaft zu studieren. Da fanden wir es beide besser, nicht aufeinander zu warten, sondern lieber frei für neue Beziehungen zu sein. Ich hatte nie wieder von ihm gehört und ihm auch nicht nachgetrauert. Keine Ahnung, warum meine Mutter ihn nicht vergessen kann.

KAPITEL 5

*Z*wei Stunden. So lange brauchte ich nun schon, um mich zurechtzumachen. Wer mich kennt, weiß, was das bedeutet. Normalerweise bin ich in fünf Minuten fertig, wenn ich irgendwo hingehen möchte. Jeans und T-Shirt anziehen, in Turnschuhe schlüpfen, Haare bürsten, Kajal, Wimperntusche und Lipgloss auftragen – voilà. Heute jedoch verläuft die Vorbereitungsprozedur, als sei ich als Staatsgast ins Weiße Haus eingeladen. Es ist Silvester.

Ich habe mich schon fünfmal umgezogen und schaue mir gerade die Variante, zu der Connie mir wieder mal geraten hatte, kritisch im Spiegel an. Das mitternachtsblaue Samtkleid sitzt wie eine zweite Haut und lässt die Schultern frei. Die Sandalen sind leider nicht blau, sondern silbern, passen aber irgendwie trotzdem dazu. Meine langen Haare fallen nach stundenlangem Föhnen und einer halben Dose Haarspray in weichen Wellen über meinen Rücken. Die Wimpern können zwar trotz reichlich Tusche nicht mit denen von Leo mithalten, aber dank eines pudrigen Hellbrauns auf den Lidern strahlen meine Augen so blau wie sonst nie. Gar nicht so übel, finde ich.

Aber vielleicht ist es total übertrieben? Inzwischen ist es so spät, dass ich keine Zeit habe, mich nochmal umzuziehen. Leo wird jeden Moment vor der Tür stehen, falls er pünktlich ist.

Es klingelt. Mist, jetzt kann ich nicht mal mehr die Kerzen anzünden und die Musik anmachen. Das habe ich davon, dass ich so ewig gebraucht habe. Ich haste zur Tür und schüttle über mich selbst den Kopf, wie nervös ich bin. Es ist schließlich nur ein Abendessen, Herrgott noch mal. Noch einmal tief durchatmen, dann öffne ich die Tür und versuche, so relaxt auszusehen wie nach der Tiefenentspannung beim Yoga.

Leo lächelt mich an und ich spüre, wie mein Herz aufgeht.

Er trägt zwei riesige Einkaufstüten in den Händen und lässt seinen Blick an mir hinab und wieder hinaufwandern, um anschließend ein bewunderndes „Wow" zu hauchen. Ha, das war die zwei Stunden auf jeden Fall wert.

„Komm doch herein."

Ich trete einen Schritt zur Seite, damit er hereinkommen kann. Bestimmt wird er enttäuscht sein, wenn er gleich die Mini-Küchenzeile entdeckt. Aber Leo scheint die Wohnung komplett auszublenden. Ich habe das Gefühl, dass er den Blick nicht von mir abwenden kann und dass ihm die Worte fehlen.

„Hast du's gleich gefunden?"

„Bitte?" Verwirrt sieht er mich an.

„Ich meine die Wohnung."

„Ach so. Ja, das war kein Problem." Er atmet hörbar aus, so als habe er über längere Zeit die Luft angehalten. Dann wird ihm offenbar bewusst, dass er noch immer die Tüten trägt. Er stellt sie auf dem Fußboden ab und geht einen Schritt auf mich zu.

„Lilly."

Allein, wie er meinen Namen ausspricht – weich und mit einer besonderen Betonung – lässt mich dahinschmelzen.

„Ich habe mir genau überlegt, was ich zu dir sagen will. Und jetzt ist mein Kopf wie leergefegt. Dieses Kleid ... Und überhaupt, du bringst mich total durcheinander."

Er sieht so hilflos aus und ich kann nicht anders. Ich muss leise kichern.

„Mach dir nichts draus, Leo. Mir geht's gerade genauso. Vielleicht sollten wir einfach erst mal ein Gläschen trinken? Ich habe Prosecco kaltgestellt. Magst du den?"

Er nickt. Und verdreht die Augen. „Moment. Erst muss ich mich bei dir bedanken. Du hast mir ein Weihnachtsgeschenk gemacht. Ich war so überrascht und ich habe mich riesig gefreut. Aber du kommst doch wohl mit auf dieses Konzert, oder nicht?"

„Das ist der Plan." Ich triumphiere innerlich, dass ihm das Geschenk gefällt, und will mich gerade in Richtung Kühlschrank aufmachen, als er mir den Weg abschneidet und meine Hände nimmt.

„Danke, Lilly. Du hast dieses Weihnachten zu etwas

ganz Besonderem gemacht – obwohl ich arbeiten musste und fern von zu Hause war. Ich musste dauernd an dich denken. Und ..." Er hält kurz inne und sieht mir tief in die Augen. „Ich konnte die Zeit kaum abwarten, dich wiederzusehen."

Jetzt beugt er sich zu mir hinab, zieht mich ein wenig enger an sich und haucht mir einen Kuss auf die Wange. Er riecht frisch und benutzt ein Aftershave, das nach Holz, Zitrone und Amber duftet. Allein die kurze Berührung reicht aus, um mir eine Gänsehaut zu bescheren. Ich wünsche mir, er würde mich weiter so halten, aber der Moment ist viel zu schnell vorbei. Ich hole tief Luft und versuche, mir nicht anmerken zu lassen, wie sehr sein kurzer Kuss mich aufgewühlt hat.

„Ich habe dir auch etwas mitgebracht." Er räuspert sich und zieht eine kleine Schachtel aus der Manteltasche. „Bitteschön. Ich hoffe, es gefällt dir."

Ich nehme sein Geschenk entgegen und schüttle verlegen den Kopf. „Ach Leo, du hättest mir doch nichts mitbringen müssen."

„Und du hättest mir keine Konzertkarten schenken müssen. Jetzt mach schon auf."

Die Schachtel ist in goldenes Glanzpapier verpackt und von einer roten Schleife umgeben. Ich ziehe an der Schlaufe und bemerke, dass meine Hände zittern. Dieser Kerl macht mich einfach völlig nervös. Sekunden später hebe ich den Deckel von der Verpackung und erblicke zwei bildhübsche Ohrringe. Es sind silberne Ohrstecker mit jeweils einem hellblauen Stein in der Mitte, der von winzigen Zirkoniasteinen umgeben ist. Jedenfalls nehme ich an, dass es sich um

Zirkonia handelt, denn wer kann sich schon Diamanten leisten? Auf jeden Fall hat Leo meinen Geschmack genau getroffen und ich strahle ihn an.

„Dankeschön, Leo. Die sind wunderschön!"

Er lächelt und wirkt ein wenig erleichtert. „Auf jeden Fall passen sie gut zu deinem Kleid. Und zu deinen Augen."

„Ich werde sie gleich anlegen", beschließe ich und verschwinde kurz im Badezimmer. Als ich wieder herauskomme, hat Leo begonnen, die Einkaufstüten auszuräumen.

„Zufrieden?", frage ich und streiche meine Haare zurück, damit er die Ohrringe besser sieht.

„Bellissimo", sagt er leise.

Ich schlucke. Wie soll ich bloß diesen Abend überstehen, ohne aufdringlich zu wirken? Dabei ist im Moment wirklich alles, was ich mir wünsche, ein richtiger Kuss von ihm.

„Ach ja, der Prosecco", fällt mir ein. Ich hole die Flasche aus dem Kühlschrank und gieße uns zwei Gläser ein.

„Auf Silvester", stoße ich mit ihm an.

„Auf Silvester", antwortet er und blinzelt verschmitzt. Ich glaube, es gefällt ihm, dass ich seine Ohrringe trage.

„Was gibt es denn heute eigentlich zu essen?", frage ich, denn trotz aller Aufregung knurrt mir der Magen.

„Überraschung", antwortet Leo geheimnisvoll und deutet auf die verschiedenen Tuppertöpfchen, die auf meiner Anrichte stehen. „Der Vorteil, wenn man in einem Hotel arbeitet. Ich durfte die Küche benutzen und habe heute Morgen schon das meiste vorbereitet.“

„Wie bitte? Aber ich dachte, ich könnte dir helfen und wir kochen gemeinsam“, wende ich ein.

„Das kannst du auch. Die Hauptspeise bereiten wir hier gemeinsam zu. Aber wenn du magst, können wir schon mal mit der Vorspeise starten. Ich hoffe, ich habe sie wenigstens halb so gut hinbekommen wie meine Mama. Sie kann einfach göttlich kochen.“

Ich mache große Augen. „Und sie hat dich in ihre Kochkünste eingeweiht?“

Leo nickt. „Si, das hat sie. Aber vorsichtshalber habe ich sie gestern noch einmal angerufen und mich beraten lassen.“ Er zieht eine Augenbraue hoch und sieht mich bedeutungsvoll an. „Schließlich will ich mich heute nicht blamieren.“

„Okay, ich bin total gespannt. Leider habe ich nicht so wirklich viel Geschirr im Schrank. Reichen erst mal Abendbrotteller für die Vorspeise?“

„Absolut.“ Leo nimmt einen Schluck Prosecco und ich widme mich dem Küchentisch, den ich immerhin schon einmal mit Mamas guter Decke und einer Kerze dekoriert habe. Als der Tisch fertig gedeckt ist, fällt mir endlich die Musik wieder ein. Im Hinblick auf das Konzert im Februar habe ich mir die neue CD von Eros Ramazzotti gekauft und lasse sie laufen. So schlimm finde ich meine Studentenbude gar nicht mehr. Mit dem Kerzenlicht, Eros’ Musik und vor allem Leo in meiner Nähe wüsste ich gerade keinen Ort auf der Welt, wo ich lieber wäre.

Als Vorspeise gibt es Vitello tonnato und als ich

Leo erkläre, dass mir dieses Gericht noch nie so gut geschmeckt hat, wie heute, ist das keinesfalls gelogen.

„Deine Mutter ist also eine hervorragende Köchin. Und dein Vater? Er ist der Hotelier, oder wie kann ich mir das vorstellen?"

Ich nutze die Gelegenheit, endlich ein wenig mehr über Leo herauszufinden. Bis jetzt weiß ich schließlich nur, dass seine Familie ein Hotel in Garda besitzt.

Leo schmunzelt in sich hinein. „Stimmt, mein Vater ist der Hotelier. Aber das ist er nicht immer gewesen. Eigentlich war er ein Fischer, genau wie sein Vater und davor sein Großvater. Wir haben in Caorle an der Adria gelebt. Und ..." Er seufzt leise und lässt sein Besteck sinken. „Meine Familie war sehr arm, Lilly. Wahrscheinlich hätte sich daran auch nie etwas geändert, aber dann starb eine Tante meines Vaters, von der ich bis zu deren Tod noch nie etwas gehört hatte. Sie hatte keine Kinder und hinterließ uns ihr kleines Hotel am Gardasee."

„Was? Das ist ja unglaublich."

Er lächelt. „Ja, das war ein Riesenglücksfall für uns. Mein Vater verkaufte sein Boot und unser Haus und wir zogen nach Garda. Meine Schwester Maria und ich waren noch klein, aber wir haben von Anfang an mitgeholfen. Zum Glück hatte das Hotel eine treue Stammkundschaft – die meisten aus Deutschland – die jeden Sommer wiederkam. Das Hotel ist sehr schön gelegen, direkt am Wasser. Aber natürlich ist es inzwischen ziemlich in die Jahre gekommen und müsste dringend renoviert werden."

Vor meinem inneren Auge entfaltet sich eine pittoreske Villa an einem weißen Kiesstrand. Kleine, mit üppigem Blumenschmuck verzierte Balkone zeigen zum See hinaus. Ich sehe mich selbst, wie ich mit meinen Zeichnungen durch das Haus streife und mir Verbesserungsvorschläge einfallen lasse. Leo steht in der Lobby und blickt um sich. „Wie schön das alles geworden ist, Lilly. Du bist wirklich ein Genie."

„Hallo, Lilly? Was meinst du, soll ich den Wein jetzt aufmachen? Ich habe einen Chianti für die Hauptspeise mitgebracht. Er sollte noch etwas atmen."

Verwirrt schaue ich hoch. Ich hatte mich so in meinen Tagtraum fallen lassen, dass ich gar nicht mitbekommen habe, was Leo zuletzt erzählt hat.

„Äh, Wein? Natürlich. Warte. Ich hole die Gläser."

Leo entkorkt die Flasche und verlangt nach einem großen Topf, in dem er die Nudeln kochen kann. Als Hauptgericht gibt es nämlich *Pasta* alla *Mama* mit bestem Olivenöl, gehobelten Trüffeln und Parmesan. Mir läuft jetzt schon das Wasser im Munde zusammen.

Während wir mit der Zubereitung beginnen, nehme ich das Verhör wieder auf.

„Und dein Vater hat sich gleich so in die Rolle des Hoteliers eingefunden? Ich meine, das ist doch ein gewaltiger Unterschied zu seinem eigentlichen Beruf, oder?"

„Si, das ist ein Unterschied." Leo nimmt die Tortellini aus der Verpackung und lässt sie ins Wasser gleiten. „Mein Vater ist sehr stolz darauf, dass wir nun dieses Hotel besitzen, die Villa Marina. So hieß seine Tante, Marina. Er gibt sich größte Mühe, dass die Gäste sich wohlfühlen. Vor allem aber setzt er seine Hoffnungen auf mich, weil ich später mal das Hotel leiten soll. Seit ich klein bin, predigte er mir, dass ich in der Schule gut aufpassen soll, damit ich in der Hotelfachschule aufgenommen werde." Er zwinkert mir kurz zu. „Das hat zum Glück geklappt. Und weil ich den Teufel tun wollte, ihn zu enttäuschen, habe ich dort sogar als Jahrgangsbester abgeschlossen."

„Wow, das ist super, Leo. Dein Vater muss doch jetzt total stolz auf dich sein."

Bedächtig rührt Leo die Pasta im Topf um. Er zieht eine leichte Grimasse. „Das sollte gerade nicht angeberisch klingen, tut mir leid."

„Das hat es nicht", protestiere ich. Schließlich hat er ja nur die Fakten genannt.

„Nun ja, er ist tatsächlich sehr stolz. Wir haben uns darauf geeinigt, dass ich noch einige Jahre Erfahrungen in guten Hotels sammle, bevor ich unser Hotel übernehme. So kann ich wichtige Dinge lernen und außerdem Geld sparen. Ich lege jede Lira beiseite, um sie später ins Hotel zu investieren." Er lächelt mich an. „Außerdem habe ich so noch die Möglichkeit, durch die Welt zu reisen und etwas zu sehen. Ich liebe es, zu reisen."

Ich schenke uns schon mal den Wein ein und stelle mir dabei Leo als Hoteldirektor vor. Vermutlich werden ihm die Herzen sämtlicher weiblicher Gäste nur so zufliegen.

„Gibst du mir die Teller? Unsere Pasta ist fertig."

Ich sehe zu, wie Leo die Tortellini auf den Tellern drapiert, sie mit Olivenöl beträufelt und köstliche Trüffel darüber reibt. Er arbeitet ruhig und konzentriert. Die ganze Zeit umspielt ein leichtes Lächeln sein Gesicht.

„Bene. Wir können essen."

Eros singt *Cose della Vita*, als wir uns den herrlichsten Tortellini meines Lebens widmen. Ich stoße einen tiefen Seufzer aus. „Die sind himmlisch, Leo. Ich kann mir nicht vorstellen, dass sie bei deiner Mutter noch besser schmecken."

Er sieht auf. „Du hast noch nicht bei ihr gegessen. Aber das wird hoffentlich einmal geschehen."

In meinem Magen beginnt es zu prickeln. Ich soll bei seiner Mutter essen? Heißt das, er will mich mit zum Gardasee nehmen? Oder war das nur so dahergesagt? Ich beschließe, erst mal nicht weiter darauf einzugehen. Was passieren soll, passiert, sagt meine Oma immer. Ich hoffe, sie hat recht.

„Und was ist mit deiner Schwester, Maria, richtig? Ist sie älter oder jünger als du?"

Leos Augen strahlen. Ein sicheres Zeichen, dass er seine Schwester mag. Allem Anschein nach sogar sehr.

„Sie ist meine Zwillingsschwester. Als Kinder waren wir unzertrennlich. Erst als ich in die Hotelfachschule ging, haben wir uns ein wenig ... Wie sagt man? Verfremdet?"

Ich nicke. „So kann man es ausdrücken."

Leo spießt seine letzten Tortellini auf und und schiebt sie sich in den Mund. „Du wirst sie mögen, Lilly. Maria ist freundlich und witzig, immer zu irgendwelchen Scherzen aufgelegt. Aber sie ist auch sehr fleißig und kann gut mit den Hotelgästen umgehen.

Leider hat sie – was Männer betrifft – jedoch einen grottenschlechten Geschmack."

Seine Miene verdüstert sich und ich muss innerlich schmunzeln. Das ist doch typisch für einen Bruder mit Beschützerinstinkt, kein Mann ist gut genug für das Schwesterchen. Offenbar kann Leo meine Gedanken lesen.

„Ich weiß, was du jetzt denkst", sagt er mir auf den Kopf zu, „aber so ist es nicht. Ich habe überhaupt nichts dagegen, dass Maria einen Freund hat. Aber musste sie ausgerechnet auf diesen Typen aus Verona hereinfallen?"

Auf Leos Stirn hat sich eine steile Falte gebildet. Er sieht jetzt richtig finster aus und ich frage mich, was dieser ominöse Freund getan hat, um sich Leos Unwillen einzuhandeln. Im nächsten Moment erfahre ich es.

„Er heißt Toni und ist so ein Frauentyp. Ein Macho, wie er im Buche steht. Ich glaube kaum, dass er in seinem Leben schon richtig gearbeitet hat. Aus guter Familie stammt er auch nicht. Doch dafür wirft er mit dem Geld nur so um sich. Ich frage mich, woher er es überhaupt hat."

„Was hat er denn für einen Beruf?"

Leo zuckt unwirsch mit den Achseln. „Als ich ihn das gefragt habe, hat er nur gelacht und gesagt, dass er Geschäfte macht. Ich möchte – ehrlich gesagt – gar nicht wissen, was für Geschäfte das sind. Er hängt mit zwielichtigen Gestalten herum und ich wünsche mir einfach nur, dass Maria endlich erkennt, was für ein mieser Typ er in Wirklichkeit ist."

Ich lehne mich zurück und versuche, zuversichtlich zu klingen, obwohl ich Maria ja gar nicht kenne. „Vielleicht wird sie das ja auch, Leo. Sie muss schließlich ihre eigenen Erfahrungen machen. Du kannst sie nicht vor allem Schlechten beschützen."

Er lacht gequält auf. „Sie haben sich an Weihnachten verlobt. Schlimmer hätte es gar nicht kommen können. Die Hochzeit soll schon im Sommer stattfinden. Der Termin steht noch nicht fest, aber ich hoffe inständig, dass sie sich vorher von ihm trennt."

Die heitere und romantische Atmosphäre hat sich verflüchtigt. Leo starrt auf seinen leeren Teller und scheint mit seinen Gedanken ganz woanders zu sein. Warum habe ich bloß das Thema auf Maria gebracht? Bevor mir etwas einfällt, womit ich die Situation retten kann, zuckt er mit den Schultern und lächelt mich an.

„Scusa, ich wollte dich nicht mit unseren Familienangelegenheiten langweilen. Bist du bereit fürs Dessert?"

Ich verzichte darauf, ihm zu erklären, dass ich mich keine Millisekunde mit ihm gelangweilt habe, und nicke stattdessen enthusiastisch.

„Ich sterbe leider für einen leckeren Nachtisch. Was gibt es denn?"

Er steht auf und räumt die Teller vom Tisch. „Tiramisu. Ich hoffe, du magst es."

Wir löffeln die zarte Creme, die nach Amaretto und Kaffee schmeckt, und ich kann kaum glauben, dass Leo dies alles selbst gemacht hat. Soweit ich weiß, kann keiner meiner Bekannten kochen. Und auch Michael wäre im Traum nicht auf die Idee gekommen, sich für mich in die Küche zu stellen und etwas auf dem Herd zu zaubern. Ich muss Leo wohl einen Moment zu lange gedankenverloren angestarrt haben, denn nun bilden sich wieder diese verdammt süßen Grübchen in seinem Gesicht.

„Eine Million Lire für deine Gedanken.“

Ich lache. „Die willst du nicht wissen.“

„Und ob“, erwidert er. Und nach einer kurzen Pause: „Eigentlich möchte ich alles von dir wissen, bella mia.“

Ein wohliges Gefühl breitet sich in meinem Körper aus. Mein Kopf fühlt sich auf einmal leer an. Und als er jetzt meine Hände greift und mich zu sich auf seinen Schoß zieht, lasse ich es zu, als sei es das Normalste auf der Welt. Doch das ist es nicht. Diesen Moment werde ich nie vergessen. Mein ganzes Leben lang nicht, egal, was da noch kommt.

Seine rechte Hand fährt meinen Rücken hinauf und mir wird fast schwindelig. Wird er mich jetzt endlich küssen? Ich neige meinen Kopf und nähere mich ihm. Sein Atem trifft meine Wange. Dann streift er mit den Fingern langsam meine Wangenknochen entlang und sieht mich mit unendlich viel Zärtlichkeit an.

„Lilly“, flüstert er und seine Augenlider flattern. Und dann – endlich – drückt er seine Lippen auf meine und küsst mich.

KAPITEL 6

Seit dem Silvesterabend haben wir uns noch sehr oft geküsst. Und andere Sachen zusammen gemacht. Wenn ich an Leo denke – und das kommt ziemlich oft am Tag vor – löst es jedes Mal einen Sturm an Gefühlen in mir aus. Am schlimmsten ist es, wenn wir uns mal 24 Stunden lang nicht sehen können. Dann vermisse ich ihn so sehr, dass es wehtut.

Ich habe es Connie gegenüber mal erwähnt und seitdem hält sie mich für übergeschnappt. Allerdings kann sie zumindest ein wenig verstehen, warum ich mich so Hals über Kopf in Leo verliebt habe. Inzwischen hat sie ihn natürlich kennengelernt. Und ich habe sie beobachtet, als wir drei zusammen Eis essen waren. Sie hat ihn sekundenlang angestarrt, als sei er Brad Pitt persönlich, und war dann von jetzt auf gleich in den Flirtmodus verfallen. Zum Glück erwies sich Leo als völlig immun gegenüber Connies Reizen und ich konnte mich entspannt zurücklehnen und die beiden beobachten.

Damals an Silvester – kaum zu glauben, dass das schon fünf Monate zurückliegt – habe ich zum ersten Mal erfahren, wie schön die Liebe sein kann. Diese Nacht an Leos Seite stellte alles in den Schatten, was ich zuvor mit Michael erlebt hatte. Heute denke ich, dass unsere Körper viel früher wussten, als wir selbst, dass wir zusammengehören. Wenn wir uns sehen, müssen wir uns ständig berühren. Wir halten uns an den Händen. Wir umarmen uns. Ich schmiege mich an seine Seite. Und wir küssen uns, etwas, von dem ich nie genug bekommen kann.

Es ist aber nicht nur diese körperliche Anziehungskraft, mit der Leo mein Herz erobert hat. Mittlerweile kenne ich ihn ja viel besser und weiß, dass er einfach ein guter Mensch ist. Erst gestern – wir lagen bei mir auf dem Sofa und Leo massierte meine Füße – erzählte er wieder mit so großer Hingabe von seiner Familie, dass ich inzwischen schon das Gefühl habe, seine Eltern und seine Schwester persönlich zu kennen.

Vor allem sein Vater – Giuseppe – scheint ein besonderer Mensch zu sein. Leo hat mir ein Foto gezeigt, auf dem sein Vater vor seinem Fischerboot steht und seine beiden Babys in den Armen hält. Der Stolz auf seine Kinder ist ihm deutlich anzusehen. Er strahlt so glücklich in die Kamera, als hätte er just in diesem Moment von einem Sechser im Lotto erfahren.

Unser Papa hat immer alles für uns getan, hat Leo erzählt. Obwohl – oder vielleicht gerade aus diesem

Grund – Giuseppe selbst keine gute Schulbildung besitzt, legte er bei seinen Zwillingen größten Wert darauf. Das, was ihr im Kopf habt, kann euch keiner mehr wegnehmen, hat er seinen Kindern gepredigt. Für Leo ist sein Vater eine richtige Lichtgestalt und ich hoffe, dass er mich mögen wird, wenn er mich kennenlernt.

Gleich bin ich am Hotel angekommen. Noch ein paar Schritte, dann biege ich um die Ecke und sehe es vor mir liegen. Leo steht schon neben dem Eingang und wartet auf mich. Wir wollen heute einmal um den Maschsee spazieren. Ich hatte den ganzen Tag lang Vorlesungen und muss mich unbedingt bewegen. Er hat die Hände in den Taschen seiner Jeans vergraben, blickt zu Boden und hat mich noch nicht gesehen. Selbst über diese Entfernung hinweg spüre ich, dass etwas nicht in Ordnung ist. Seine angespannte Körperhaltung spricht Bände.

Ich lege einen Zahn zu und als ich fast bei ihm angekommen bin, sieht er auf und lächelt.

„Lilly, bella mia", sagt er und zieht mich an sich, um mich zu küssen. Ich lege die Arme um seinen Hals und erwidere seinen Kuss. Doch er ist nicht so bei der Sache wie sonst.

„Was ist los?", frage ich und löse mich aus seiner Umarmung.

„Alles in Ordnung", erwidert Leo, doch er kann mir nichts vormachen. Dafür kenne ich ihn mittlerweile viel zu gut.

„Nun sag schon, irgendetwas ist passiert."

Er seufzt. „Dir entgeht doch nichts, Agentin Taub."

„Das stimmt." Ich nehme seine Hand und ziehe ihn mit mir. „Komm, wir gehen los und unterwegs erzählst du mir, was geschehen ist."

Er brummelt etwas von ‚Nötigung' vor sich hin und ich stoße ihm meinen Ellenbogen in die Rippen.

„Hattest du Ärger mit deinem Chef?"

Das kann ich mir zwar nicht vorstellen, denn der Hotelchef, den ich inzwischen kennengelernt habe, hat mir im Vertrauen erzählt, dass er Leo am liebsten für immer behalten würde. Er ist total begeistert von seiner Arbeitsmoral, seinem Enthusiasmus und seinem Talent, mit Gästen umzugehen. Aber wer weiß? Schließlich konnte auch Leo mal ein Missgeschick passieren.

Er atmet tief durch und schüttelt den Kopf. „Nein, im Hotel ist alles in Ordnung. Es geht um meine Familie. Ich habe mit meiner Mutter telefoniert und sie hat mir etwas Schreckliches erzählt."

Ich bleibe stehen und sehe ihn entsetzt an. Jemand hatte einen Unfall. Oder jemand ist schwer krank geworden. Das sind die ersten Gedanken, die mir durch den Kopf schießen.

„Toni, dieser Idiot, hat meinen Vater dazu überredet, einen Riesenkredit aufzunehmen."

„Was? Aber wieso? Ich verstehe das nicht ..."

Mir wird flau im Magen. Zu Leos größtem Ärger hat die Verlobung zwischen Toni und seiner Schwester bis jetzt gehalten. Die Hochzeit soll in einem Monat stattfinden und ich bin mit eingeladen. Eigentlich freue ich mich total darauf, Leos Familie kennenzulernen. Doch je näher der Termin der Hochzeit heranrückt, umso mehr sinkt Leos Laune. Er macht sich tausend Gedanken um seine Schwester. Und auch darum, wie sich Toni während seiner Abwesenheit ins Familybusiness einmischt. Ich habe seine Besorgnis immer für etwas übertrieben gehalten. Bis jetzt.

Leo drückt meine Hand so stark, dass es fast schon wehtut.

„Er hat meinen Vater vollgequatscht, dass das Hotel unbedingt sofort renoviert werden müsste, sonst würden die Gäste bald ausbleiben. Dabei hatten Papa und ich besprochen, dass wir mit der Renovierung erst beginnen, wenn ich in ein paar Jahren fest mit einsteige und eigenes Geld dafür mitbringe."

Er schluckt und schüttelt den Kopf. „Dieser verdammte Mistkerl. Ich könnte ihn umbringen. Er wird unsere Familie ruinieren und dann fröhlich seiner Wege ziehen."

Ich weiß nicht, was ich sagen soll. Die Sache herunterzuspielen, würde Leo erst recht wütend machen.

„Kannst du nicht mit deinem Vater reden? Vielleicht kann er das mit dem Kredit wieder rückgängig machen?"

Leo schließt kurz die Augen und seufzt. „Ich hab's versucht, aber es hatte keinen Zweck. Mein Vater ist diesem Typen", er hält kurz inne und spuckt die folgenden Wörter förmlich aus, „meinem zukünftigen Schwager, voll auf den Leim gegangen. Er glaubt diesen ganzen Schwachsinn, den Toni erzählt. Und er wäre auch viel zu stolz, einen Fehler einzugestehen und die ganze Sache wieder rückgängig zu machen. Ach, verdammt!"

Er kickt einen Stein, der auf dem Boden liegt, zur Seite und presst die Lippen aufeinander.

„Was wirst du nun tun?", frage ich.

Er zuckt die Achseln. „Ich kann nichts tun. In drei Wochen fahren wir nach Garda, dann werde ich natürlich von Mann zu Mann mit Papa sprechen. Ich habe ihn beschworen, bis dahin nichts von dem Geld anzurühren. Schließlich wollten wir gemeinsam entscheiden, wie wir das Hotel für die Zukunft umgestalten können. Und außerdem ..." Er sieht mich an und ringt sich ein Lächeln ab. „Hatte ich gehofft, dass du uns mit deinem Wissen und deinem Können helfen könntest."

„Natürlich. Das werde ich liebend gerne tun. Wir haben doch Zeit genug und ich kann mir das Haus in Ruhe anschauen und euch vielleicht schon ein paar Vorschläge präsentieren."

Seitdem ich weiß, dass wir an den Gardasee fahren, habe ich mir Bücher über die Architektur in Venetien und über Hoteldesigns ausgeliehen und studiert. Und darüber hinaus gehe ich einmal in der Woche zu einem VHS-Kurs „Italienisch für Anfänger". Nicht mal Leo weiß davon. Ich möchte ihn überraschen. Er hat mir erzählt, dass seine Eltern und Schwestern gut Deutsch sprechen, weil sie ständig Hotelgäste aus Deutschland haben, aber ich finde, es gehört sich einfach, dass ich mich wenigstens ein bisschen auf Italienisch mit ihnen unterhalten kann.

„Du bist ein Schatz, Lilly." Leo bleibt stehen und zieht mich an sich. „Jetzt, wo du bei mir bist, geht es mir schon besser. Irgendwie verstehst du es immer, die dunklen Wolken beiseitezuschieben. Vielleicht ist alles gar nicht so schlimm, wie ich jetzt denke, aber ich weiß auch nicht." Er legt sein Kinn auf meinen Kopf und blickt auf den Maschsee, der vor uns liegt. „Irgendwie habe ich ein ganz ungutes Gefühl."

KAPITEL 7

„*D*as Kleid ist einfach der Hammer, Lilly. Du musst es nehmen. Oder was sagst du, Leo?"
Connie reißt den Blick von mir los und schaut Leo an, der auf einem Stuhl in der Boutique hockt und den Mund nicht wieder zubekommt. Mein Herz fließt über vor Glück, als ich ihn dort sitzen sehe. Er wirkt total ergriffen und ringt offensichtlich nach Worten.

„Fantastico", flüstert er und schüttelt dann den Kopf. „Ich werde dich auf dieser Hochzeit nicht eine Sekunde lang aus den Augen lassen. Es wäre viel zu gefährlich."

„Bitte? Warum das denn?", fragt Connie etwas pikiert.

„So wie sie aussieht, wird sich jeder Mann unweigerlich in sie verlieben", antwortet Leo und mustert mich, als hätte ich mich von einem Moment zum anderen in Cinderella verwandelt. Ich drehe mich einmal um mich selbst und betrachte mich dabei im Spiegel. Ich sehe wirklich fast aus wie ein anderer Mensch und fühle mich auch so. Ein bisschen wie eine Prinzessin. Das bodenlange Kleid ist aus hellblauem Tüll und umfließt mich wie eine duftige Wolke. Aufwendige Applikationen mit Perlen und Strass betonen die Taille. Obenherum besitzt es einen V-Ausschnitt und Spaghettiträger. Ich werde die Haare offen tragen und mir Locken legen, beschließe ich spontan. Denn dass es dieses Kleid für die Hochzeit wird, steht für mich fest. Die anderen Modelle, die Connie in ihrer Boutique für mich herausgesucht hatte, waren zwar nicht schlecht, aber nicht mit diesem hier vergleichbar.

„Das nehme ich, Connie", sage ich. „Bist du einverstanden, Leo?"

Er nickt enthusiastisch und steht auf. „Ich kaufe es."

„Nein. Auf gar keinen Fall. Das bezahle ich selbst." Ich schüttle den Kopf. Leo hat mir in letzter Zeit so viele Geschenke mitgebracht. Auch wenn es manchmal nur Kleinigkeiten waren, aber er lässt sich ständig etwas einfallen, um mir eine Freude zu machen. Ich weiß, dass er nicht besonders viel Geld verdient und jede Mark beiseitelegt, um es für das Hotel zu sparen. „Connie, ich ziehe mich jetzt um und du wirst unter keinen Umständen Geld von diesem Mann annehmen."

Ich drohe den beiden mit dem Finger und verschwinde in der Umkleidekabine. Zum Glück habe ich endlich ein Kleid für die Hochzeitsfeier gefunden. In Hannover war ich rastlos durch die Geschäfte gerannt, doch hier in Hameln war es einfacher. Dank Connie natürlich, die ein Auge dafür hat, was einem gut steht.

„Geht ihr gleich noch zu deinen Eltern?", fragt sie, während sie mir das Kleid abnimmt, um es einzupacken.

„Natürlich, die Erdbeertorte ist schon fertig. Und Oma freut sich besonders, bei ihr hat Leo irgendwie einen besonders großen Stein im Brett."

Connie lacht. „Deine Oma ist eben eine gute Menschenkennerin."

Da hat sie recht. Bei unserem ersten Besuch in Hameln hatte Leo meiner Mutter einen riesengroßen Blumenstrauß und meinem Vater eine Flasche Grappa mitgebracht. Mit Oma hatte er nicht gerechnet, sodass er für sie nichts dabei hatte. Er war untröstlich darüber und entschuldigte sich gefühlt tausendmal. Aber Oma winkte nur ab. „Lass man, Junge, ich brauche nix. Mein Schwiegersohn kann mir ein Gläschen Grappa abgeben und gut ist. Ich freue mich einfach, dass ich dich nun kennenlernen kann."

Die beiden verstanden sich auf Anhieb prima. Während meine Mutter aus unerfindlichen Gründen noch immer Michael Wagner nachtrauert und mein Vater enttäuscht war, dass Leo seinen Lieblingsverein, den VfL Wolfsburg, nicht kannte, erzählte meine Oma Leo, wie sehr sie den Gardasee liebe. Ich wusste bis dahin noch nicht mal, dass sie einst da gewesen ist. Aber offenbar war sie zusammen mit Opa etliche Male dort und kannte auch den Ort Garda.

„Du musst unserer Lilly alles zeigen, Leonardo.

Ach, ich wünschte, ich könnte mitkommen", schwärmte Oma, während meine Mutter die Stirn kraus zog und meinem Vater seltsame Blicke zuwarf.

„Aber natürlich, wir nehmen Sie sehr gerne mit", entgegnete Leo und strahlte mich an. Oma brach in schallendes Gelächter aus. „Vielleicht ein anderes Mal. Ich glaube, bei einer Hochzeit hat deine Familie genug mit den vielen Gästen zu tun. Aber ich bin schon gespannt darauf, was ihr mir berichten werdet, wenn ihr zurückkommt."

Ich war froh, dass Oma so ein liebenswürdiger Mensch ist. Allein durch sie war die Stimmung aufgelockert und herzlich. Natürlich waren auch meine Eltern nett zu Leo, aber ihre norddeutsch-distanzierte Art machte es ihm nicht leicht, mit ihnen warm zu werden. Ich bin gespannt, wie es sein wird, seine Eltern kennenzulernen. Ob sie es so toll finden, dass sich ihr Sohn eine Deutsche als Freundin ausgesucht hat? Nicht mehr lange, und ich werde es herausfinden.

Wir verabschieden uns von Connie, die noch eine Stunde arbeiten muss, bevor ihr Wochenende beginnt, und bummeln eine Runde durch Hameln. Heute, am Samstag, ist jemand als verkleideter Rattenfänger unterwegs und steht für Touristenfotos zur Verfügung. Leo entdeckt einen giftgrünen Hexentrunk in einem Souvenirshop und kauft ihn als Mitbringsel für zu Hause.

Am Nachmittag sitzen wir bei meinen Eltern im Garten, trinken Kaffee und essen Erdbeertorte. Leonardo erzählt von der bevorstehenden Hochzeit und ich zeige mein neues blaues Kleid. Papa und Oma finden es wunderschön, während Mama nur die Stirn runzelt. „Lass dich besser nicht von diesem ganzen Hochzeitskram in Italien anstecken", sagt sie zu mir, als wir später gemeinsam das Geschirr abwaschen. „Ich denke doch, dass dieser Leonardo irgendwann in sein Heimatland zurückgeht. Und was willst du dann machen? Du gehörst schließlich hierher."

Ich antworte nicht. Dass Mama so ablehnend auf Leo reagiert, ärgert mich nicht nur, es tut mir im Herzen weh. Natürlich wird er irgendwann nach Garda zurückkehren. Das war von Anfang an klar. Ob ich ihn dann begleite? Darüber haben wir nie so richtig gesprochen. Wir genießen einfach jede Sekunde, in der wir zusammen sind. Wir leben das Heute. Und manchmal machen wir auch verrückte Pläne für die Zukunft. Wir sprechen zum Beispiel über die Reisen, die wir gerne gemeinsam unternehmen möchten. Die Länder, die wir sehen wollen. Und dabei stellen wir uns vor, dass wir zusammen sind. Dass wir gemeinsam auf Entdeckungstour gehen. In unserer Fantasie fahren wir mit einem schicken Sportwagen durch Europa und logieren in den feinsten Hotels. Vielleicht wird nie etwas daraus und vielleicht doch. Träume kann einem schließlich niemand nehmen.

Außer meiner Mutter, denke ich verdrossen und stelle die Kuchenteller zurück in den Schrank. Zum Glück rettet mein Bruder mir noch den Tag. Basti bietet uns an, dass wir sein Auto nehmen dürfen, wenn wir nach Garda fahren.

Ich grinse ihn breit an. „Du bist der Beste, Bruderherz. Dafür laden wir dich auf eine Pizza ein."

„Nur eine, Lisbeth?", fragt er spöttisch.

Ich lege ihm die Hände um den Hals und tue so, als wollte ich ihn erwürgen. „Erwähne diesen Namen nie wieder."

Leo zieht die Augenbrauen hoch. „Lisbeth? Wer ist das?"

KAPITEL 8

*E*s sind Hormonschwankungen. Oder irgendwas mit dem Magen. Anders kann es gar nicht sein. Aber ich muss jetzt trotzdem Gewissheit haben, sonst werde ich verrückt. Eine Woche vor unserer Abreise an den Gardasee ist mir jeden Morgen übel und ich ekele mich vor Kaffee. Außerdem hätte meine Periode, die so regelmäßig wie ein Uhrwerk ist, seitdem ich die Pille nehme, längst einsetzen müssen. Hat sie aber nicht.

Deswegen sitze ich jetzt ultranervös meiner Frauenärztin gegenüber, die sich meine Beschwerden mit leisem Lächeln angehört hat.

„Und Sie haben die Pille wirklich immer eingenommen?", fragte sie.

Mir bricht der Schweiß aus, als ich mich daran erinnere, dass ich sie tatsächlich einmal vergessen habe. Ein einziges Mal kann nicht so schlimm sein, hatte ich am nächsten Tag gedacht und mir weiter keine Sorgen gemacht.

„Hier ist ein Urintest. Danach wissen wir mehr", sagt sie in einem beruhigenden Tonfall, der mich aber ganz und gar nicht beruhigt.

Wenige Minuten später ist es amtlich. Ich bin schwanger.

Der Raum, in dem ich der Frauenärztin nun wieder gegenübersitze, ist noch der gleiche wie vorhin. Und trotzdem ist alles anders. Komplett anders. Tausend Gedanken schwirren mir durch den Kopf, so schnell, dass ich sie gar nicht erfassen kann. Mir ist ein bisschen schwindelig. Und dann komme ich mir wieder vor wie in einem Traum, den ich manchmal habe. Ich stürze in freiem Fall von einem hohen Berg. Kurz bevor ich auf dem Boden aufpralle und mit Sicherheit tot bin, wache ich mit einem Ruck auf und sitze aufrecht im Bett. Diesmal wache ich nicht auf.

„Frau Taub? Haben Sie mir zugehört?"

Verwirrt blicke ich auf. Offenbar hat die Ärztin mit mir gesprochen, aber ich kann mich nicht erinnern, was sie gesagt hat. Ich schüttle den Kopf.

„Nein, tut mir leid. Ich bin etwas durcheinander. Was haben Sie denn gesagt?"

Sie lächelt. Ein mitfühlender Ausdruck ist in ihre Augen getreten.

„Das ist ein Schock für Sie, nicht wahr?"

Ich nicke zögernd.

„Es kommt zwar selten vor, aber es kann schon sein, dass man schwanger wird, wenn man die Pille nur einmal vergessen hat. Sie sind noch ganz am Anfang der

Schwangerschaft. Das Baby wird Anfang Februar auf die Welt kommen. Vielleicht gehen Sie jetzt erst mal nach Hause, machen sich einen Tee und denken über alles nach. Sprechen Sie mit Ihrem Freund darüber."

Sie sieht mich nachdenklich an. „Es gibt immer für alles eine Lösung. Vorne an der Anmeldung kann man Ihnen die Telefonnummer für eine Beratungsstelle für Schwangere geben, wenn Sie mögen. Aber jetzt sollten Sie die Nachricht in Ruhe verdauen. Ich wünsche Ihnen alles Gute und lassen Sie sich gleich einen Termin für die erste Vorsorgeuntersuchung geben."

Ich bedanke mich und verlasse leicht wankend das Behandlungszimmer. Mit einem neuen Termin in der Tasche gehe ich zu meinem Fahrrad und schiebe es den Bürgersteig entlang. Was mache ich jetzt nur? Wie in Trance finde ich den Weg zur Eilenriede, Hannovers großem Stadtpark. Ich stelle das Rad ab und laufe los. Vögel zwitschern, die Sonne scheint warm durch das grüne Blätterdach der Bäume. Mein Kopf ist leer und gleichzeitig ganz voll. Ich kann nicht glauben, was ich eben in der Arztpraxis erfahren habe. Es darf einfach nicht wahr sein.

Doch mein Körper weiß längst, dass es wahr ist. Die Übelkeit, ungewohnte Müdigkeit, ein leichtes Ziehen in den Brüsten. Wieso habe ich das tagelang ignoriert? – Weil du es nicht wahrhaben wolltest, antworte ich mir selbst in Gedanken. Ich lege eine Hand auf den Bauch und versuche, mir vorzustellen, dass dort ein kleiner Mensch heranwächst. Ein Teil von mir. Und von Leo.

Wie soll das gehen, fragt mich mein Unterbewusstsein. Im selben Moment schießt mir das vorwurfsvolle Gesicht meiner Mutter durch den Kopf. Ich bleibe kurz stehen und lasse die Schultern sacken. Ein Hase flitzt durch den Wald. Ich sehe ihm nach und gehe weiter. Nichts gegen Kinder, natürlich möchte ich irgendwann welche haben. Aber doch nicht jetzt. Ich brauche noch ungefähr zwei Jahre, bis ich mit dem Studium fertig bin. Und dann will ich Karriere machen, reisen, vielleicht ein kleines Haus kaufen und selbst einrichten. Oder an den Gardasee ziehen.

Der letzte Gedanke kommt einfach so angeflogen. Und bringt mich zu Leo. Wie wird er diese Nachricht aufnehmen? Für ihn ist ein Kind im Moment genauso problematisch wie für mich. Vielleicht sogar noch mehr. Er will in verschiedenen Hotels auf der Welt arbeiten, bevor er an den Gardasee zurückkehrt. Und er spart jeden Pfennig für die *Villa Marina*. Ein Kind ist das Allerletzte, was er gerade gebrauchen kann.

Und doch bin ich mir ziemlich sicher, dass er dazu stehen wird. Ich kenne Leo nun ungefähr ein halbes Jahr und ich weiß, wie er tickt. Ich weiß, wie groß sein Herz ist. Wie grundehrlich und verantwortungsvoll dieser Mann ist. Er würde mich unter keinen Umständen im Stich lassen, eher begräbt er seine eigenen Träume. Ach verdammt, es ist der absolut ungünstigste Zeitpunkt für ein Kind.

Und wenn ich es nicht bekomme? Ich beiße mir auf die Unterlippe. Es fühlt sich falsch an, so etwas überhaupt zu denken. Immerhin lebt dieser kleine Wurm in mir drin doch bereits. Habe ich das Recht, ihn zu töten?

Ich atme tief durch. Der Wurm wird mir das Leben versauen und Leos gleich mit. Eine Träne rinnt meine Wange hinab. Ich wische sie weg und steuere eine Bank an, um mich hinzusetzen. Immerhin sind hier keine anderen Leute unterwegs, das wäre das Letzte, was ich gebrauchen kann. Ich muss mit mir selbst alleine sein, mir darüber klar werden, was ich tun soll.

„Reden Sie mit Ihrem Freund darüber", hat die Ärztin gesagt. Sie hat recht. Ich sollte mit Leo reden. So schnell wie möglich. Er wird heute Abend zu mir kommen. Wir wollen Spaghetti kochen und vielleicht einen Film im Fernsehen ansehen. Sobald ich an Leo denke, geht's mir besser. Er hatte gestern bei mir übernachtet und obwohl das schon Stunden her ist, spüre ich noch immer seinen Körper an meinem. Ich erinnere mich daran, wie ich mich in der kurzen Zeitspanne zwischen Schlafen und Wachen mit geschlossenen Augen an ihn gekuschelt und seinen Duft eingeatmet habe. Diese winzigen Momente machen mich stark für den Tag. Sie lassen mich lächeln, selbst wenn es mir schlecht geht. Und sie lösen eine tiefe Sehnsucht nach der nächsten Umarmung in mir aus.

Ich seufze tief. Leo muss es erfahren. Wir müssen Entscheidungen treffen und die sollte ich nicht alleine fällen.

KAPITEL 9

„Wenn wir den Brenner hinter uns haben, dauert es gar nicht mehr lange und wir sind zu Hause."

Leo nimmt eine Hand vom Steuer und streichelt zärtlich meinen Arm. Zu Hause – wie das klingt! Fast, als sei es *unser* Zuhause, dabei wird es mein erster Besuch bei seinen Eltern sein. Wir sind in aller Herrgottsfrühe in Hannover losgefahren und haben uns alle zwei, drei Stunden am Steuer abgewechselt. Inzwischen haben wir Innsbruck hinter uns gelassen und nähern uns der Grenze nach Italien. Ich bin ein wenig aufgeregt, wie Leos Familie mich aufnehmen wird, und ich merke, dass Leo noch viel nervöser ist als ich. So geht das schon seit Tagen. Er versucht es vor mir zu verbergen, aber ich weiß natürlich, was los ist. Seitdem er kürzlich mit seiner Mutter telefoniert hat und sie dabei in Tränen ausgebrochen ist, steht er unter Hochspannung. Am liebsten wäre er an jenem Tag gleich aufgebrochen, um in Garda nach dem Rechten zu sehen. Leos künftiger Schwager scheint die Familie ganz schön aufzumischen. Mir ist mulmig, wenn ich an das Zusammentreffen zwischen ihm und Leo denke. Ich hoffe, dass Leo sich im Griff behält, so wütend wie er mittlerweile auf Toni ist.

„Soll ich dich noch mal ablösen?", frage ich und reiche ihm einen Becher mit Kaffee aus der Thermoskanne.

„Im Moment noch nicht, bella mia. Ich bin topfit und kann noch ein wenig fahren. Genieß doch einfach die Landschaft oder mach noch ein kleines Nickerchen."

Ich lächle ihn an. „Ich habe doch andauernd geschlafen, wenn du gefahren bist. Ich komme mir schon vor wie ein Murmeltier im Winter."

„Zum Glück siehst du gar nicht so aus wie diese Tiere mit den großen Zähnen. Ich wüsste sonst nicht, wie ich meinen Eltern das erklären sollte." Leo zwinkert mir zu und nimmt einen Schluck Kaffee. „Ich hoffe wirklich, es wird dir bei uns gefallen, Lilly. Meine Mutter hat das schönste Zimmer im Hotel für uns reserviert. Es hat einen großen Balkon, der direkt zum See hinausgeht."

„Natürlich wird es mir gefallen. Das weiß ich jetzt schon. Und ich freue mich total, deine Familie kennenzulernen."

Wir erreichen den Brenner und fahren in einen Stau hinein. Leo muss sich auf den Verkehr konzentrieren und ich streiche unauffällig über meinen Bauch, in dem unser kleines Würmchen heranwächst. Da ich ja nicht weiß, ob es eine Sie oder ein Er wird, nenne ich es erst mal Würmchen.

Leo weiß noch immer nichts von unserem Baby. Ausgerechnet an dem Tag, als ich von meiner Frauenärztin kam, hatte Leos Mutter angerufen und ihm ihre Sorgen geklagt. Danach war er so traurig, dass ich ihn nicht mit dem nächsten Problem belasten wollte. Stattdessen lag ich nachts an seiner Seite wach und dachte nach. Ich erinnerte mich daran, dass es an meiner Uni eine Kommilitonin gab, die schwanger wurde und ihr Studium mit Kind fortsetzte. Wenn ihr das gelang, warum sollte ich es dann nicht schaffen? Ich konnte mir einfach nicht vorstellen, das Kind abtreiben zu lassen. Es musste eine Möglichkeit geben, es zu bekommen und meine Zukunft trotzdem nicht aufzugeben. Eine Zukunft, die hoffentlich gemeinsam mit Leo stattfinden würde.

Ich fragte mich, ob ich nicht lieber ein paar Tage damit warten sollte, es Leo zu sagen. Vielleicht bis nach der Hochzeit. Dann hatten sich die Probleme mit Toni und seinem Vater hoffentlich erledigt und wir könnten uns gemeinsam überlegen, wie aus uns eine kleine Familie werden könnte. Außerdem widerstrebte es mir, bei Leos Eltern gleich mit der Tür ins Haus zu fallen. Nach dem Motto „Buongiorno, ich bin Lilly. Und ach ja, übrigens, ich kriege ein Kind von Ihrem Sohn." Das ging wirklich gar nicht.

Ich stoße einen leisen Seufzer aus. Sofort legt Leo seine Hand auf meinen Oberschenkel. „Alles in Ordnung, Lilly? Machst du dir Sorgen über irgendetwas?"

Er sieht mich an und ich schlucke. Leo ist so ein fürsorglicher Kerl. Ich kann ihn mir perfekt als Vater für unser Kind vorstellen. Und ich platze fast bei dem Versuch, es ihm nicht sofort zu verraten und all meine Gedanken und Gefühle mit ihm zu teilen. Seitdem wir uns kennen, habe ich mehr oder weniger keine Geheimnisse vor ihm. Jetzt schon – und zwar ein ziemlich großes.

„Nein, alles in Ordnung. Ich habe nur gerade an die Hochzeit gedacht", flunkere ich. „Ich kenne Maria zwar nicht, aber ich wünsche ihr so sehr, dass sie sich mit Toni nicht den verkehrten Mann ausgesucht hat und dass noch alles gut wird."

Leo zieht seine Hand zurück. Ein grimmiger Zug hat sich auf sein Gesicht gelegt.

„Das wünsche ich mir auch für meine Schwester, aber ich kann mir nicht vorstellen, dass aus Toni plötzlich ein anderer Mann geworden ist. Ich bin gespannt, was du von ihm hältst. Du bist eine gute Menschenkennerin, Lilly."

„Findest du?" Ich muss lachen.

„Na, schließlich hast du dir mich ausgesucht. Eine brillante Entscheidung."

Ich schlage ihn leicht auf den Arm. „Das wird sich noch zeigen, mein Lieber."

Wir haben den Stau hinter uns gelassen und fahren durch die grünen Täler Südtirols. Der Blick aus dem Fenster führt auf Weinberge und Obstbaumplantagen, auf Ritterburgen, die auf schroffen Felswänden thronen. Es dauert weitere gut dreieinhalb Stunden, dann kommen wir endlich in Garda an.

Ich fühle mich wie zerschlagen und kann kaum noch sitzen, als wir in den Ort einfahren. Aber die Strapazen der langen Fahrt sind bald vergessen, als ich die Scheibe herunterkurbele und den Duft des Ortes in mich aufnehme. Es riecht nach Sonne und See. Riesige Oleanderbüsche blühen in allen Farben. Schlanke Zypressen ragen in den tiefblauen Himmel. Weiter hinten glitzert der Gardasee im hellen Licht. Am schönsten aber ist es, Leo in diesem Moment anzusehen. Seine Augen strahlen und er lächelt so unbeschwert, wie ich es in letzter Zeit selten gesehen habe.

„Endlich zu Hause, was?", sage ich leise.

„Ja", sagt er einfach nur, greift nach meiner Hand und drückt sie. „Und das Beste daran ist, dass du bei mir bist."

Ein warmes Gefühl steigt in mir auf. In diesem Moment hätte ich nirgendwo anders sein wollen als hier an seiner Seite.

Leo drosselt das Tempo, als er durch den Ort fährt und ihn dann in Richtung Torri del Benaco wieder verlässt. Er hatte mir schon erzählt, dass die Villa nicht direkt im Zentrum liegt, dafür aber direkt am See. Schließlich sind wir da. Leo stoppt das Auto vor einer Villa im Jugendstil, die in einem zarten Vanillegelb gestrichen ist und dunkelgrüne Fensterläden besitzt. In den Balkonkästen blühen pinkfarbene Petunien. Eine zierliche, junge Frau in Jeans und Ringel-T-Shirt steht am Eingang vor einem riesigen Blumenkübel mit Bougainvillea und zupft Verblühtes ab. Leo drückt auf die Hupe, lässt die Scheibe herunter und winkt stürmisch aus dem Fenster. Die

Frau dreht sich erschrocken um und strahlt dann übers ganze Gesicht.

„Das ist Maria", sagt Leo unnötigerweise und springt aus dem Auto. Ich folge ihm etwas langsamer und sehe zu, wie sich die beiden Geschwister in die Arme fallen. Ich komme mir ein bisschen überflüssig vor, aber höchstens ein paar Sekunden, denn dann löst Leo sich aus der Umarmung und deutet auf mich.

„Das ist Lilly. Sei lieb zu ihr, sonst müssen wir leider sofort wieder fahren. Ich habe ihr versprochen, dass unsere Familie die netteste der Welt ist. Und wehe, du hältst dich nicht daran."

Ich gehe auf die beiden zu und reiche Maria die Hand.

„Ciao, Maria. Piacere di conoscerti."

Hoffentlich habe ich das jetzt richtig ausgesprochen. Maria zieht die Brauen hoch und lächelt.

„Ganz meinerseits. Du sprichst italienisch? – Komm, lass dich mal in den Arm nehmen."

Und schon zieht sie mich an sich und drückt mir einen Kuss auf die Wange. Dann schiebt sie mich ein Stück von sich weg, mustert mich von oben bis unten und hält mich dabei weiter fest.

„Du siehst genauso aus, wie mein Bruder es mir beschrieben hat. Und wenn du auch so ein gutes Herz hast, wie er sagt, dann bist du in unserer Familie immer willkommen."

„Grazie", murmle ich etwas beschämt. Hier scheinen die Menschen etwas impulsiver und offener zu sein als bei uns in Norddeutschland.

„Ich spreche leider noch sehr schlecht italienisch.

Aber ich habe zu Hause einen Kurs belegt und übe fleißig. Vielleicht könnt ihr mich irgendwann mal verstehen."

„Du hast was?" Leo fällt aus allen Wolken. „Warum hast du mir nicht davon erzählt?"

„Es sollte eine Überraschung sein", antworte ich und grinse ihn an. Scheint ja wohl gelungen zu sein.

„Leonardo! Ragazzo mio! Wie schön, dass du wieder zu Hause bist!"

Das kann nur Leos Mutter sein. Die schmale Frau mit dem dunklen Haarknoten, die im Hauseingang erschienen ist, fliegt ihm um den Hals und drückt ihm einen Kuss nach dem anderen auf Stirn und Wangen.

„Mama, du erdrückst mich ja", lacht Leo und hebt seine Mutter einmal kurz in die Luft. Maria und ich beobachten schweigend das Wiedersehen von Mutter und Sohn, bis Maria sich räuspert und mit dem Kopf auf mich weist.

„Mama, hier ist noch jemand, der begrüßt werden möchte. Leos Freundin Lilly."

Eilig befreit sich Leos Mutter aus seiner Umarmung und wendet sich mir zu. „Herzlich willkommen, liebe Lilly. Es ist schön, dich kennenzulernen, und ich hoffe, dass du dich bei uns wohlfühlst. Ich bin Antonella."

Leos Mutter spricht genau wie Maria ein ausgezeichnetes Deutsch. Ihre Stimme klingt freundlich und wie ihre Tochter drückt sie mich einmal an sich, bevor sie wieder Leos Hand ergreift. Aber ich bemerke auch ihren prüfenden Blick, mit dem sie mich mustert. Ein schnelles Abtasten. Ist sie gut genug für meinen Sohn? Können wir ihr vertrauen? Wird sie bei ihm bleiben oder sein Herz brechen? Offenbar habe ich die erste Prüfung bestanden, denn in ihren Augen liegt nun ein warmer Glanz und sie lächelt mich an.

„Kommt rein, ihr beiden. Ihr seid doch bestimmt durstig und hungrig. Giuseppe wird auch bald zurück sein, er hat nur kurz etwas zu erledigen."

Wir folgen ihr in die Villa und ich bewundere die schönen, bunten Fliesen, mit denen die kleine Lobby ausgelegt ist. Es ist angenehm kühl im Haus, obwohl es offenbar keine Klimaanlage gibt. Wahrscheinlich werden tagsüber die Fensterläden geschlossen, vermute ich. Außerdem dreht sich unter der hohen Decke ein großer Ventilator. Antonella scheint meine Gedanken zu lesen.

„Heute war es hier über 30 Grad warm. Langsam wird es angenehmer. Wir können später auf der Terrasse sitzen und essen. Aber vielleicht wollt ihr euch zuerst etwas frisch machen?" Sie eilt hinter den Rezeptionstresen und kehrt mit einem Schlüssel zurück. „Hier, die 12. Dein altes Zimmer ist viel zu klein für euch beide, Leonardo. In der 12 werdet ihr euch sicher wohlfühlen."

„Danke, Mama." Leo beugt sich zu ihr hinab und drückt ihr einen Kuss aufs Haar. Es ist so schön, die beiden zusammen zu sehen. Irgendwo habe ich einmal gelesen, dass man darauf achten sollte, wie ein Mann mit seiner Mutter umgeht. Wenn er gut über sie spricht und einen liebevollen Umgang mit ihr pflegt, dann könne man darauf hoffen, dass er dieses Verhalten auch bei seiner Frau oder Freundin zeigt. Bei Leo brauche ich mir offenbar keine Sorgen diesbezüglich zu machen.

Wir schnappen die Koffer und steigen die Treppe in den zweiten Stock hinauf. Unser Zimmer ist hell und groß. Die Möbel aus dunklem Eichenholz erscheinen ein wenig altmodisch und die geblümten Vorhänge sind in die Jahre gekommen. Aber alles in allem macht der Raum einen gemütlichen Eindruck.

„Komm mit und schau dir diese Aussicht an", sagt Leo und öffnet die Tür zum Balkon. Er ist groß genug für einen Tisch und zwei Stühle. Ich trete an die Balustrade und halte die Luft an. Der Ausblick auf den See im Abendsonnenschein ist umwerfend. Allein für dieses Panorama vom eigenen Balkon ist ein Aufenthalt in der *Villa Marina* schon sein Geld wert.

„Gefällt es dir?"

Leo ist neben mich getreten und legt mir den Arm um die Taille. Ich schmiege meinen Kopf in seine Halsbeuge.

„Es ist wunderschön, Leo. Das ganze Hotel ist toll, aber diese Aussicht ist einfach der Hammer."

Er schaut auf den See und seufzt. „Da hast du recht. Kein Vergleich mit dem Maschsee, was? Morgen zeige ich dir das ganze Hotel. Ich bin so froh, dass du es magst. Denn wer weiß …"

Kommt er nun auf unsere Zukunft zu sprechen? Auf ein Leben am Gardasee? Mein Körper beginnt zu prickeln. Ich kann mir ein Morgen ohne Leo gar nicht mehr vorstellen. In diesem Moment würde ich überall mit ihm hingehen. Doch anstatt von seinem Plan zu reden, das Hotel später einmal zu übernehmen, bricht er den Satz ab und kaut auf der Unterlippe.

„Wer weiß?", hake ich nach und reiße ihn damit aus seinen Gedanken.

„Wer weiß, was bald passiert", sagt er. „Könnte ja sein, dass Toni meine Abwesenheit nutzt, um sich hier einzunisten und die Leitung des Hotels an sich zu reißen."

Ich schüttle den Kopf. „Das kann er nicht machen. Und deine Eltern würden es doch bestimmt nie zulassen. Außerdem hat er doch selbst einen Beruf. Was war das noch mal? Du hast immer nur von Geschäften gesprochen."

Leo lacht kurz auf. „Wenn du mich fragst, ich tippe auf kriminelle Machenschaften. Selbst meine Schwester hat keine Ahnung, was Toni den ganzen Tag so treibt. Allerdings hat er die Taschen meistens voll Geld. Doch woher das stammt, weiß hier keiner."

Ich senke die Stimme. „Meinst du etwa, er arbeitet für die Mafia?"

Ich meine das eigentlich scherzhaft, aber Leo bleibt ernst und zuckt mit den Achseln. „Ehrlich gesagt, nehme ich das an. Was glaubst du, warum ich so gegen diese Hochzeit bin? Weil Toni ein Angeber und Kotzbrocken ist? Geschenkt. Ich mache mir wirklich Sorgen um meine Schwester und auch um meine Eltern. Sie scheinen überhaupt nicht zu blicken, in was wir da reingeraten."

Ich sehe ihn entsetzt an. „Aber das wäre ja furchtbar, Leo. Wenn das wirklich stimmt, darf Maria ihn auf keinen Fall heiraten. Können wir nicht irgendwie herauskriegen, was Toni macht?"

„Ich habe meine Fühler schon ausgestreckt, ein paar Freunde angerufen", antwortet Leo. „Allerdings muss man vorsichtig sein. Mit der Mafia möchte man sich nicht anlegen, wenn du weißt, was ich meine."

Ich bekomme eine Gänsehaut. Die Mafia kenne ich nur aus Hollywoodfilmen, in denen jede Menge Leute im Kugelhagel sterben oder auf rätselhafte Weise für immer verschwinden. Ich hätte nie gedacht, einmal selbst mit diesem Thema konfrontiert zu werden.

Leo bemerkt mein Frösteln und zieht mich an sich.

„Du musst keine Angst haben, Lilly. Ich werde immer auf dich aufpassen. Aber nimm das Wort Mafia hier lieber nicht in den Mund. Überlass das mir."

KAPITEL 10

„Du bist also das deutsche Mädchen, das unserem Jungen den Kopf verdreht hat!"

Ein braungebrannter Mann mit Bauch und Halbglatze kommt hinter der Rezeption hervor und geht mit ausgestreckten Armen auf mich zu. Giuseppe Baldaletti sieht genauso aus wie auf dem Foto, das Leo mir mal gezeigt hat – nur ein paar Jahre älter. Mit einem breiten Grinsen im Gesicht zieht er mich an sich und küsst mich auf jede Wange.

„Willkommen am Gardasee und in unserer Familie, Lilly. Wie schön, dass wir dich endlich kennenlernen dürfen."

Nun bin ich Leos drei Herzensmenschen endlich begegnet und jeder hat mich so liebenswürdig begrüßt, als gehöre ich schon längst zur Familie. Ich kann nicht anders, als ihn anzustrahlen. Leos Vater ist mir vom ersten Augenblick an sympathisch.

„Vielen Dank, Signore Baldaletti. Ich freue mich total, dass ich hier sein darf und die Hochzeit Ihrer Tochter mitfeiern kann."

Er zieht seine buschigen Brauen hoch und schüttelt vehement den Kopf. „Den Signore kannst du gleich vergessen. Ich heiße Giuseppe und damit basta."

Leo steht hinter uns und räuspert sich. „Ciao, Papa. Schön, dich zu sehen."

Giuseppe lässt seinen Blick über ihn schweifen. „Ladys first, mein Sohn. Aber jetzt bist du an der Reihe." Und damit nimmt er ihn in den Arm und klopft ihm wiederholt auf den Rücken. „Du hast einen guten Geschmack, was Frauen betrifft", flüstert er ihm ins Ohr. Allerdings so laut, dass ich es problemlos verstehen kann.

„Hier seid ihr also. Los, kommt mit auf die Terrasse, das Essen ist fertig." Maria erscheint in der Lobby und hält dabei eine Karaffe mit Rotwein.

„Gott sei Dank, ich verhungere", erwidert Leo und nimmt meine Hand. Ich folge ihm durch einen schmalen Gang, der in einem Gastraum mit rund zwanzig Tischen endet. Niemand sitzt dort, denn eine zweiflügelige Tür führt auf eine große Terrasse, von der aus man einen prächtigen Blick auf den Lago genießt. Hier sind alle Tische belegt, bis auf einen, auf dem ein ‚Reserviert'-Schild thront.

„Extra dir zu Ehren", flüstert Leo mir ins Ohr. „Sonst essen hier nur die Gäste."

An den meisten Tischen sitzen Paare, die entspannt miteinander plaudern, ihr Dinner und eine Flasche Wein genießen. Giuseppe nickt ihnen zu, wünscht einigen Leuten einen guten Appetit und setzt sich dann ans Kopfende des Tisches.

„Lilly, komm du zu mir", deutet er auf den Platz zu seiner Rechten. Leo lässt sich neben mir nieder und nun kommen auch Antonella und Maria und gesellen sich zu uns. Ein junger Mann mit Servierschürze, der sich als Marco vorstellt, schenkt uns Wein und Wasser ein.

„Der größte Ansturm ist vorbei. Die meisten Gäste haben schon gegessen, sonst könnte ich hier nicht so relaxt sitzen", erklärt mir Maria. Besonders entspannt sieht sie allerdings nicht aus. Ihr Blick schweift kritisch in die Runde, ob Marco auch wirklich alles im Griff hat. Er kommt gerade wieder aus dem Haus und stellt eine Schüssel mit Salat und eine mit frischem Weißbrot auf den Tisch.

Giuseppe greift zu seinem Weinglas und hebt es in die Höhe. „Salute, meine Lieben. Lasst uns darauf anstoßen, dass unser lieber Leonardo wieder zu Hause ist und seine hübsche Freundin gleich mitgebracht hat!"

Ich spüre, dass meine Wangen brennen.

„Salute", erwidern alle und trinken. Ich nehme nur einen winzigen Schluck und halte mich danach ans Wasser. Dann reicht Antonella den Salat herum und wir beginnen unser Mahl in der blauen Stunde. Jener Zeit, in der es nicht mehr hell ist, aber auch noch nicht dunkel. Während die Dämmerung erwacht und das Licht verblassen lässt, fällt alle Besorgnis von mir ab. Ich lehne mich zurück und genieße die angenehme Wärme der Luft. Der süße Duft von Ziertabak steigt mir in die

Nase und ich fange ein Lächeln von Antonella auf, die Leo und mich unauffällig zu beobachten scheint. Überhaupt Leo. Ich habe ihn selten so unbeschwert und glücklich erlebt wie hier im Kreise seiner Familie. Er plaudert mit Maria, erzählt seinem Vater Anekdoten aus dem Hotel in Hannover und berichtet Antonella, welche Gerichte er schon für mich gekocht hat.

Marco kehrt zurück, räumt den Salat ab und bringt Unmengen von Pasta mit Tomatensoße – mein Leib- und Magengericht. Ich frage mich, ob Leo es erzählt hat oder ob es zufällig heute serviert wird. Aber wie auch immer, es schmeckt einfach himmlisch. Kurz schließe ich die Augen und nehme das Aroma von reifen Tomaten und frischem Basilikum in mich auf, bevor ich mich auf die Spaghetti stürze.

„Gut, Lilly?", fragt Giuseppe und lächelt verschmitzt.

„Perfetto", antworte ich und blinzele ihm zu.

In meinen Gedanken reise ich ein Jahr in die Zukunft und sehe ein Baby in einem Kinderstuhl an diesem Tisch sitzen – umsorgt von einer fröhlichen, liebevollen, italienischen Familie. Ich spüre Leos Hand in meinem Rücken. Er streichelt mir langsam über die Lendenwirbelsäule. Wenn ich eine Katze wäre, würde ich jetzt vermutlich schnurren, aber so belasse ich es bei einem leisen Seufzen. Seine Mundwinkel heben sich, als er es hört, und er verstärkt den Druck ein wenig.

„Warum hast du deine Eltern nicht mitgebracht, Lilly? Wann werden wir sie kennenlernen?" Giuseppe schiebt sich eine Gabel voll Nudeln in den Mund und sieht mich erwartungsvoll an.

„Oh, ich glaube, ihr habt erstmal genug mit der Hochzeit zu tun. Aber ich hoffe, ihr werdet sie eines Tages kennenlernen", sage ich.

„Wir haben immer Platz für deine Eltern", stellt Giuseppe fest und wendet sich an seinen Sohn. „Hast du sie etwa nicht eingeladen, Leonardo?"

„Das nächste Mal kommen sie vielleicht mit", sagt Leo und schiebt seinen leeren Teller zur Seite. „Lillys Oma wäre am liebsten schon diesmal mitgefahren. Sie liebt den Gardasee."

„Oh, wie schön", antwortet Antonella und sieht mich an. „Du musst deine Oma unbedingt einmal mitbringen."

Ich nicke und sehe auf meinen Teller. Leos Familie ist unglaublich. Ich denke, sie würden sich wirklich auf das Baby freuen. Eventuell kann ich doch schon in ein paar Tagen mit der Neuigkeit herauskommen. Aber erst mal steht natürlich Marias Hochzeit an. Ich frage mich, wo überhaupt der Bräutigam steckt. Aber vielleicht ist es ja auch besser, dass wir diesen ersten gemeinsamen Abend ohne ihn genießen können.

„Bist du schon aufgeregt wegen der Hochzeit? Morgen in einer Woche ist es so weit", wende ich mich an Maria. Ich hatte mich gewundert, dass ihre Vermählung an einem Sonntag stattfindet, aber Leo hatte mir erklärt, dass es so in Italien üblich sei.

„Und wie!", strahlt sie mich an. „Ich kann nachts schon kaum mehr schlafen, wenn ich daran denke. Du wirst Toni am Mittwochabend kennenlernen. Bis dahin hat er noch in Verona zu tun, aber ab Donnerstag wird er hier bei den Hochzeitsvorbereitungen helfen."

Ihre Augen glänzen, als sie von ihrem Verlobten spricht, und ich kann gar nicht anders, als mich mit ihr zu freuen. Vielleicht hat Leo ja doch ein falsches Bild von ihm, und er arbeitet gar nicht für die Mafia. Ich kann mir nicht vorstellen, dass Maria so eine schlechte Menschenkenntnis hat. Sie macht eigentlich einen ganz vernünftigen Eindruck, und auf jeden Fall ist sie bis über beide Ohren in diesen Toni verliebt.

„Ich freue mich schon, ihn kennenzulernen. Und übrigens, ich kann dir natürlich auch gerne bei den Vorbereitungen helfen. Feiert ihr denn hier im Hotel?"

Nun mischt sich Giuseppe ins Gespräch ein. „Nein, nein, ich habe eine fantastische Location für die Hochzeit arrangiert. Ein Weingut, nur ein paar Kilometer von hier entfernt. Es gehört Enrico, einem Freund von mir. Er ist gleichzeitig unser Weinlieferant. Sein Lugana zählt zu den besten in Italien. Ach, was sage ich, zu den Besten der Welt."

Antonella legt ihm ihre Hand auf den Arm. „Jetzt übertreib nicht, Giuseppe. Komm lieber zum Punkt."

Er schnalzt missbilligend mit der Zunge. „Na schön, also wir feiern dort bei Enrico. Sein Weingut besitzt einen wunderschönen Innenhof, der groß genug ist, damit die vielen Gäste dort Platz haben. Wir werden essen und trinken, feiern und tanzen – den ganzen Tag und die ganze Nacht. Meine Maria soll den schönsten Tag ihres Lebens niemals vergessen." Nun treten ihm sogar ein paar Tränchen in die Augen, und ich muss aufpassen, dass ich nicht gleich mitweine, denn Giuseppe ist einfach zu goldig.

„Was wollte ich noch sagen?", fährt er fort, „Ach ja,

und ich habe den beiden eine Hochzeitssuite spendiert. Ich habe sie mir angesehen, und ich kann dir sagen, Lilly, wenn Antonella und ich so eine Suite gehabt hätten, dann hätten wir keine Zwillinge, sondern mindestens Drillinge bekommen."

Antonella reißt sich die Hände vor die Augen und schüttelt fassungslos den Kopf. Leo beginnt schallend zu lachen. „Papa, bitte behalte die Details für dich. Kinder möchten solche Dinge über ihre Eltern wirklich nicht hören."

„Warum nicht?" Giuseppe grinst von einem Ohr zum anderen. „Da fällt mir gerade ein Witz ein."

„Oh nein", stöhnt Antonella. „Bitte, Schatz, verschone uns."

„Also", lässt sich Giuseppe nicht aus der Ruhe bringen. „Sagt ein Mann zu seinem Sohn: Ich gratuliere dir herzlich zu deinem achtzehnten Geburtstag. Ab sofort kannst du machen, was du willst – bis zum Tag deiner Hochzeit …!"

Antonella verdreht die Augen und Maria sieht mich kopfschüttelnd an, während sich Giuseppe auf die Schenkel schlägt und sich über seinen eigenen Witz kaputtlacht.

„Mein Papa liebt Witze, musst du wissen", sagt Maria, und ich falle in Giuseppes Gelächter mit ein, weil ich ihn so knuffig finde.

„Jetzt hast du bei ihm aber einen Stein im Brett", raunt Leo mir zu.

Es bleibt nicht bei dem einen Witz an diesem Abend. Als die Hotelgäste schon alle gegangen sind, sitzen wir noch immer auf der Terrasse. Wir plaudern und lachen. Und lernen uns besser kennen. Der Mond spiegelt sich im See, und am samtschwarzen Himmel funkeln die Sterne. Hin und wieder fährt mir ein warmer Wind durch die Haare. Ich sehe Leo an und bin glücklich.

KAPITEL 11

So gut wie an Leos Seite in der *Villa Marina* habe ich lange nicht geschlafen. Als ich erwache, strömt das Sonnenlicht durch die Ritzen der Fensterläden und bildet ein helles Muster auf dem Boden. Leo schläft noch. Seine linke Hand liegt auf meinem Bauch, als wolle er selbst im Schlaf unser kleines Würmchen beschützen. Dabei weiß er ja nicht einmal von dessen Existenz. Ich schaue mich um und nehme die Einrichtung in mich auf. Den Kleiderschrank aus hellem Furnier, das Sideboard mit Häkeldeckchen und einer künstlichen Rose in einer hässlichen Vase. Den dunkelbraunen Auslegeteppich, den ich nur mit Hausschuhen und keinesfalls barfuß betrete. Die geblümten Vorhänge, deren Stoff wahrscheinlich schon seit Jahren verblichen ist. Nichts passt zueinander.

Sei nicht zu streng, denke ich und erinnere mich daran, wie blitzsauber der Raum gestern war, als wir ihn betraten. Und dass er trotz seiner altmodischen Art so etwas wie Gemütlichkeit ausstrahlt. Doch ich studierte nun mal nicht Innenarchitektur, um nicht gleich ein Riesenpotenzial für Verbesserungen zu sehen. Ich bin gespannt auf die anderen Zimmer, aber da Leo davon gesprochen hatte, dass wir das Beste bekommen haben, mache ich mir keine Illusionen, dass diese Räume moderner sind.

Leo räkelt sich ein wenig und schlägt dann die Augen auf.

„Du bist schon wach, Prinzessin? Buongiorno. Wie hast du geschlafen?"

Ich kuschel mich an seine Schulter. „Himmlisch. Aber jetzt kann ich es gar nicht erwarten, aufzustehen. Ich möchte das Hotel kennenlernen. Und vielleicht kann ich Maria bei etwas helfen. Und meinst du, wir haben Zeit, kurz einmal in den See zu springen?"

Leo lächelt und schließt die Augen wieder. „Madonna, mia. Du legst vielleicht ein Tempo vor. Wie wär's erst mal mit einem Kaffee?"

Ich zwicke ihn in die Seite. „Frühstück wird überbewertet. Jetzt komm schon, lass uns fertigmachen."

Ohne seine Antwort abzuwarten, springe ich aus dem Bett und gehe ins Badezimmer. Es ist ebenfalls veraltet, hat aber zumindest neben der Toilette und dem Waschbecken auch eine Dusche. Trotzdem überlege ich bereits, was man hier anders machen könnte.

Zwanzig Minuten später sitzen wir beide am Küchentisch.

„Der Cappuccino zu Hause schmeckt immer noch am besten", sagt Leo und leckt sich den Schaum von den Lippen. „Wie kommt es eigentlich, dass du plötzlich auf Tee umgestiegen bist? Sonst warst du immer eine richtige Kaffeetante."

Ich verschlucke mich fast an meinem köstlichen Cornetto, einem mit Schokolade gefüllten Blätterteiggebäck. „Ach, ist wahrscheinlich so eine Phase. Demnächst steige ich bestimmt wieder auf Kaffee um."

Ich hasse es, Leo so anzuschwindeln. Zum Glück werde ich das nicht mehr lange tun müssen. Spätestens nach der Hochzeit sage ich ihm die Wahrheit. Und ich wette, er wird sich freuen.

„Was habt ihr beiden heute vor?", fragt Maria. Sie flitzt in einer Tour mit Tabletts zwischen der Küche und dem Gastraum hin und her. Flink bedient sie eine chromblitzende Siebträgermaschine, um einen weiteren Espresso zuzubereiten.

„Leo will mir das Hotel noch ein wenig ausführlicher zeigen", antworte ich. „Aber danach könnten wir dir vielleicht helfen, falls du noch etwas für die Hochzeitsvorbereitungen zu tun hast."

Maria strahlt mich über ihre Schulter hinweg an. „Das ist lieb von dir, Lilly. Aber heute gibt es eigentlich nichts für euch zu tun. Genießt doch den schönen Tag und geht zum Baden."

Leos Mundwinkel heben sich. „Siehst du, es war also völlig unnötig, wie ein Tornado aus dem Bett zu stürmen. Die Chefin erlaubt's: Wir dürfen uns benehmen wie stinknormale Touristen."

Maria lacht laut auf. „Die Chefin? Die bin ich bestimmt nicht."

„Wer spricht hier über mich?", kommt Antonella herein und geht auf Leo zu. Sie legt ihren Arm um seine

Schulter und zieht ihn kurz an sich. „Es ist so schön, dich wieder zu Hause zu haben. Dich natürlich auch, Lilly." Schnell platziert sie ihre Hand auf meiner und lächelt mich an. „Reicht euch denn das Bisschen hier zum Frühstück? Wir haben doch auch noch andere Sachen da." Stirnrunzelnd wendet sie sich an ihre Tochter. „Maria, hast du ihnen nichts anderes angeboten?"

Ehe sie zum Antworten kommt, greift Leo ein. „Wir wollten wirklich nur das hier, Mama. Und es schmeckt köstlich – wie immer."

Antonella scheint versöhnt. Sie wuschelt ihrem Sohn noch einmal durchs Haar und wendet sich schon wieder zur Tür. „Ich habe noch an der Rezeption zu tun. Aber wir sehen uns später, Kinder."

Nachdem wir unser Frühstück beendet haben, lässt sich Leo die Schlüssel der freien Gästezimmer geben – es sind nur drei, alle anderen sind belegt – und beginnt seinen Rundgang mit mir. Lobby, Küche, das Restaurant und die Terrasse habe ich schon gesehen. Im Anschluss an die Lobby befinden sich die Privatzimmer der Baldalettis. Hinter der Küche gibt es einen großen Vorratsraum, und im Keller wird die Wäsche gewaschen und getrocknet. Wir begeben uns in die erste Etage, wo wir ein ähnliches Zimmer wie das unsrige besichtigen. Es ist fast ebenso eingerichtet, nur viel kleiner. Wie in den anderen Räumen begeistern mich die hohen Decken und die Helligkeit.

Im dritten Stock öffnet Leo ein Zimmer, das wunderbar groß ist. Es besitzt jedoch keinen Balkon und die Aussicht geht nicht zum See hinaus, sondern auf den Garten. Ich öffne ein Fenster und schaue nach draußen. Unter uns befindet sich eine Fläche mit einem kurz gemähten Rasen und einer buschigen Hecke als Sichtschutz zur Straße. Fast in der Mitte des Gartens wächst ein knorriger Olivenbaum. Irgendetwas fesselt mich an diesem Baum, ich kann nur nicht sagen, was es ist. Mit Ausnahme dieses Hinguckers finde ich den Garten jedoch ziemlich trist. Schade eigentlich ...

„Das Beste zeige ich dir jetzt." Leo nimmt meine Hand und zieht mich aus dem Zimmer. Wir gelangen zu einer schmalen Treppe, die nur einige Stufen zu einer alten Holztür hinaufführt. Als Leo sie öffnet, blendet uns das Sonnenlicht. Nur zwei, drei Schritte, dann stehen wir auf einer winzigen Dachterrasse. Sie befindet sich auf einem Türmchen der Villa und ist von außen gar nicht zu sehen. Dafür fühlt man sich hier wie in einem geheimen Versteck auf dem Dach der Welt. Oder zumindest dem Dach von Garda. Mein Blick schweift über den silbrig-glitzernden See und die Hügelkette dahinter.

„Mein Gott, ist das schön!"

Leo lächelt geschmeichelt. „Das ist mein Lieblingsplatz. Hier habe ich mich als Kind versteckt, wenn ich etwas ausgefressen hatte. Oder wenn ich bei irgendetwas helfen sollte, zu dem ich absolut keine Lust hatte."

„Soso, das hast du getan? Das werde ich deiner Mutter verraten", drohe ich ihm augenzwinkernd.

„Vergiss es. Sie weiß es natürlich längst. Aber meistens hat sie mich in Ruhe gelassen, wenn ich allein hier oben war. Sie ist eben eine kluge Frau."

„Absolut, das ist sie", antworte ich mit voller Überzeugung. „Nutzt ihr diesen Ort eigentlich irgendwie für eure Gäste?"

Leo schüttelt den Kopf. „Nein, sie wissen gar nichts davon. Was sollte man auch damit anfangen?"

Ich atme tief durch und lasse die besondere Ausstrahlung der kleinen Terrasse noch einmal auf mich wirken. Dann nehme ich Leos Hand. „Nun, dazu ist mir gerade etwas eingefallen. Aber das erzähle ich dir später."

Auf dem Weg nach unten machen wir kurz in unserem Zimmer Halt und ziehen uns Badesachen an, bevor wir als Letztes den Garten inspizieren. Wenn man mittendrin steht, wirkt er sogar noch trauriger als von oben. Obwohl er alles andere als klein ist, wird er offenbar in keiner Weise genutzt. Direkt neben der Villa gibt es eine kleine Holzhütte, in der Gartengeräte und Werkzeug aufbewahrt werden. Wir schlendern gemächlich in Richtung des Olivenbaums, als sich die Tür öffnet und Giuseppe herauskommt.

„Ah, das junge Liebespaar", ruft er. „Wie hast du geschlafen, Lilly? Du weißt ja, was man in der ersten Nacht in einem fremden Haus träumt, geht in Erfüllung."

„Leider kann ich mich nicht erinnern", gebe ich fröhlich zurück. Was nicht ganz stimmt. In meinem Traum lebte ich zusammen mit Leo und unserem Kind glücklich in diesem Haus. Aber das werde ich Giuseppe ganz bestimmt nicht auf die Nase binden. Stattdessen antworte ich: „Auf jeden Fall muss es etwas Schönes gewesen sein, denn ich habe wirklich ganz wunderbar geschlafen."

„Das freut mich, meine Liebe." Er bleibt neben uns stehen und deutet auf den Olivenbaum. „Schaut ihr euch unser Bäumchen an?

„Es sieht wunderschön aus", sage ich und lege meine Hand an seinen Stamm. Ich liebe Bäume und berühre sie gerne. Ein Stamm mit seinen verschlungenen Formen, seinen Adern und Mustern könnte so viel erzählen. Was hat sich alles im Laufe der Zeit dort eingraviert? Welche Energie schwingt in dem alten Holz mit, welche Botschaft trägt es in sich?

„Weißt du, wie alt er ist?", frage ich Giuseppe.

Er zuckt die Achseln. „Mit Sicherheit über hundert Jahre, aber ich weiß es nicht genau. Olivenbäume können ja uralt werden. Ich habe mal von einem auf Kreta gehört, der rund 5000 Jahre alt sein soll."

„Wirklich?" Ich schaue in das silbrige Laub und kann schon die ersten kleinen Oliven entdecken, die dort wachsen.

„Dieser Baum ist das Highlight des Gartens", stelle ich fest.

Giuseppe kratzt sich am Kopf und schaut dann zu Boden. „Tja, da hast du wohl recht. Wirklich schade, dass wir uns wahrscheinlich von ihm trennen müssen."

„Wie bitte? Das ist ja wohl nicht dein Ernst, Papa", mischt Leo sich ins Gespräch ein. „Warum willst du denn den Baum wegmachen?"

Giuseppe schluckt vernehmlich. Er scheint sich nicht wohl in seiner Haut zu fühlen.

„Das ist, weil ...", er stockt kurz, „es ist Tonis Idee.

Er meint, dass wir einfach zu wenige Zimmer haben, um das Hotel weiter lukrativ betreiben zu können. Aber hier im Garten ist genug Platz, um ein weiteres Gästehaus zu bauen. Deswegen habe ich ja auch den Kredit ..."

‚Aufgenommen' wollte Giuseppe vermutlich sagen, aber dazu kommt er nicht. Leo greift sich ins Haar und schüttelt fassungslos den Kopf. „Das ist doch wohl nicht dein Ernst, Papa. Was zum Teufel hat Toni mit unserem Hotel zu tun? Er soll sich nicht in Dinge einmischen, die ihn nichts angehen. Wir hatten besprochen, dass wir noch ein paar Jahre warten, bis wir hier Veränderungen vornehmen. Ich will Erfahrungen in der Hotelbranche sammeln und dann mit den besten Ideen und Geld nach Hause kommen, sodass wir sie zusammen umsetzen können. Außerdem kann Lilly uns helfen. Sie studiert Innenarchitektur und kann uns beraten. Dieser Toni ..."

Er ringt nach Worten und die Verzweiflung über seinen Vater ist ihm deutlich anzuhören. „Ach, Papa. Er ist ein Aufschneider und hat keine blasse Ahnung von der Hotelbranche. Wie kannst du nur auf ihn hören?"

Giuseppe sinkt ein wenig in sich zusammen. Er atmet schwer ein und aus. „Aber ich habe das doch nur für dich getan. Für uns. Es hörte sich alles so überzeugend an ..."

Er bettelt förmlich um Leos Zustimmung und ich sehe, wie schwer es Leo fällt, die richtigen Worte zu finden.

„Ich weiß", antwortet er schließlich tonlos. „Toni kann sehr überzeugend sein. Das hat ja auch bei Maria glänzend funktioniert. Ich bin mir nur nicht sicher, ob das alles zu unserem Guten ist."

Giuseppe schluckt schwer und scheint zu überlegen. „Ich weiß, du kannst ihn nicht ausstehen, Leonardo. Aber ich bin mir hundertprozentig sicher, dass er deine Schwester liebt. Ich hoffe, dass er ihr ein guter Ehemann sein wird. Und wegen dem Kredit ...", er zögert kurz, bevor er weiterspricht, „wir überlegen gemeinsam, was wir damit machen. Einverstanden?"

Er blickt von Leo zu mir und dann wieder zu Leo. Der nickt schließlich und klopft seinem Vater den Rücken. „Natürlich, Papa. Wir machen uns gemeinsam Gedanken darüber. Wir müssen nichts übereilen. Versprich mir nur, dass du mit mir redest, bevor du eine Entscheidung für das Hotel triffst."

Giuseppe nickt mehrmals. „Natürlich, mein Sohn. Das verspreche ich dir."

Ich atme erleichtert aus. Die Aussprache ist beiden nicht leicht gefallen, aber für meinen Geschmack hat sie gut geendet. Was immer dieser Toni mit dem Hotel vorhat, an Leo kommt er nicht vorbei. Schließlich ist er der Sohn des Hauses und es war von vornherein klar, dass er das Hotel einmal übernehmen wird. Maria hatte mir gestern erzählt, dass sie noch gar nicht richtig weiß, wie es nach der Hochzeit weitergehen soll. Vielleicht würden Toni und sie sich eine Wohnung in Garda nehmen und sie würde weiter im Hotel ihrer Eltern arbeiten. Oder sie würden nach Verona ziehen, Tonis Heimatstadt, und sie würde sich dort nach einer Stelle in einem Hotel umsehen.

Ich finde es merkwürdig, dass die beiden sich noch

immer gar nicht darüber klar sind, obwohl die Hochzeit schon in ein paar Tagen stattfindet. Aber das ist schließlich ihre Sache.

Giuseppe scheint ebenfalls froh zu sein, dass das Gespräch gut geendet hat. Er lächelt uns an und fragt, was wir mit dem weiteren Tag anfangen wollen.

„Erst mal gehen wir schwimmen", deutet Leo auf unsere Badetücher, die er zusammengerollt unter dem Arm trägt. „Ciao, Papa. Wir sehen uns später."

Ein schmaler Pfad führt vom Garten aus direkt zu einem kleinen Kiesstrand, der exklusiv den Gästen der *Villa Marina* vorbehalten ist. Es gibt Liegen mit Sonnenschirmen und einen Holzsteg, von dem aus man ins Wasser springen kann. An diesem Morgen halten sich nur zwei Paare hier auf. Sie haben ihre Nasen in Bücher gesteckt und nehmen keine Notiz von uns.

„Wer zuerst drin ist!", ruft Leo und entledigt sich in affenartiger Geschwindigkeit seiner Sachen. So schnell lasse ich mich nicht ausbooten, außerdem brauche ich mir nur mein Sommerkleid über den Kopf zu ziehen und die Flipflops von den Füßen zu streifen. Mit einem Meter Vorsprung hechte ich vor ihm ins Wasser und gebe einen spitzen Schrei von mir. Ganz schön kalt, dieser Gardasee.

„Gewonnen!", kreische ich, bevor ich vollends in den See gleite und mit ein paar kräftigen Zügen hinausschwimme. Leo taucht unter, greift meine Taille und zieht mich an sich, bevor er wieder hochkommt und nach Luft schnappt. Seine Augen strahlen und die Wassertröpfchen in seinem Gesicht funkeln in der Sonne.

„Du solltest vorsichtig sein. In diesem Bereich des Sees leben einige uralte Wasserschlangen. Manchmal holen sie sich junge Touristinnen. Vor allem, wenn sie blond sind und helle Haut besitzen. Besonders lecker ...“

Ich versuche, mich aus seinem Griff zu befreien. Obwohl ich weiß, dass er nur Spaß macht, schlägt mein Herz ein wenig schneller. Allein das Wort Wasser-schlange bereitet mir schon ein ungutes Gefühl.

„Hör auf, so einen Mist zu erzählen, du fieser Kerl“, schimpfe ich los und sehe zum Ufer zurück. So nahe am Strand halten sich bestimmt keine Seeschlangen auf, versuche ich, mich selbst zu beruhi-gen. Falls es sie überhaupt gibt.

„Pssst“, flüstert Leo mir ins Ohr. „Bei mir bist du sicher. Aber hör auf, wie eine Verrückte herumzuplant-schen. Sonst ziehst du noch ihre Aufmerksamkeit auf dich.“

Ich will protestieren, aber da zieht er mich enger an sich und legt seine feuchten Lippen auf meine. Ich halte mich an ihm fest und spüre seine kräftigen Muskeln, seine Wärme im kalten See. Er küsst mich voller Leidenschaft und ich vergesse die Seeschlangen und schließe die Augen. Als ich sie wieder öffne, blickt er mich mit einem seltsamen Ausdruck an.

„Ich liebe dich, Lilly. Ich weiß, ich sage dir das viel zu selten, aber...“, er hält kurz inne und fährt dann mit leiser Stimme fort, „ich bin manchmal einfach nicht so gut mit Worten, weißt du? Aber du sollst wissen, dass ich schon ewig nicht mehr so glücklich war wie hier mit dir zusammen. Es fühlt sich alles so richtig an, dich an meiner Seite zu haben und hier mit dir zu Hause zu sein. Meine Eltern mögen dich und mein Herz wird jedes Mal so leicht wie eine Feder, wenn ich dich ansehe."

Ich habe meine Arme um seinen Hals geschlungen und fühle mich beinahe schwerelos in dem kühlen, weichen Wasser des Sees. Unsere Körper scheinen miteinander zu verschmelzen. Aber – was fast noch besser ist – unsere Herzen schlagen im gleichen Rhythmus. Ich weiß genau, was Leo fühlt, denn ich fühle dasselbe. Mein ganzes Inneres ist erfüllt von der Liebe zu diesem Mann. Er gibt mir die Gewissheit, dass wir beide fest zusammengehören. Und dass nichts jemals zwischen uns kommen kann. Ein Glücksgefühl, das mit nichts vergleichbar ist, das ich je erlebt habe, flutet meinen Körper. Doch Leo ist noch nicht fertig mit seiner Rede.

„Lilly, ich weiß, dass wir noch nicht so lange zusammen sind. Und vielleicht brauchst du noch etwas Bedenkzeit, was mich betrifft. Deswegen möchte ich auch nichts überstürzen. Aber ich möchte, dass du weißt, dass ich immer für dich da sein werde. Ich werde dich beschützen und auf dich aufpassen. Dir bei allem zur Seite stehen, was dir wichtig ist. Und ich werde dich nie verlassen."

Ich merke erst, dass ich die ganze Zeit die Luft angehalten habe, als Leo sich hinabbeugt und seine Stirn an meine legt.

„Habe ich dich jetzt geschockt, See-Prinzessin?"

Ich schüttle den Kopf und sehe ihn mit weit aufgerissenen Augen an. Wäre jetzt der richtige Zeitpunkt, ihm von dem Baby zu erzählen? Ihm zu sagen, dass da noch jemand ist, den er beschützen muss? Aber ich habe zu lange gezögert. Er küsst mich noch einmal auf den Mund und lässt sich dann in die Tiefe gleiten. Als er wieder auftaucht, sieht er sich breit lächelnd nach mir um.

„Ich glaube, ich habe dich doch geschockt, bella mia. Aber das macht nichts. Vertrau mir einfach, I'm your man. Und wir werden zusammen die Zukunft rocken, da bin ich mir sicher."

Dann beginnt er, mit kräftigen Zügen durch den See zu kraulen und ich folge ihm. Mit dem diffusen Gefühl im Bauch, gerade die perfekte Gelegenheit verpasst zu haben, ihm von unserem Kind zu erzählen.

KAPITEL 12

ie Mittagshitze ist einer angenehmen Wärme gewichen, als wir am späten Nachmittag durch Garda bummeln. Ich trage ein neues, gelb-weiß gestreiftes Sommerkleid, Sandalen und einen weißen Sonnenhut, zu dem Connie mich überredet hat.

„Das ist das Tüpfelchen auf dem i", hatte sie begeistert ausgerufen, als wir zusammen durch H&M gestromert waren, um für meine Gardasee-Reise einzukaufen. Ich war zuerst nicht so überzeugt gewesen.

„Ein Hut? Ich weiß nicht. Ich fahre doch nicht nach Ascot", hatte ich gemurmelt und dabei ein mürrisches Gesicht aufgesetzt. Aber Connie hatte – wie immer – nicht nachgelassen und nun bin ich froh darüber, denn Leo hat mir schon dreimal ein Kompliment zu meinem Outfit gemacht.

Auf unserem Spaziergang durch den hübschen Ort mit seinen kleinen Geschäften und Trattorias treffen wir immer wieder auf irgendwelche Leute, die Leo kennt und die ihn freundlich grüßen. Ich stelle fest, dass er ziemlich beliebt zu sein scheint. Gerade werden wir von einem älteren Mann aufgehalten, der vor einem Restaurant steht und die Leute auf der Straße beobachtet.

„Wenn das nicht Leonardo Baldaletti ist", ruft er und breitet die Arme aus, um Leo einmal fest an sich und seinen beträchtlichen Bauch zu drücken.

„Onkel Guido", lächelt Leo, tritt dann einen Schritt zurück und deutet auf mich. „Das ist meine Freundin Lilly aus Deutschland."

Onkel Guido reißt vor Überraschung die Augen auf und zeigt dann ein strahlendes Lächeln. „Dio mio, mein Lieber, jetzt ist klar, warum du dich so lange nicht mehr hast blicken lassen. Bei so einer hübschen Signorina kann ich das natürlich gut verstehen."

Er beugt sich hinab und haucht mir einen Kuss auf die Hand, als sei er ein Ritter der Tafelrunde und ich eine fürstliche Lady. Ich muss mir ein Lachen verkneifen. „Freut mich, Sie kennenzulernen." Nach kurzem Zögern füge ich ein mutiges „Guido" hinzu. Und frage mich, ob er wirklich Leos Onkel ist. Aber diese Frage wird nun prompt beantwortet.

„Onkel Guido und Tante Anna sind die besten Freunde meiner Eltern. Maria und ich sind quasi mit ihren Kindern Mia und Dario zusammen aufgewachsen." Er wendet sich wieder dem Mann zu. „Wie geht's den beiden eigentlich? Ich habe lange nichts von ihnen gehört."

„Du wirst sie natürlich auf der Hochzeit deiner Schwester sehen", antwortet Guido. „Ihnen geht's gut.

Mia arbeitet nach wie vor bei uns im Restaurant, sie müsste gerade hinten in der Küche sein. Und Dario belastet weiterhin unseren Kontostand. Er ist jetzt im sechsten Semester und ich hoffe, er wird fertig, bevor wir pleite sind." Er zwinkert mir kurz zu und erklärt, „Dario studiert Jura in Verona, musst du wissen." Obwohl er versucht, es kleinzureden, ist ihm der Stolz auf seinen Sohn eindeutig anzumerken.

„Ich freue mich schon, die beiden zu sehen", sagt Leo und nimmt meine Hand. „Wir müssen jetzt leider weiter, aber grüß Tante Anna von mir."

Guido hebt den Arm und winkt. „Werde ich tun. Und nochmal herzlich willkommen in Garda, Lilly."

Wir schlendern weiter durch idyllische Gassen, als uns zwei junge Frauen entgegenkommen, die angeregt miteinander plaudern. Lange Haare, hautenge Kleider, die ihre attraktiven Kurven vorteilhaft zur Geltung bringen, High Heels. Ich höre, wie Leo ein kurzes Brummen von sich gibt und sein Gang ins Stocken gerät. Eine der Frauen schaut überrascht zu uns hinüber und stößt ihrer Freundin den Ellenbogen in die Seite.

„Leo", ruft diese daraufhin laut und bleibt mitten vor uns stehen. Sie starrt ihm ins Gesicht und scheint unschlüssig, ob sie ihm um den Hals fallen soll oder nicht.

„Ciao Marella", murmelt Leo. Seine Stimme klingt so, als sei er nicht besonders erfreut über diese Begegnung. Erst jetzt scheinen Marella und ihre Freundin zu registrieren, dass Leo mich an der Hand hält. Mit unverhohlen feindseligen Mienen mustern sie mich von oben bis unten und ich bin einmal mehr froh, dass ich von Jeans und T-Shirt abgesehen habe. Lächelnd hebe ich das Kinn und nicke ihnen huldvoll zu. Bleibe ruhig und schaue deinem Feind ins Auge – etwas in der Art hatte ich mal als Ratschlag irgendwo gelesen und beherzige es nun. Das scheint ihnen aber erst recht die Laune zu verhageln. Mit zusammengepressten Lippen wenden sie sich ab und Marella übergießt Leo mit einem Schwall von Worten. Sie spricht rasend schnell, sodass ich mehr oder weniger nichts verstehe. Allerdings hört sie sich in meinen Ohren alles andere als freundlich an.

Zwischen Leos Brauen hat sich eine steile Falte gebildet. Er sagt kurz etwas zu Marella, das ich ebenfalls nicht verstehe, und zieht mich dann weiter. Ich verkneife es mir, mich noch mal nach den beiden Frauen umzublicken, und sehe stattdessen zu Leo hinüber. Er hat die Schultern fallen gelassen und wirkt wieder entspannt.

„Eine Freundin von dir?", frage ich leichthin, obwohl mir alles andere als leicht zumute ist.

„Exfreundin." Er lächelt mir zu. „Wir haben uns getrennt, bevor ich ins Ausland gegangen bin. Es ist also schon eine Weile her. Keine Ahnung, warum sie meint, hier immer noch irgendwelche Besitzansprüche zu stellen. Es tut mir leid, dass sie dich so böse angesehen haben, bella mia. Vergiss sie einfach."

Aber das kann ich nicht. Nachdem ich nun weiß, dass Leo mal mit dieser Marella zusammen war, glimmt ein Gefühl von Eifersucht in mir. Natürlich ist mir klar, dass ich mich total bescheuert verhalte, schließlich ist das alles lange her und spielte sich ab, bevor Leo und ich uns kennengelernt haben. Aber ich habe den Gedanken daran, dass er auch ein Leben vor mir hatte, einfach verdrängt. Wir haben uns nie etwas über unsere Ex-Partner erzählt, weil wir viel zu sehr damit beschäftigt waren, uns gegenseitig besser kennenzulernen. Wenn wir zusammen waren, gab es immer nur uns: Leo und mich.

Nun stelle ich fest, dass mein Schatz nicht nur zurück in seine Familie gekehrt ist, sondern in ein Geflecht anderer Beziehungen. Nachbarn, Freunde, Bekannte, Exfreundinnen.

„Du guckst gerade ganz schön finster, Lilly."

Mir ist entgangen, dass Leo mich offenbar beobachtet hat. Ein heiterer Ausdruck liegt auf seinem Gesicht. „Hältst du mich jetzt für einen Schürzenjäger? Bist du sauer?"

Ich seufze innerlich. „Quatsch, natürlich nicht. Bin nur mal gespannt, wie viele Exfreundinnen von dir wir hier noch aufstöbern. Hauptsache, sie hauen mich nicht."

„Du bist doch sauer."

Er bleibt stehen und zieht mich an sich. „Hör zu, Lilly, natürlich hatte ich schon ein paar Erfahrungen gesammelt, bevor ich dich kennengelernt habe. Das kannst du mir nicht verübeln. Aber das gehört der Vergangenheit an."

Er legt mir eine Hand in den Nacken und streichelt sanft mit dem Daumen über meine Haut. Meine Knie werden weich. Obwohl wir schon einige Monate zusammen sind, hat er noch immer diese Wirkung auf mich. Es fällt mir schwer, mich auf seine Worte zu konzentrieren, denn mein Körper verlangt nach mehr. Unwillkürlich strecke ich mich ihm entgegen. Und verliere mich beim Blick in seine Augen.

„Ich liebe dich und ich werde dich niemals verlassen", wispert Leo in mein Ohr. Sein heißer Atem streift meine Wange und dann küsst er mich mitten auf dem Weg.

Ich schlinge meine Arme um seinen Hals und presse mich an ihn. Küsse ihn leidenschaftlicher, bis er sich leise räuspert und mich ein Stück zurückschiebt. „Lass uns das später fortführen, Lilly, sonst bekomme ich gleich ein Problem. Ehrlich gesagt, habe ich es schon", grinst er und wirft einen Blick in Richtung seiner Gürtelschnalle.

„Komm, lass uns gehen", schlägt er vor, nimmt meine Hand und führt mich zurück zur *Villa Marina*.

KAPITEL 13

*I*m Haus ist die ganze Familie Baldaletti damit beschäftigt, das Abendessen für die Gäste vorzubereiten. Wir bieten unsere Hilfe an, aber davon will niemand etwas wissen.

„Geht aus und amüsiert euch", scheucht Antonella uns aus der Küche und schließt die Tür hinter uns.

„Ich habe eine Idee", sagt Leo. „Warte kurz hier. Ich hole nur den Autoschlüssel und dann geht's los."

Wenige Minuten später sitzen wir in Bastis Auto und lassen Garda hinter uns.

„Wohin fahren wir?", will ich wissen.

Leo lächelt geheimnisvoll. „Warte es ab, See-Prinzessin. Wir fahren zu einem super-romantischen Ort, der dir bestimmt gefallen wird. Ich hoffe nur, dass nicht allzu viele Touristen da sein werden."

Wir lassen Garda hinter uns und fahren in Richtung Bardolino. Irgendwann biegt Leo links ab und der Weg führt uns durch Olivenbaumplantagen hinauf in die Berge. Als die Straße endet, stellen wir das Auto ab und gehen zu Fuß weiter. Wildblumen blühen in Hülle und Fülle neben dem Weg. Jetzt bringt uns der steinige Pfad in einen Wald. Mehrere Höhlen und mit Efeu überwucherte Felsspalten liegen am Wegesrand. Schließlich erreichen wir eine Art Plateau, eine grüne Wiese, die in goldenes Sonnenlicht getaucht ist. Einige Leute haben ihre Picknickdecken hier ausgebreitet und lassen es sich gut gehen. Wir wandern weiter, bis wir das Ende des Plateaus erreichen und einen fantastischen Blick auf Garda und den Gardasee haben.

Während wir noch die Aussicht auf uns wirken lassen, ertönt hinter uns die Stimme eines Reiseführers, der zu einer kleinen Gruppe deutscher Urlauber spricht. „Wir befinden uns jetzt auf dem Rocca di Garda, rund 300 Meter über dem See. Vor tausend Jahren stand hier eine Festung, in der Königin Adelheid von Burgund gefangen war. Heute sind davon nur noch ein paar Steine übrig ...“

Leo runzelt die Stirn, dreht sich um und beginnt zu strahlen. „Das ist mein bester Freund, Marcello“, raunt er mir zu und wartet, bis er fertig mit seinem Monolog ist. Die Gruppe zerstreut sich ein wenig, um Fotos zu machen, und Leo eilt schnurstracks auf den schlaksigen jungen Mann zu, der uns bis jetzt gar nicht wahrgenommen hat.

„Hey Marcello, du alte Quatschtüte. Kaum zu glauben, dass du immer noch die Touristen anschwindelst und so tust, als ob du dich hier auskennst.“

Lachend fällt Leo seinem Freund in den Arm, der

ihn wiederum breit angrinst und zum Gegenschlag
ausholt.

„Und du, altes Löwengesicht? Sag bloß, deine
Familie hat dich wieder aufgenommen? Sie waren doch
so froh, dass sie dich endlich los waren. Tut mir echt
leid für sie, dass du wieder angekrochen kommst."

Ich schlendere langsam zu ihnen hinüber. „Na, ihr
scheint euch ja richtig liebzuhaben. Leo, willst du mich
deinem Freund gar nicht vorstellen?"

„Entschuldige, Lilly." Leo nimmt meine Hand und
zieht mich zu sich. „Das, Marcello, ist Lilly, das
hübscheste und klügste Mädchen von Hannover. Ich
bin immer noch überrascht, dass sie mich ausgewählt
hat. Aber nun werde ich sie nie mehr gehen lassen."

Marcello schüttelt mir die Hand. „Herzliches
Beileid, Lilly. Aber ich freue mich natürlich trotzdem,
dich kennenzulernen. Wenn du diesen Typen mal leid
bist, ruf mich an."

Ich tue so, als zöge ich einen imaginären Block aus
der Tasche. „Oh, danke für das Angebot. Kann ich mir
gleich mal deine Telefonnummer aufschreiben?"

Leo kneift mich in die Seite. „Wage es ja nicht, du
Frechling. Du gehörst jetzt mir, capisci?"

Er lächelt mich an und in seinen Augen sprühen
Funken.

„Oh mein Gott", murmelt Marcello. „Da ist wohl
echt nichts zu machen, ihr beiden seid ja wirklich total
verknallt ineinander."

Wir plaudern ein wenig über Hannover und wie
wir uns kennengelernt haben, doch dann sieht
Marcello unruhig zu einer Gruppe hinüber. Sie hat sich

bereits wieder zusammengerottet und wartet auf ihren Führer.

„Sorry, Leute, ich glaube, ich muss dann mal wieder meiner Arbeit nachgehen. War schön, euch getroffen zu haben. Ich hoffe, wir sehen uns noch mal in den nächsten Tagen."

Mit diesen Worten will er sich abwenden, doch Leo hält ihn zurück.

„Warte noch, Marcello. Hast du etwas herausgefunden? Du weißt schon, wegen Marias Verlobtem?"

Das Lächeln aus Marcellos Gesicht verschwindet. Er blickt auf seine Schuhe hinab und scharrt mit ihnen im Boden herum. Schließlich sieht er wieder auf und seufzt. „Ich habe überall gefragt, Leo. Genau wie du es gewollt hast. Aber ich bin auf eine Mauer des Schweigens geprallt. Und nicht nur das. Einige Leute haben mich davor gewarnt, weiter herumzustochern, wenn mir meine Gesundheit lieb ist."

Leo nickt schweigend und mir wird innerlich eiskalt. Ich fühle mich schon wieder wie in einem Film von Martin Scorsese, dabei ist dies hier die Wirklichkeit.

Leo legt eine Hand auf Marcellos Schulter. „Danke, mein Freund. Du hast was gut bei mir."

Marcello holt tief Luft und schüttelt den Kopf. „Kein Problem, Leo. Es tut mir leid, dass ich keine besseren Nachrichten für dich habe. Ich habe noch einen Kontakt in Verona, den ich ansprechen kann. Ich rufe dich an, wenn ich etwas Neues erfahre."

Dann dreht er sich um, winkt uns noch einmal zu und kehrt zu seiner Gruppe zurück.

„Verdammt. Ich hatte ehrlich gehofft, er hätte

meine Bedenken zerstreuen können." Leo hat die Hände zu Fäusten geballt und blickt finster auf den See hinaus. Dann sieht er zu mir hinüber und erkennt das Entsetzen, das mich erfasst hat. Er fasst mich an den Schultern an und haucht mir einen Kuss auf die Stirn.

„Keine Angst, bella mia. Du bist hier nicht in einen Thriller geraten. Ich passe auf dich auf und es wird nichts passieren. Ich mache mir einfach Sorgen um Maria. Und ich habe das Gefühl, dass unsere Familie in einen Strudel des Bösen hereingezogen wird. Und niemand bemerkt es."

Seine Augen schimmern dunkel und seine Worte tragen nicht dazu bei, dass ich mich besser fühle. Die heitere Atmosphäre dieses sonnigen Sonntags ist verflogen. Mich fröstelt, und ich lege unwillkürlich eine Hand auf den Bauch.

„Bitte, Leo, versprich mir, dass du dich nicht in Gefahr begibst. Ich könnte es nicht ertragen, wenn dir irgendwas passiert. Wenn Toni herausfindet, dass du hinter all den Nachforschungen von Marcello steckst, könnte er ziemlich sauer werden. Oder nicht?"

Leo zieht die Mundwinkel nach oben, doch sein Lächeln reicht nicht bis zu seinen Augen hinauf.

„Er wird es schon nicht erfahren, Lilly. Und wenn es dich beruhigt: Ich verspreche dir, dass ich mich nicht mit ihm anlege – so weit das möglich ist."

KAPITEL 14

„Bist du fertig, Lilly?" Leo nimmt meine Hand und zieht mich vom Bett hoch. „Komm mit, jetzt gibt's eine Überraschung."

Er strahlt, als habe er im Lotto gewonnen, während er versucht, einen Blumenstrauß vor mir zu verbergen, den er sich auf den Rücken hält. Auch in Hannover hat sich Leo schon ein paar richtig tolle Überraschungen für mich einfallen lassen. Einmal musste er in aller Herrgottsfrühe meine Studentenbude verlassen, um zur Arbeit ins Hotel zu gehen. Als ich später aus der Wohnung kam, sah ich, dass jemand mit Straßenkreide etwas auf den Gehweg geschrieben hatte. *„Hab einen schönen Tag, bella mia!"*, stand dort in Himmelblau auf dem Bürgersteig. Ein anderes Mal hatte Leo mir ein selbst gebasteltes Gutscheinheft geschenkt. Darin fand ich Gutscheine wie „Einmal dein Lieblingsessen selbst gekocht" oder „Eine Rückenmassage" und „Ein Kinobesuch". Leo überlegte sich immer wieder traumhafte

Ideen für mich und ich bin gespannt, was es diesmal sein wird.

Nachdem wir von unserem Ausflug auf den Rocca di Garda zurückgekehrt waren, hatte zunächst eine bedrückte Atmosphäre zwischen uns geherrscht. Im Auto hatten wir beide unseren Gedanken nachgehangen und geschwiegen. Ich machte mir Sorgen, wie das Zusammentreffen zwischen Leo und Toni verlaufen wird. Antonella, Giuseppe und Maria freuten sich so sehr auf diese Hochzeit und taten alles dafür, dass sie für das Brautpaar unvergesslich bleiben würde. Genau wie in Deutschland war es auch in Italien üblich, dass der Brautvater für die Kosten der Hochzeit aufkam. Und obwohl die Baldalettis nicht gerade auf Rosen gebettet waren, was das Finanzielle betraf – so hatte es Leo mir jedenfalls erzählt –, scheute Giuseppe keine Kosten und Mühen, um seiner Tochter ein Fest zu bieten, das alles in den Schatten stellte.

Aber was, wenn Leo seinen Unmut über seinen zukünftigen Schwager nicht im Zaum halten könnte? Was, wenn Toni ihn sogar dazu reizte? – Noch kenne ich diesen Typen nicht mal, der mir mehr und mehr im Kopf herumspukt. Ich hoffe inständig, dass er doch gar nicht so schlimm ist, wie es momentan scheint.

„Andiamo", ruft Leo, und ich folge ihm in den Flur hinaus und bis zu der kleinen Treppe, die er mir heute Morgen schon gezeigt hat. Er eilt voraus, öffnet die Luke, und als ich ebenfalls oben angekommen bin, bleibt mir der Mund vor Überraschung offenstehen.

Auf der winzigen Terrasse, die vor ein paar Stunden noch gähnend leer gewesen war, stehen zwei Stühle und ein kleiner Tisch, der mit einer weißen Tischdecke, Tellern, Besteck und Stoffservietten eingedeckt ist. In einem silbernen Leuchter brennen drei lange, hellgrüne Kerzen. In einem Sektkübel mit Eis liegt eine Flasche Prosecco, an der Wassertröpfchen abperlen. Blitzschnell steckt Leo den Blumenstrauß in eine Vase und deutet mit einer galanten Geste auf einen der Stühle.

„Bitteschön, Signorina. Wenn Sie sich setzen mögen?"

Aber ich muss erst mal stehen bleiben und die Szenerie in mich aufnehmen. Die Sonne ist noch nicht untergegangen, steht aber schon tief am Himmel und lässt den Gardasee in einem rosafarbenen Schimmer erstrahlen. Von der Terrasse unter uns klingt leise Musik herauf. Die warme Luft ist erfüllt vom Duft nach exotischen Blüten. Ich drehe mich zu Leo um, der mich genau beobachtet.

„Das ist einfach unglaublich. Wie hast du das hier so schnell hingezaubert?"

Er lächelt mich glücklich an. „Maria hat mir geholfen. Ich dachte, es wäre schön, hier ein kleines Picknick zu haben."

In diesem Moment beugt er sich zu einem Korb hinab und holt ein Ciabatta heraus, das gerade erst aus dem Ofen gekommen sein muss, denn es dampft noch ein bisschen. Als Nächstes stellt er Schälchen mit getrockneten Tomaten, Dips, Hähnchenschenkeln, Salat und Käse auf den Tisch. Bald ist jedes Fleckchen besetzt mit Köstlichkeiten und mir läuft das Wasser im Munde zusammen.

„Gefällt es dir, See-Prinzessin?"

„Ob es mir gefällt? Das ist das schönste Picknick, das ich jemals erleben werde. Das steht jetzt schon fest. Wenn ich mich nicht schon längst in dich verliebt hätte, würde ich es jetzt tun, Leo."

Er wirkt zufrieden und greift zur Flasche, um uns einzuschenken. „Bene, dann würde ich sagen, setz dich hin und greif zu."

Ich lasse mich auf den Stuhl sinken und nehme das Glas in Empfang, das Leo mir reicht. Angesichts des Proseccos werde ich sofort von schlechtem Gewissen wegen des Babys überfallen. Ich werde nur ein paar winzige Schlucke trinken, damit es nicht auffällt. Das wird dem Würmchen hoffentlich nicht schaden. Das Glas abzulehnen, würde Leo auf der Stelle misstrauisch machen und mich in Erklärungsnot bringen. Auf der Rückfahrt zum Hotel hatte ich endgültig beschlossen, ihm erst nach der Hochzeit von unserem Kind zu erzählen. So sehr es mich reizt, damit herauszuplatzen, würde es jetzt einfach nicht passen. Erst mal sollen Maria und Toni heiraten. Und hoffentlich würde sich der Disput zwischen Leo und Toni in Luft auflösen. Ich bin ein optimistischer Mensch und gehe immer davon aus, dass alles gut wird. Ganz bestimmt wird es auch diesmal so sein.

Wir stoßen an und sehen uns lange in die Augen, bevor wir die Gläser ansetzen. Der Prosecco rinnt eiskalt und köstlich meine Kehle hinab. „Was für ein wunderschöner Abend", sage ich leise und lehne mich zurück. Leo bricht ein Stück von dem frischen Brot ab und legt es auf meinen Teller.

„Si, eine Nacht, die man nie vergisst. Und ich hoffe,

dass wir beide noch ganz viele Nächte wie diese hier verbringen werden."

Mein Herz wird weit. „Das werden wir, Leo. Und nichts wird dazwischenkommen, das verspreche ich dir."

Er streicht mit seiner warmen Hand über meine und ich verliere mich – wieder einmal – darin, sein Gesicht zu betrachten. Die rehbraunen Augen mit den langen, geschwungenen Wimpern. Die schmale, gerade Nase. Die Grübchen, die mir gleich bei unserer ersten Begegnung in dem Hotel in Hannover aufgefallen waren. Und schließlich sein voller Mund, nach dem ich inzwischen absolut süchtig bin.

„Du beobachtest mich, See-Prinzessin. Gibt es da vielleicht etwas, das du mir sagen willst?"

Ich merke, dass ich erröte und greife schnell nach einem Stück Käse. Leo kennt mich viel zu gut, als dass ich lange etwas vor ihm geheim halten könnte. Zum Glück sind es nicht mehr viele Tage bis zu Marias Hochzeit. Dann ist endlich Schluss mit der Geheimniskrämerei.

„Nö, eigentlich nicht. Ich bin nur immer noch völlig geflasht von diesem besonderen Ort hier", antworte ich schnell. Er sieht mich an, als könnte er mir nicht so ganz glauben. Beherzt nehme ich mir von dem Salat und Hähnchen und beginne zu essen. Ich werde ihm nichts von dem Baby sagen, was immer er auch als Nächstes fragt.

„Ich habe mich den ganzen Tag schon gefragt, wann du endlich damit herausrückst." Sein Blick hält mich gefangen und das Brot in meinem Mund fühlt sich auf einmal staubtrocken an. Ich kaue verzweifelt darauf herum und spüle es schließlich mit einem Schluck Prosecco herunter.

„Bitte? Ich weiß gar nicht, was du meinst."

Die Empörung in meiner Stimme klingt einen Tick zu dramatisch, aber jetzt ist es zu spät.

Leo zieht eine Augenbraue in die Höhe. „Na, unser Rundgang heute Morgen. Du hattest gesagt, dass du schon ein paar Ideen hättest und sie mir später präsentieren würdest. Darauf warte ich schon die ganze Zeit."

Ich versuche, meine Erleichterung darüber, dass es nur um das Hotel geht, zu verbergen und atme langsam aus.

„Ach so, natürlich. Das hatte ich ganz vergessen."

Ich muss mich kurz sammeln, dann erkläre ich Leo, wie ich mir die Zukunft der *Villa Marina* vorstelle.

Leo, sein Vater und offensichtlich auch Toni waren immer von einer Erweiterung der Gästezimmer ausgegangen, um mehr Einnahmen mit dem Hotel zu erzielen. Doch als ich am Morgen durch die Villa gestreift war, hatte sich eine ganz andere Vision in meinen Geist geschlichen. Anstatt auf mehr Gäste zu setzen – die ohnehin nicht alle Platz auf der wunderschönen Seeterrasse finden würden – stellte ich mir vor, das Haus in ein luxuriöses Boutique-Hotel umzuwandeln.

Ich erkläre Leo, dass es keine zusätzlichen Zimmer geben wird, aber dass jeder Bereich der Villa bis ins kleinste Detail aufgewertet werden müsse.

„Die Lobby ist viel zu dunkel und mit klobigen

Möbeln eingerichtet. Hier könnte man mit großen venezianischen Spiegeln arbeiten und ein Gefühl von Weite vermitteln. Dazu gehören Grünpflanzen in großen Kübeln, indirekte Beleuchtung, ausgesuchte Kunstgegenstände."

Ich versuche, mir in Erinnerung zu rufen, was mir ein paar Stunden zuvor alles durch den Kopf geschossen war. „Dann die Zimmer – die müssen komplett renoviert werden. Die Teppiche müssen raus, die Gardinen sind einfach schrecklich. Wir brauchen bequeme Kingsizebetten, schöne Bilder an den Wänden. Die Badezimmer müssen komplett überholt werden, vielleicht mit Regenwaldduschen und Waschtischen aus Marmor."

Leos Gesichtsausdruck wandelt sich langsam von skeptisch in nachdenklich. Ich hatte auf mehr Begeisterung gehofft und lege mich nun noch mehr ins Zeug, um ihn von meiner Idee zu überzeugen. „Die Zimmer, deren Fenster nach hinten herausgehen, werden nicht so gut gebucht, richtig?"

Ich warte sein Nicken kaum ab und rede gleich weiter. „Das müssen wir ändern. Und damit kommen wir zum nächsten Punkt der Umwandlung. Der Garten ist ein Dreh- und Angelpunkt der neuen *Villa Marina*."

Leo zieht die Augenbrauen in die Höhe und starrt mich weiter schweigend an.

„Wir verwandeln ihn in einen richtigen Paradiesgarten – mit Pool, vielleicht zusätzlich einem Whirlpool, Wasserspielen, Blumen und Oleanderbüschen. Schmale, mit weißem Kies ausgelegte Wege könnten hindurchführen. Geschmackvolle Liegen mit dicken Badetüchern laden zum Relaxen ein. Und im Mittelpunkt steht euer schöner Olivenbaum, der natürlich unbedingt erhalten bleiben muss. Vielleicht könnten wir ihn zu so einer Art Glücksbringer für die Gäste erklären. Was meinst du?"

Ich hatte immer schneller gesprochen, die Begeisterung für meine Ideen war schlicht mit mir durchgegangen. Doch immerhin scheint Leo sich inzwischen für meine Vorschläge zu erwärmen.

„Bei all dem Luxus könnten wir unsere Zimmerpreise erhöhen", überlegt er laut.

„Auf jeden Fall, die könnt ihr verdoppeln", schlage ich voller Euphorie vor.

Er schüttelt belustigt den Kopf. „Jetzt übertreib nicht. Und außerdem würden wir dann unsere langjährigen Stammgäste bestimmt für immer und ewig vergraulen."

„Du meinst die Stammgäste wie zum Beispiel das ältere Ehepaar aus Düsseldorf, das wir auf dem Parkplatz getroffen haben? Wo er Beamter war und sie in einer Bank gearbeitet hat? Die können sich auch einen teureren Urlaub leisten und wären bestimmt sogar froh, wenn die Zimmer modernisiert werden."

„Touché. Die beiden haben tatsächlich schon mal erzählt, dass sie normalerweise in teureren Häusern übernachten. Aber dass sie unsere Villa so lieben, weil sie klein und so wunderbar gelegen ist."

Ich strahle ihn an. „Genau das meine ich. Und ich glaube felsenfest, dass dieses Ehepaar kein Einzelfall ist."

Leo schiebt sich ein Stück Käse in den Mund und

kaut nachdenklich vor sich hin. „Wir könnten den Gästen gleich bei ihrer Ankunft ein feuchtes Handtuch reichen, das nach frischen Limonen duftet. Das ist ein wenig wie Wellness und eine Geste der Gastfreundschaft. Und dazu vielleicht einen fruchtigen Cocktail. Was meinst du?"

„Perfekt", antworte ich und freue mich, dass Leo offenbar seine Hotelerfahrungen im Ausland mit einbezieht.

„Und wir könnten frische Blumen und einen Obstkorb auf die Zimmer stellen", führt er weiter aus. Inzwischen glänzen seine Augen vor Begeisterung. „Außerdem könnten wir den Gästen behilflich sein, wenn sie Ausflüge unternehmen möchten oder Veranstaltungen besuchen wollen."

Ich nicke und greife in die Schale mit den kleinen, fruchtigen Tomaten. „Wir sollten eine Liste mit allen Ideen erstellen, Leo. Und morgen werde ich erste Zeichnungen von den Räumen anfertigen. Was denkst du, wird deinen Eltern die Idee mit dem Boutiquehotel gefallen?"

Leo lächelt breit. „Darauf würde ich wetten."

KAPITEL 15

$\mathcal{E}$s ist dunkel und kühl in der Lobby der *Villa Marina*. Alle Fensterläden sind verriegelt, um die Hitze des Tages nicht ins Haus zu lassen. Durch die geschlossene Tür höre ich das leise Klappern von Geschirr aus der Küche, ansonsten ist es friedlich und still an diesem Ort.

Leo ist nach dem Frühstück zusammen mit seinem Vater aufgebrochen, um einige Besorgungen zu machen. Die meisten Gäste sind am Strand und auf Ausflügen unterwegs. Die perfekte Zeit für meine Skizzen. Ich sitze auf einem abgewetzten Ledersessel, der aussieht, als hätte ihn jemand hier vergessen, in der hintersten Ecke der Lobby. Hinter mir an der Wand hängt die gerahmte Schwarz-Weiß-Fotografie einer Frau in einem dunklen Kleid. Sie schaut ernst und würdevoll in die Kamera. Im Hintergrund erkenne ich die Umrisse der *Villa Marina*. Garantiert ist das Leos Großtante, die einstige Besitzerin des Hotels, denke ich.

Das Foto strahlt etwas aus und erinnert an eine Zeit am Gardasee, als eine Reise hierher noch außergewöhnlich war. Heute, wo so viele Leute in den Flieger steigen und wer weiß wohin fahren, scheint ein Urlaub in Norditalien vielleicht nicht der Rede wert. Doch früher war ein Aufenthalt in dieser einzigartigen Villa bestimmt etwas sehr Spezielles.

Und das könnte es in Zukunft wieder werden. Es kommt darauf an, welchen Eindruck die Gäste bekommen. Das Flair einer historischen Villa muss unbedingt bewahrt, ja noch verstärkt werden. Ich mache mir eine Notiz, dass dieses Foto einen prominenteren Platz erhalten sollte. Vielleicht gibt es ja noch weitere alte Aufnahmen vom Haus und seinen früheren Bewohnern. Dann könnte man hier in der Lobby so etwas wie eine kleine Ahnengalerie einrichten.

Der Sessel knarrt leise, als ich mich zurücklehne und mein Stift über das Papier huscht. Es ist, als würde die Villa zu mir sprechen und mir von einer Zeit erzählen, als Frauen in hübschen Kleidern und Hut ihre Koffer von einem Pagen die Treppe hinauftragen ließen. Als Männer in Anzügen und gewienerten Lederschuhen pfeifend durch das Fenster auf den See hinausblickten. Ich sehe Signorina Marina mit strenger Miene hinter der Rezeption stehen und einem Gast erklären, dass hier ab zehn Uhr abends Nachtruhe herrsche.

Das weiße Blatt auf meinem Block füllt sich mit historischen Materialien, venezianischen Spiegeln, einem opulenten Kristalllüster und Grünpflanzen in Hülle und Fülle. Ich zeichne in einem Flow, wie ich ihn noch nie erlebt habe, und sehe alles vor meinem inneren Auge, als wäre ich in einer Zeitmaschine in die Lobby der Zukunft gereist. Einer Lobby, die den Geist und den Charme der Vergangenheit mit den Annehmlichkeiten der Gegenwart vereint.

Als ich fertig bin, bleibe ich einen Moment sitzen und kehre ins Hier und Jetzt zurück. Oben öffnet sich eine Tür und Maria kommt die Treppe hinab. Sie sieht mich nicht in der dämmrigen Ecke, in der ich bin, und geht – ein Lied summend – hinter die Rezeption. Ich räuspere mich leise, um sie nicht zu erschrecken, aber sie stößt trotzdem einen Schrei aus und fasst sich ans Herz.

„Meine Güte, Lilly, du hast mich zu Tode erschreckt. Was machst du denn da? Wolltest du dich verstecken?"

„Tut mir leid, Maria. Sonst sitzt hier wahrscheinlich immer das Hotel-Gespenst, oder?"

Kichernd kommt sie zu mir hinüber, setzt sich auf die Sessellehne und blickt auf meinen Block. Dann nimmt sie ihn mir aus der Hand und starrt mit großen Augen auf die Zeichnung.

„Mio, dio, hast du das gemacht? Das sieht wunderschön aus! Wo ist das, bist du dort schon einmal gewesen?"

Ich sehe sie verwundert an. Erkennt sie die Lobby denn nicht wieder oder will sie mich nur necken?

„Das ist hier, Maria. Eure Lobby. So könnte sie aussehen, wenn man ein paar Dinge verändert. Leo hat mich gebeten, mir Gedanken dazu zu machen, weil ich doch Innenarchitektur studiere. Und das hier wäre eine erste Idee, was möglich wäre."

Maria blickt zwischen mir und der Zeichnung hin und her und benötigt offenbar einen Augenblick, um zu realisieren, dass die Skizze wirklich diesen Raum betrifft. Dann schlägt sie die Hand vor den Mund und strahlt.

„Das ist unglaublich, Lilly. Die Lobby sieht ganz anders aus, wie in einem Fünf-Sterne-Hotel. Hast du es schon Leo und meinen Eltern gezeigt?"

Ich schüttle den Kopf. „Du bist die Erste, die es sieht."

Ein stiller Stolz erfüllt mich. Maria scheint begeistert zu sein. Immer wieder vergleicht sie die Zeichnung mit der Realität und stößt dabei kleine Begeisterungsrufe aus.

„Die werden hin und weg sein, wenn sie das sehen. Und ich kann gar nicht abwarten, dass wir das realisieren, was du gezeichnet hast. Die Gäste werden ausflippen. So schön wohnen sie nirgends sonst in Garda."

Sie hält inne, als sei ihr etwas eingefallen, und gibt mir den Block zurück. Das Strahlen in ihrem Gesicht ist gewichen.

„Alles in Ordnung, Maria? Was ist denn los?"

„Mir ist gerade eingefallen, dass ich vielleicht schon gar nicht mehr hier bin, wenn das Hotel umgebaut wird. Sehr wahrscheinlich werde ich dann irgendwo in Verona in einem fremden Haus arbeiten."

Von dieser Möglichkeit hatte sie mir schon am Tag unserer Ankunft erzählt – in einem leichten Plauderton. Doch nun wird mir klar, dass es Maria alles andere als leichtfallen wird, hier fortzugehen. Ich streiche ihr über den Handrücken und versuche, zuversichtlich zu klingen. „Wer weiß, vielleicht bleibt ihr ja doch in Garda und Toni geht von hier aus seinen Geschäften nach." Kurz wird mir ein wenig übel, als mir einfällt, um welche Art von Geschäften es sich da wahrscheinlich handelt. Und wie merkwürdig es klingt, wenn man bloß nichts Falsches sagen darf. „Dann könntest du weiter hier in der Villa arbeiten und ihr wohnt vielleicht einfach nur ganz in der Nähe?"

Maria holt tief Luft und versucht, zu lächeln. „Ja, vielleicht. Ich habe schon probiert, mit Toni darüber zu reden. Aber das ist nicht so leicht. Es macht mich verrückt, nicht zu wissen, wie und wo mein Leben mit ihm weitergeht. Aber wenn ich davon anfange, stellt er mich immer als kleinkarierten Angsthasen dar. Er sagt, ich soll mal locker bleiben, er würde schon alles für uns regeln."

Ich bemerke, wie unglücklich sie klingt, und bin froh, dass Leo ihre letzten Sätze nicht gehört hat. Vermutlich hätten sie ihn gleich schon wieder in Rage gebracht. Allerdings muss ich zugeben, dass mein Ärger auf diesen Toni auch gerade mal um einiges angestiegen ist.

„Ich finde das überhaupt nicht kleinkariert, Maria. Ganz im Gegenteil. Jede Frau würde doch wissen wollen, wie ihre Zukunft an der Seite ihres Ehemanns aussieht. Ich würde mich auch nicht auf etwas vollkommen Ungewisses einlassen."

Sie sieht mich mit hochgezogenen Augenbrauen an.

„Aber ist das bei dir und Leo denn so völlig klar? Du bist Deutsche und hast noch ein paar Jahre Studium vor dir. Das hat mein Bruder mir erzählt. Und er möchte in der Welt herumreisen und Erfahrungen sammeln. Und dann dieses Hotel übernehmen. Wirst du dann mit ihm hierherziehen?"

Ich merke ihrer Stimme an, für wie unwahrscheinlich sie das hält. Traurigkeit steigt in mir auf. Maria mag mich, daran habe ich keinen Zweifel. Aber ihre letzten Sätze machen klar, dass sie mich nur als eine kurzfristige Freundin ihres Bruders einschätzt. Keine, die für immer bleibt. Und wenn ich ehrlich bin, muss ich zugeben, dass Leo und ich noch nie konkret darüber gesprochen haben, was später mal wird. Wir haben verrückte Pläne geschmiedet, wo wir überall zusammen hinreisen wollen. Nach New York und Hawaii, zu den Kängurus nach Australien und in die Inselwelt der Karibik. Und wir haben uns gegenseitig von unseren Träumen erzählt. Leo natürlich von seiner *Villa Marina*, die als aufstrebender Stern ins neue Jahrtausend einziehen soll. Und ich von meiner Mission, Häuser in Wohlfühltempel zu verwandeln.

All die Zeit wusste ich selbst nicht, wie sich unsere Träume miteinander in Einklang bringen lassen. Ich vermied es, mir die Frage zu stellen, ob ich bereit war, zu Leo an den Gardasee zu ziehen. Und Leo selbst? Hatte er darüber nachgedacht? Ich vermute es. Doch wahrscheinlich war er sich nicht sicher, ob ich das wirklich tun würde. Ich glaube, er wollte kein ‚nein' von mir hören und gab sich lieber der Illusion hin, dass am Ende schon alles gut werde. Im Grunde ist Leo genau wie ich ein optimistischer Mensch. Warum jetzt Probleme wälzen, die man noch gar nicht hat? Die Zukunft wird schon zeigen, wohin uns unsere Wege führen.

Seitdem ich weiß, dass ich schwanger bin, denke ich allerdings anders. Plötzlich ist die Zukunft näher gerückt. Alles wird sich ändern – und zwar schon ziemlich bald. Doch wenn ich an später denke, dann sehe ich uns zusammen: Leo, unser Kind und mich. Wir sind ein Ganzes – egal, wo wir leben. Und seit ich Leos Familie kenne und erfahren habe, wie schön es hier am Gardasee ist, kann ich mir durchaus vorstellen, Deutschland zu verlassen und hier zu leben. Also straffe ich die Schultern, lächle Maria an und gebe ihr die einzig richtige Antwort: „Na klar, ich würde sofort hierherziehen. Hauptsache, ich bin mit Leo zusammen."

KAPITEL 16

*E*s ist Mittagszeit und Leo und Giuseppe sind noch unterwegs. Ich war den ganzen Morgen durch die Villa gestreift und habe gezeichnet. Jetzt fühle ich mich erschöpft. Glücklich erschöpft – wie immer, wenn ich kreativ gearbeitet habe und das Gefühl hatte, dass etwas Gutes dabei herauskommt. Mein Magen knurrt und ich spüre eine leichte Übelkeit in mir aufwallen. Seitdem ich schwanger bin, muss ich alle paar Stunden eine Kleinigkeit essen, sonst wird mir total schlecht.

Ich bringe den Zeichenblock in unser Zimmer und begebe mich auf der Suche nach etwas Essbarem in die Küche. Die *Villa Marina* bietet ihren Gästen Frühstück und Abendessen an. Mittags genießen die Angestellten ein paar freie Stunden und die Familie zieht sich meist in die Privaträume zurück, bis am Nachmittag dann schon wieder das Dinner vorbereitet wird.

Ich richte mich darauf ein, schnell alleine ein übrig

gebliebenes Croissant zu essen, doch als ich die Küchentür öffne, sitzt Antonella am Tisch und schreibt an einer Einkaufsliste.

„Ah, Lilly, da bist du ja, du fleißige Biene. Maria hat mir erzählt, dass du den ganzen Morgen gearbeitet hast. Sie ist ganz begeistert von deinen Ideen. Bin schon gespannt, was du dir überlegt hast."

Sie lächelt mich warm an und deutet auf einen Stuhl zu ihrer Rechten. Ich setze mich und frage mich dabei, ob Maria ihrer Mutter auch erzählt hat, dass ich in dieses Haus einziehen möchte. Falls sie es getan hat, scheint Antonella jedoch kein Problem damit zu haben. Ich spüre, dass eine Welle der Freundlichkeit von dieser Frau auf mich ausgeht. In diesem Moment stößt mein Magen ein lautes Knurren aus.

„Du hast Hunger", erkennt Antonella messerscharf und springt im gleichen Augenblick auf. „Warum hast du nichts gesagt? Warte kurz, ich mache dir schnell etwas zurecht."

Sie holt Käse und Butter aus dem Kühlschrank, packt Brot und Gebäck zusammen, etwas Obst und zwei Teller auf ein Tablett. „Was magst du trinken? Willst du mal unsere selbst gemachte Zitronenlimonade probieren?"

„Das wäre jetzt genau das Richtige", antworte ich und frage, ob ich etwas helfen kann. Antonella drückt mir das Tablett in die Hand und schüttelt den Kopf. „Alles fertig. Lass uns doch auf die Terrasse unter einen Sonnenschirm setzen. Wenn du nichts dagegen hast, leiste ich dir etwas Gesellschaft und esse eine Kleinigkeit mit."

Es ist das erste Mal, dass ich mit Leos Mutter alleine bin, und ich habe ein bisschen das Gefühl, dass sie mir auf den Zahn fühlen will, was für ein Mensch ich bin. Trotzdem fühle ich mich nicht unwohl dabei, denn ich mochte Antonella vom ersten Augenblick an. Obwohl ich sie mir anders vorgestellt hatte. Nachdem Leo mir am Silvesterabend erzählt hatte, dass seine Mutter ihm das Kochen und Backen beigebracht hat, war das Bild einer beleibten älteren Frau mit Kittelschürze und runzeliger Haut in meinem Inneren aufgetaucht. Wenn ich Antonella nun betrachte, wie sie anmutig eine Karaffe Limonade nach draußen trägt, muss ich fast schmunzeln.

Leos Mutter ist schätzungsweise Mitte bis Ende vierzig, sieht aber locker wie achtunddreißig aus. Sie trägt ihr mittellanges, dunkles Haar zu einem Pferdeschwanz gebunden und ist immer dezent, aber gekonnt geschminkt. Heute hat sie eine enge Jeans und ein schwarzes T-Shirt mit Carmen-Ausschnitt an. Ich tippe auf Kleidergröße 38, vielleicht auch nur 36. Jedenfalls würde ich so ziemlich alles dafür tun, später noch so eine tolle Figur zu haben.

„Komm, wir nehmen den Tisch dort drüben. Von dort hat man die schönste Aussicht auf den See", schlägt Antonella vor und schließt die Tür zur Küche hinter sich. Wir sind allein auf der Terrasse und wieder einmal bewundere ich das bilderbuchmäßige Panorama, das man von hier aus hat. Ich stelle das Tablett auf den Tisch und lasse mich mit einem leisen Seufzer auf den Stuhl nieder.

„Antonella, es ist einfach herrlich hier. Sieht man

das eigentlich noch, wenn man jeden Tag auf dieser Terrasse sitzt, oder hat man irgendwann den Blick dafür verloren?"

Leos Mutter schenkt uns Limonade ein und sieht zum See hinüber. Ein leichter Wind kräuselt die Oberfläche. Vom Strand weht das Lachen eines jungen Paares zu uns hinauf. Ein Lächeln breitet sich auf Antonellas Gesicht aus, dann richtet sie ihre Aufmerksamkeit wieder auf mich.

„Ich weiß nicht, wie es anderen ergeht, aber ich sehe die Schönheit dieses Ortes – jedes Mal, wenn ich auf den Lago hinausblicke. Selbst wenn wir voll ausgebucht sind und jeder Tisch auf dieser Terrasse belegt ist, brauche ich nur einmal innehalten und die Aussicht in mich aufnehmen, und der Stress kann mir nichts mehr anhaben. Außerdem: Wir haben ja nicht immer hier gelebt. In meiner Jugend hätte ich es mir nie träumen lassen, einmal in einem so schönen Haus wie dieser Villa hier zu wohnen. Ich empfinde das immer noch als ein Privileg."

Sie nimmt sich ein Stück Brot mit Käse und ich tue es ihr gleich. Eine Weile nehmen wir schweigend unser kleines Mittagessen ein und genießen die Stille des frühen Nachmittags. Schließlich greift Antonella das Gespräch wieder auf.

„Maria hat mir erzählt, dass du dir vorstellen könntest, später einmal mit Leo hier zu leben."

Ich spüre, wie mir die Hitze in die Wangen schießt. Hätte ich mir gleich denken können, dass Maria eine solche Aussage nicht für sich behält. Ich blicke auf, als Antonella leise lacht. Dann legt sie eine Hand auf meine. „Das braucht dir doch nicht peinlich zu sein, Lilly. Ich finde es schön, dass du meinen Sohn offenbar so sehr liebst, dass du dazu bereit bist, für ihn in ein fremdes Land zu gehen."

Ich muss mich erst mal kurz räuspern, bevor ich antworte. „Ehrlich gesagt, haben Leo und ich noch nicht darüber gesprochen. Es hat ja auch noch Zeit. Aber mir ist natürlich klar, dass Leos Zukunft hier an diesem Ort liegt. Und ich kann mir mittlerweile nicht mehr vorstellen, ohne ihn zu leben. Also, warum nicht hier? Ich kenne nicht viele Orte, die schöner sind als dieses Fleckchen Erde."

Antonella betrachtet mich aufmerksam und ich halte ihren Blick. Nun weiß ich, von wem Leo seine beneidenswerten, langen Wimpern geerbt hat. Schließlich lehnt sie sich zurück und lächelt.

„Ich bin froh, dass mein Sohn dich kennengelernt hat, Lilly. Er hat sich verändert, seitdem er von hier fortgegangen ist. Als er auf die Hotelfachschule ging, war er noch ein Junge und hatte den Kopf voller Flausen. Nach seiner Rückkehr am Sonntag scheint es, als sei er zum Mann gereift. Er macht einen viel selbstbewussteren und verantwortungsvolleren Eindruck auf mich. Und er sieht glücklich aus. Du scheinst ihm definitiv gutzutun."

Ich senke den Kopf und weiß nicht recht, was ich antworten soll. Aber Antonella spricht sowieso schon weiter. „Ich habe beobachtet, wie ihr beide miteinander umgeht. Es ist nicht zu übersehen, wie verliebt ihr ineinander seid, aber abgesehen davon ...", sie macht eine kurze Pause und sucht nach den richtigen Worten,

„... scheint es da eine stille Übereinkunft zwischen euch beiden zu geben, dass ihr einander nicht wehtun werdet. Ich habe bemerkt, wie du ihn ansiehst, wenn du denkst, er merkt es nicht. Und die gleichen Blicke wirft er dir zu, wenn du dich mit jemand anderem unterhältst. Ich habe wirklich den Eindruck, dass ihr zwei euch gesucht und gefunden habt. Und ich bin sehr froh darüber."

Ein tiefes Gefühl des Glücks flutet meinen Körper. „Danke, Antonella", stammle ich und hätte sie am liebsten umarmt. Allerdings halten meine norddeutschen Gene mich im letzten Augenblick davon ab. Stattdessen sage ich ihr, wie wohl ich mich im Kreise ihrer Familie fühle und gebe zu, dass ich anfangs etwas Angst davor gehabt hatte, ob ich hier willkommen sein würde.

„Wir sind nicht voreingenommen", sagt Antonella und nimmt einen Schluck Limonade. Sie schmeckt hervorragend, ich habe mein Glas längst leergetrunken und bin schon beim zweiten. „Ich möchte einfach nur, dass mein Junge glücklich ist. Und ich habe inzwischen nicht den geringsten Zweifel, dass du dafür sorgen wirst."

Ich strahle sie an. „Das kann ich dir hundertprozentig versprechen, Antonella."

Sie hält mir ihr Glas entgegen und wir stoßen miteinander an. „Cin Cin", sagt sie und nimmt einen tiefen Schluck. Ihr Blick wandert die Fassade der Villa hinauf und wieder hinab, bis er schließlich wieder bei mir landet. „Um Leonardo muss ich mir nun also keine Sorgen mehr machen, anders sieht es bei Maria aus."

Ihre Stimme klingt auf einmal düster und um ihren Mund hat sich ein bitterer Zug gebildet. „Leonardo hat dir von Toni erzählt, nehme ich an?"

Ich nicke. „Ja, das hat er. Erst dachte ich, er liebt seine Schwester so sehr, dass ihm kein Mann gut genug für sie erscheint. Aber inzwischen weiß ich, dass Leo wohl handfeste Gründe hat, Toni nicht zu mögen."

Antonella stößt einen langen Seufzer aus. „Genauso ist es. Wir beide haben gehofft, dass die Verlobung schnell wieder auseinandergeht. Aber nun scheint diese vermaledeite Hochzeit wohl wirklich stattzufinden. Ich habe ein ganz schlechtes Gefühl dabei, Lilly."

Ich hole tief Luft und schüttle langsam den Kopf. „Aber warum ist Maria denn so versessen auf diesen Typen? Hast du mal mit ihr darüber geredet?"

„Einmal?" Antonella lacht kurz auf. „Ich habe zigmal versucht, ihr diesen Mann auszureden. Aber sie will ja nicht auf mich hören. Sie glaubt, ich gönne ihn ihr nicht. So ein Quatsch!"

Bei ihren letzten Worten ist Antonella lauter geworden und ballt die Hände zu Fäusten. Schließlich beruhigt sie sich wieder und atmet langsam aus. „Ich kann sie ja auch ein wenig verstehen. Du musst wissen, dass Maria zwar aufgeschlossen und lustig ist, wenn sie mit uns oder mit unseren Gästen spricht, doch wenn es um Jungs ging, war sie immer völlig schüchtern und zurückhaltend. Sie hatte sich in den Kopf gesetzt, dass sie nicht schön genug sei. Nicht interessant genug. Es nicht wert, geliebt zu werden."

„Was?" Ich starre Antonella völlig entgeistert an.

„Aber Maria ist doch bildhübsch. Sie ist gescheit und witzig und nett. Bei uns würden die Jungs bei ihr Schlange stehen."

Antonella schneidet eine Grimasse. „Das hätten sie hier auch getan, wenn Maria ihnen gegenüber einfach etwas mehr Selbstbewusstsein an den Tag gelegt hätte. Aber wenn man sich selbst ständig einredet, man wäre für alles nicht gut genug, dann glauben es am Ende auch die anderen."

„Also hatte Maria nie einen Freund, bis sie dann Toni kennengelernt hat?", frage ich.

„Exakt. Sie konnte wohl zuerst selbst nicht glauben, dass Toni ausgerechnet auf sie ein Auge geworfen hatte. Du wirst ihn ja morgen Abend kennenlernen. Er ist so ein richtiger Frauentyp und das Flirten liegt ihm im Blut. Ich habe ihn sofort durchschaut, als sie ihn zum ersten Mal mit nach Hause gebracht hat. Solche Typen kenne ich noch aus Caorle, wo wir früher gelebt haben. Sie versprechen dir das Blaue vom Himmel herunter und können sich schon am nächsten Tag nicht mehr daran erinnern."

Antonella verdreht kurz die Augen. So hübsch wie sie ist, kann ich mir vorstellen, dass früher jede Menge Jungs ihre Flirtversuche an ihr ausprobiert haben. Giuseppe hat Glück gehabt. Er hat nicht nur eine wunderschöne Frau bekommen, sondern auch eine sehr kluge. Schon an unserem ersten Abend hatte ich bemerkt, dass Antonella ihrem Mann intellektuell haushoch überlegen ist. Und dennoch lässt sie ihn das niemals spüren. Giuseppe denkt vermutlich, er sei der Herr im Haus. Doch die Königin in dieser Villa ist

Antonella. Ich bin ein wenig stolz, dass sie mir schon nach so kurzer Zeit ihr Vertrauen schenkt. Meine Mutter würde nie mit einer fast Fremden über solche familieninternen Details reden. Gebannt höre ich weiter zu.

„Ich habe gesehen, wie Maria ihn angeschaut hat. Sie war hin und weg von Toni. Und er hat sich auch mächtig ins Zeug gelegt, ihr Blumen mitgebracht und Parfüm. Sie in seiner Angeberkarre durch die Gegend gefahren und zum Essen eingeladen. Zum ersten Mal haben ihre Freundinnen sie um etwas beneidet. Und Maria kam sich wahrscheinlich vor wie im Märchen."

„Und war blind vor Liebe ...", werfe ich leise ein.

Antonella nickt. „Si, das war sie. Und natürlich habe ich meiner Kleinen das gegönnt. Ich habe mich für sie gefreut, auch wenn ich jeden Tag damit gerechnet habe, dass Toni sie wieder fallen lässt und sich einer anderen zuwendet."

„Aber das ist nicht passiert. Vielleicht liebt er sie ja wirklich?", sage ich.

Antonella schüttelt langsam den Kopf. „Das glaube ich nicht, Lilly. Du wirst ihn erleben und ich denke, du bist eine gute Menschenkennerin. Bilde dir selbst ein Urteil. Ich jedenfalls bin überzeugt, dass Maria in ihr Unglück rennt."

Hastig greift sie zu einem Stück Brot und schiebt es sich in den Mund. Ich glaube, sie steht kurz davor, in Tränen auszubrechen.

„Was ist mit deinem Mann?", frage ich. „Denkt Giuseppe genauso darüber?"

Sie schluckt und schüttelt temperamentvoll den

Kopf. „Du hast ihn doch kennengelernt. Giuseppe ist der beste Mann, den ich mir vorstellen kann. Er liebt uns alle und würde für seine Familie kämpfen wie ein Löwe. Er ist aber auch ...", sie hält kurz inne, bevor sie weiterspricht, „ein bisschen naiv. Toni hat ihn genauso um den Finger gewickelt wie Maria. Zuerst hat er ihm geschmeichelt. Ihm erzählt, wie toll er es findet, dass Giuseppe so ein angesehener Hotelier in Garda geworden ist. Was für ein brillanter Geschäftsmann er sei. Was für ein guter Vater. Im nächsten Schritt hat er dann gewisse Begierden in Giuseppe geweckt. Als Hotelier müsse er doch ein besseres Auto als den alten Fiat fahren. Einen schnittigen Sportwagen, an dem die Leute erkennen würden, wie gut die Geschäfte laufen. Und warum Giuseppe eigentlich kein Boot besitze, wo er doch direkt am Lago wohne? Eines dieser eleganten RIVA-Boote würde ihm doch gut zu Gesichte stehen." Sie sieht mich an und lacht auf. „Damit hatte er meinen Mann natürlich. Schließlich stammt Giuseppe aus einer Familie von Fischern. Er hat es geliebt, auf dem eigenen Boot hinaus aufs Meer zu fahren. Auch wenn er nicht darüber spricht, weiß ich, dass ihm das fehlt. Seitdem Toni ihm den Floh von diesem RIVA-Boot ins Ohr gesetzt hat, blickt er ihnen jedes Mal sehnsüchtig hinterher, wenn er sie über den Gardasee brausen sieht."

Ein böser Verdacht kommt in mir auf. Und ich kann nicht anders, als Antonella darauf anzusprechen.

„Hat er etwa deshalb den Kredit aufgenommen? Um sich eines dieser Boote zu kaufen?"

„No, no." Sie hebt abwehrend die Hände. „Den

Kredit will er schon ins Hotel stecken. Doch die Idee dahinter ist, dass er schneller mehr Geld mit dem Hotel verdient, um sich dann so ein Boot zu kaufen."

Ich kaue auf meiner Unterlippe herum. Die Sache mit diesem Boot hatte Leo mir gar nicht erzählt. Aber vermutlich weiß er es auch noch nicht. Und wenn ich ehrlich bin, kann ich Giuseppe verstehen. Was ist verwerflich daran, sich seine Träume zu erfüllen, wenn man niemand anderen damit schadet?

„Glaub mir, Lilly, so wie ich Maria einen netten Mann gönne, würde ich mich für Giuseppe freuen, wenn er sich ein Boot kauft. Ich befürchte nur, dass Toni Böses mit unserer Familie im Schilde führt. Er hat sich Giuseppes Vertrauen erschlichen und versucht, ihn zu Dingen zu überreden, die ihn überhaupt nichts angehen."

„Was für Dinge denn noch?", frage ich irritiert. Bisher wusste ich nur von dem Hotelumbau. Gibt es etwa noch andere Sachen, in die Toni sich eingemischt hat?

„Na, dass wir schon jetzt mit einem aufwändigen Umbau des Hotels starten sollen, hat Leonardo dir doch erzählt. Ich kann verstehen, dass mein Sohn vor Wut deswegen schäumt, denn schließlich war das ja mal ganz anders geplant. Aber zuletzt hat Toni meinem Mann vorgeschlagen, Geld in irgendein obskures Geschäft zu investieren. Er würde seinen Einsatz in kürzester Zeit verdoppeln. Und könnte den Kredit dann viel schneller zurückzahlen. Oder das Hotel umbauen und sich gleichzeitig ein Boot kaufen."

Ich schlage vor Schreck die Hand vor den Mund. „Das hat er doch wohl hoffentlich nicht getan, oder?"

„Er hat es getan, Lilly", sagt Antonella nun mit tonloser Stimme in die Stille hinein.

Sie presst die Lippen aufeinander, bevor sie weiterspricht und dabei ins Leere blickt. „Er hat es mir erst gestern Abend im Bett erzählt. Voller Stolz, während mir beinahe schlecht wurde. Offenbar ist er gestern bei Toni in Verona gewesen und hat alles dingfest gemacht."

Mir wird jetzt ebenfalls übel. Wie konnte Giuseppe das machen, obwohl er Leo doch gerade erst versprochen hatte, keine Investitionen zu tätigen, ohne mit ihm darüber zu sprechen? Und was wird Leo tun, wenn er davon erfährt? Er konnte seine Wut auf Toni ja so schon kaum zügeln. Ich möchte mir gar nicht vorstellen, wie das Zusammentreffen mit ihm morgen Abend aussehen wird.

KAPITEL 17

„*H*ey, Lilly!"

Giuseppe gießt die Kübelpflanzen im Eingangsbereich der Villa, als ich nach draußen gehe.

„Weißt du, warum Mäuse keinen Alkohol trinken?"

Er zieht die Augenbrauen in die Höhe und versucht vergeblich, sich ein breites Grinsen zu verkneifen. Ich habe schon lange nicht mehr so viele Witze gehört wie in der kurzen Zeit, die ich Giuseppe kenne. Ratlos zucke ich die Achseln.

„Ne, keine Ahnung. Warum trinken sie keinen?"

„Weil sie Angst vorm Kater haben!"

Er stellt die Gießkanne ab und fängt schallend an zu lachen. Ich kann nicht anders, ich muss mitlachen. Giuseppe ist absolut kein Geschäftsmann, wie ich am Tag zuvor unmissverständlich erfahren habe, aber er ist ein unverbesserlicher Spaßvogel. Ich habe nie erlebt, dass er mal nicht gut drauf war. Ganz im Gegensatz zu seinem Sohn. Als Leo gestern Nachmittag nach Hause kam, lief er, ohne ein Wort zu sagen, im Renntempo an mir vorbei die Treppe zu unserem Zimmer hinauf und knallte die Tür hinter sich zu. Giuseppe folgte ihm langsam in die Lobby und winkte nur ab, als ich ihn mit großen Augen ansah. „Der beruhigt sich schon wieder. Ist ein bisschen sauer auf mich."

Ich konnte mir schon denken, warum. Vermutlich hatte Giuseppe ihm von seinem ‚Bombengeschäft' erzählt. Und genauso war es. Als ich Leo folgte und mich zu ihm aufs Bett setzte, war er außer sich.

„Dieser Mistkerl!", zischte er mit geballten Fäusten und meinte damit allerdings Toni und nicht seinen Vater. Er widmete seinem baldigen Schwager noch ein paar weitaus derbere Schimpfwörter, bis er sich wieder einigermaßen gefangen hatte. „Papa kapiert es einfach nicht", fuhr er fort. „Er glaubt, dass sein künftiger Schwiegersohn es voll ‚drauf' habe. Dass er ein super Geschäftsmann ist und wir jetzt von seinen guten Kontakten profitieren können. So ein Wahnsinn!"

Leo raufte sich die Haare und sah mich verzweifelt an. „Er wird uns in den Ruin treiben, Lilly. Und Papa will es einfach nicht sehen. Er glaubt mir nicht."

Ich nahm ihn in den Arm und streichelte seinen Rücken. Aber auch das ließ seinen Zorn nicht abklingen.

„Deine Mutter hat es mir erzählt", sagte ich vorsichtig. „Sie weiß es auch erst seit letzter Nacht."

„Sie hat mit dir darüber gesprochen?" Leo sah mich überrascht an.

„Das ist ein großer Vertrauensbeweis, Lilly. So

etwas würde sie dir nicht erzählen, wenn sie dich nicht sehr mögen würde. Und ich ... ich bin froh, dass sie es getan hat."

Wir unterhielten uns noch ein wenig über Giuseppes Naivität und langsam beruhigte sich Leo.

„Lass uns morgen den Tag woanders verbringen", schlug er dann vor. „Ich muss hier mal raus und auf andere Gedanken kommen. Was hältst du davon, wenn ich dir noch ein paar andere Orte am Gardasee zeige? Bis jetzt hast du ja kaum etwas gesehen."

Natürlich war ich einverstanden. Erstens war ich neugierig auf die Umgebung und zweitens glaubte ich, dass Leo etwas Abstand zu seinem Vater guttun würde. Wir beschlossen, gleich nach dem Frühstück aufzubrechen.

Und so schlendere ich nun mit meinem Sonnenhut in der Hand zu Bastis Auto. Leo folgt mir, wirft seinem Vater ein knappes „Ciao Papa" zu und setzt sich hinters Lenkrad. Ich atme auf. Dieser Tag gehört nur uns beiden. Ich hoffe, dass Leo sich weiter beruhigt, denn am Abend wird Toni zur Familie stoßen. Und wenn ich ehrlich bin, bereitet mir das Angst.

„Erstmal fahren wir nach Norden. Du musst den Monte Baldo kennenlernen", entscheidet Leo und startet den Wagen. Bis dahin sind es von Garda aus zwar nur ein paar Kilometer, doch als wir vor der Seilbahn stehen, stellen wir fest, dass wir nicht die Einzigen sind, die heute auf das höchste Bergmassiv des Gardasees wollen. Vor der Seilbahn hat sich eine lange Schlange von Touristen gebildet. Leo zieht eine Flappe. „Das hat keinen Sinn, wir verlieren zu viel Zeit mit Warten. Komm, wir fahren weiter."

Er hat sich vorgenommen, mich heute einmal rund um den Lago zu chauffieren und mir einige besonders schöne Orte zu zeigen. Es sind insgesamt etwa 160 Kilometer.

„Dann eben sofort nach Malcesine."

Leo hat seine gute Laune zum Glück gleich wiedergefunden und so spazieren wir kurze Zeit später durch einen der romantischsten Orte des Gardasees. Es sind zwar reichlich Urlauber unterwegs, aber ich bin trotzdem hin und weg von diesem mittelalterlichen Städtchen mit seinen kopfsteingepflasterten Gassen und den hübschen Cafés. Als Nächstes fahren wir über Torbole weiter nach Riva am Nordufer. Hier weht ein anderes Flair, alles wirkt auf mich etwas großstädtischer und alpenländischer. Leo erklärt mir, dass die Stadt im 19. Jahrhundert ein populärer Kurort war. Offenbar gaben sich die Reichen und Berühmten ihrer Zeit damals die Klinke in die Hand.

Mittags landen wir in Limone, wo sich alles um Zitronen dreht. Ich liebe den Ort auf Anhieb und kann mich gar nicht sattsehen an den blumengeschmückten Häusern und den geschmackvollen Boutiquen. Leo lässt sich sogar breitschlagen, ein paar von ihnen zu besuchen, und redet mir gut zu, als ich mich nicht entscheiden kann, ob ich die zierlichen, schwarzen Ledersandalen kaufen soll oder nicht. Am Ende gehe ich nicht nur mit den Schuhen aus dem Geschäft, sondern besitze auch noch ein neues, pinkfarbenes Sommerkleid, das Leo mir gekauft hat. Wir erstehen

Postkarten für meine Familie zu Hause und essen eine Pizza Margherita direkt am Hafen mit seinen bunten Fischerbooten. Ich fühle mich voll im Urlaubsmodus.

„Zufrieden, bella mia?"

Leo sieht zu, wie ich mir das letzte Stück Pizza in den Mund schiebe, und lächelt mich an.

„Sowas von zufrieden. Am liebsten würde ich gar nicht mehr nach Deutschland zurückkehren. Können wir nicht einfach hierbleiben?"

„Warum nicht?" Die Grübchen an seinen Wangen verstärken sich. „Du lässt dein Studium sausen und ich mein Hotel in Hannover. Wir nisten uns bei meinen Eltern ein und leben glücklich und zufrieden bis an unser Ende."

„Amen", füge ich hinzu und fange an zu lachen. Leo greift nach meiner Hand und verschränkt seine Finger mit meinen.

„Du bist so süß, wenn du lachst, Lilly. Ich habe mir vorgenommen, dass ich dich dein ganzes Leben lang glücklich machen will. Du sollst immer Grund haben zu lächeln und dich über etwas zu freuen."

Mir wird warm im Inneren. Am liebsten würde ich jetzt auf seinen Schoß klettern und mich in seine Arme schmiegen, aber das würde wahrscheinlich die Aufmerksamkeit von ungefähr fünfzig Augenpaaren auf uns ziehen. Also beschränke ich mich darauf, mich zu ihm hinüberzubeugen und ihn auf den Mund zu küssen.

„Lilly", flüstert er leise, als ich mich von ihm löse, und mir läuft eine Gänsehaut den Rücken hinab. Irgendwie habe ich mich immer noch nicht daran gewöhnt, wie verdammt sexy Leo ist. Und dass ausgerechnet ich das Glück habe, seine Ausgewählte zu sein. Ein bisschen kann also auch ich Maria verstehen, die ihr Herz an einen Mann verloren hat, der offenbar über massenhaft Charme verfügt. Nur, dass ich mir bei Leo tausendprozentig sicher bin, dass er es wert ist.

Nach dem Mittagessen schlüpfen wir wieder in Bastis Auto. Leider hatten wir es nicht im Schatten geparkt und es herrscht eine Bruthitze im Fahrzeuginneren.

„Wenn ich mal zu Geld komme, kaufe ich mir ein Cabrio", murmelt Leo und kurbelt die Scheibe an der Fahrerseite herunter.

„Au ja, was für eins würdest du nehmen?", frage ich.

„Hm, vielleicht einen Porsche? Aber jetzt schaun wir erstmal, was der Polo deines Bruders so drauf hat." Leo ist von der Hauptroute abgewichen und hat eine schmale Straße eingeschlagen, die in die Berge führt. Er schaltet einen Gang zurück und ein erwartungsvolles Lächeln spielt um seinen Mund.

„Gibt es da etwas, das ich wissen sollte?"

Ich habe auf einmal das Gefühl, dass er sich einen kleinen Spaß mit mir erlauben will.

„Wart's ab, See-Prinzessin. Und halt dich gut fest."

Schon kommt die erste Kurve. Ich frage mich, wann er endlich bremsen will und stemme die Füße in die Matte, während ich mich nach hinten in den Sitz presse. Eine solche Bergstraße habe ich noch nie gesehen. Sie ist regelrecht in den Fels geschnitten und windet sich in spektakulären, engen Kurven steil nach oben.

„Das ist die Strada della Forra. Für mich die schönste Straße der Welt", sagt Leo und hält seine Augen dabei glücklicherweise konzentriert nach vorne gerichtet.

„Könnten wir vielleicht etwas langsamer …", bringe ich gepresst heraus und halte vorsichtshalber eine Hand vor den Bauch.

„Natürlich, mein Schatz." Sofort geht Leo vom Gas. Ich atme erleichtert auf und kann den Blick auf den aquamarinblauen See endlich genießen.

„Danke. Das ist ja ein Wahnsinnsweg. Wohin führt er?"

„In ein kleines Bergdorf. Pieve di Tremosine. Von dort oben hast du einen sensationellen Blick auf den Gardasee. Wenn wir schon nicht auf den Monte Baldo gefahren sind, will ich dir wenigstens diese Aussicht zeigen."

Einige Minuten später haben wir das Dorf erreicht. Hier ist es viel ruhiger als unten am See, auf einer Wiese am Straßenrand grasen zwei Esel. Feldblumen wiegen sich im Wind. Leo biegt auf einen Parkplatz ein. Ich lese *Hotel Paradiso* auf einem Schild und wir steigen aus.

„Wir haben doch gerade gegessen", wende ich ein. Doch Leo nimmt einfach meine Hand und zieht mich durch das Erdgeschoss des Hotels auf die Restaurant-Terrasse.

„Das sind die berühmt-berüchtigten Schauder-Terrassen", flüstert er mir ins Ohr und geht ein paar

Schritte weiter, bis wir direkt über dem Abgrund stehen. Ein wenig mulmig ist mir schon zumute. Höhenangst ist ein kleines Thema bei mir, aber die vergesse ich, sobald ich diesen Blick in mich aufnehme. Von hier aus sieht man nicht nur das gegenüberliegende Ufer mit Malcesine und dem Monte Baldo, sondern den ganzen mittleren Gardasee. Und wenn man nach unten schaut – was ich kurz einmal wage – erkennt man die Uferstraße Gardesana, die sich am Lago entlangschlängelt.

„Na, was sagst du?"

Leo blickt gar nicht auf den See hinab, sondern schaut mich an. Jetzt hebt er die Hand und streicht mir eine Haarsträhne aus dem Gesicht.

„Es ist wunderschön. Und die Achterbahnfahrt in Bastis Polo wirklich wert. Auch wenn mir jetzt ein bisschen schlecht ist."

Leo lacht leise und haucht mir einen Kuss auf die Wange. „Unser Lago hat ein schönes Blau", sagt er und schaut doch endlich mal in die Ferne. Dann kehrt sein Blick zu mir zurück. „Aber mit dem Vergissmeinnicht-Blau deiner Augen kommt er nicht mit. Ich könnte dich stundenlang ansehen, Lilly. Und jedes Mal komme ich danach zu dem Schluss, was für ein Glückspilz ich bin, dass du mir dein Herz geschenkt hast."

Ich schlucke. Keine Ahnung, ob andere Männer ihren Freundinnen auch solche süßen Komplimente machen. Aber Leo schafft es immer wieder, dass sich meine Beine wie Wackelpudding anfühlen und ich innerlich dahinschmelze, wenn er so etwas zu mir sagt. Ob es später auch so zwischen uns sein wird? Ich kenne nicht viele Paare, die sich über die Jahre hinweg die Romantik in ihrer Beziehung bewahrt haben. Viele scheinen sich ab einem bestimmten Punkt nur noch über ihre Kinder oder praktische Dinge aus dem Alltag zu unterhalten. Wenn meine Mutter Kaffeeklatsch mit ihren Freundinnen hat, werden dabei meistens die schlechten Eigenschaften ihrer Männer zur Sprache gebracht. Ich kann mir nicht vorstellen, dass es mit Leo und mir einmal so weit kommt. Auf jeden Fall werde ich alles dafür tun, dass wir uns auch nach vielen Jahren noch wertschätzen. Das nehme ich mir in diesem Moment fest vor.

„Bereit fürs nächste Abenteuer? Ich habe das Gefühl, dass ich mich als dein Reiseführer noch ein wenig ins Zeug legen muss."

„Bis jetzt kann ich mich nicht beklagen." Ich blinzele ihm zu. „Bin gespannt, was als Nächstes kommt."

Wir halten noch in Salo und genehmigen uns dort ein großes Eis. Dann kommen wir zum Südufer des Sees und erkunden Sirmione. Hier nehmen wir uns etwas mehr Zeit, bummeln durch die hübschen Altstadtgassen und besichtigen die Wasserburg Rocca Scaligera. Leo kennt sich gut aus. Er erzählt mir Geschichten aus der Vergangenheit der Stadt und führt mich schließlich in eine kleine Kapelle, direkt gegenüber der Burg. Im Strom der vielen Touristen hätte ich sie mit Sicherheit übersehen. Sant'Anna heißt sie und beherbergt in ihrem Inneren eine berühmte Madonna mit Jesuskind. Es ist kühl und ruhig in dem kleinen Gotteshaus. Wir sind die einzigen Besucher.

„Frauen, die ein Kind bekommen wollen, kommen

manchmal her und bitten die Madonna um Nachwuchs", sagt Leo und bekreuzigt sich. Ich halte kurz die Luft an und kann meinen Blick plötzlich nicht mehr von dem Bild der Madonna lösen. Unser Nachwuchs ist ungebeten zu uns gekommen, und doch kann ich mir schon gar nicht mehr vorstellen, dieses Kind nicht zu bekommen. Leo hat seine Reiseleiterausführungen unterbrochen und schweigt. Nachdenklich schaut er zu dem Altarbild hinauf. Vermutlich wäre dies mal wieder eine der perfekten Möglichkeiten, ihm von unserem Baby zu erzählen. Aber ich habe mich ja nun mal dagegen entschieden und werde warten, bis Maria unter der Haube ist.

„Wie wäre es mit einem Kaffee, bevor wir nach Hause fahren?", fragt Leo schließlich. Er sieht müde aus. Und ich bin auch ein bisschen kaputt von dem langen Tag.

„Super Idee", gebe ich zu und lege meinen Kopf an seine Schulter. „Und bestimmt kennt mein PrivatGuide auch das passende Café, oder täusche ich mich da?"

„Wie kannst du bloß an mir zweifeln?" Leo schüttelt mit gespielter Entrüstung den Kopf und zieht mich aus der kleinen Kapelle. Wir lassen die belebten Gassen hinter uns, tauchen in abgelegene Straßen der Altstadt ein und sitzen bald in einem Café mit kunstvoll verzierten Törtchen in der Auslage. Wir teilen uns einen Zitronenkuchen und ich bestelle einen Tee, während Leo einen Espresso trinkt.

Den ganzen Tag lang haben wir das Thema Toni vermieden. Doch je näher der Abend rückt, umso öfter muss ich daran denken, dass ich diesen Typen bald kennenlernen werde. Zwischen Leos Brauen hat sich eine steile Falte gebildet und ich wette darauf, dass er auch gerade an seinen künftigen Schwager denkt.

„Hast du inzwischen eigentlich mal mit Maria sprechen können?"

Genau das hatte sich Leo nämlich vorgenommen, aber seitdem wir in Garda angekommen sind, waren wir fast pausenlos beschäftigt gewesen. Oder die ganze Familie war zusammen, was ein privates Gespräch unmöglich machte.

Leo stößt einen leisen Seufzer aus. „Ich hab's versucht. Aber es war ...", er legt eine kurze Pause ein, „... mehr oder weniger eine Katastrophe."

Ich lege meine Hand auf seine. „Du hast ihr doch hoffentlich keine Vorwürfe gemacht, oder?"

Er verdreht kurz die Augen. „Wofür hältst du mich, See-Prinzessin? Offenbar für einen gefühllosen Klotz ..."

„Neiiinnn." Ich ziehe das Wort extra in die Länge. „Natürlich nicht. Jetzt erzähl schon, was hat sie dir gesagt?"

„Das war ja gerade das Schlimme, sie hat mir so gut wie gar nichts gesagt. Und so kenne ich Maria überhaupt nicht." Er spricht jetzt leise und sieht dabei so unfassbar traurig aus, dass ich ihn am liebsten in den Arm nehmen möchte. „Sie ist meine Zwillingsschwester und ich glaube, das ist nochmal eine andere Nummer, als wenn man eine jüngere oder ältere Schwester hat. Als wir klein waren, mussten unsere Eltern ständig arbeiten und hatten wenig Zeit für uns.

Aber das war nicht schlimm, denn wir hatten ja uns. Wir haben gegenseitig auf uns aufgepasst, wir wussten, was der andere dachte, was er sich wünschte, was er verabscheute. Wir kannten unsere großen und kleinen Geheimnisse. Und wenn Maria mal nicht da war, dann fehlte mir etwas."

Er sieht mich fragend an, als wolle er sich vergewissern, ob ich all das nachvollziehen kann. Schließlich schüttelt er langsam den Kopf.

„Ich hätte mir nie vorstellen können, dass sich unsere Seelen einmal so voneinander entfernen würden."

Die Verzweiflung steht ihm ins Gesicht geschrieben, als er mir schließlich erzählt, dass Maria ihm klipp und klar gesagt hatte, dass ihn ihre Beziehung zu Toni nichts angehe. Sie erwarte von ihm, dass er Toni endlich akzeptiere und ihm freundlich gegenübertrete. Nichts anderes sei von Belang.

Ich ziehe eine Augenbraue hoch. „Und was ist mit Tonis Geschäften? Was ist damit, dass er deinen Vater bedrängt hat, Geld in irgendeine obskure Sache zu investieren?"

Leo zuckt die Achseln. „Ich glaube, sie weiß gar nichts davon. Bevor wir weiter darüber reden konnten, ist sie einfach gegangen und hat mich stehen lassen."

„Oh, Mann. Es tut mir so leid, Leo. Für euch beide. Ich glaube nicht, dass Maria es böse meint. Deine Mutter hat mir erzählt, dass Toni ihr erster richtiger Freund ist. Und dass sie einfach unheimlich in ihn verliebt ist und alles Negative ausblendet. Vielleicht sogar ihr eigenes Bauchgefühl."

Kurz muss ich an die Zeit denken, als ich mit Michael zusammen war. Sämtliche Freundinnen beneideten mich damals um diesen gutaussehenden, sportlichen Typen mit seiner lässigen Ausstrahlung. Selbst meine Mutter war hin und weg gewesen. Doch ich hatte neben all der Aufregung, die eine erste Verliebtheit so mit sich bringt, stets ein etwas ungutes Gefühl mit mir herumgetragen. Tief in meinem Inneren hatte ich gewusst, dass er nicht der Richtige für mich war. Und doch hatte ich dieses Gefühl bewusst ignoriert. Ich hatte mir eingeredet, dass mit der Zeit schon alles gut würde. Dass die Liebe bei mir etwas länger braucht, bis sie einschlägt. Tja, nur, dass sie bei Michael vermutlich nie aufgetaucht wäre. Es war richtig gewesen, dass wir uns getrennt hatten. So war ich später frei für meine wahre große Liebe gewesen. Für Leo.

„Aber warum spricht sie nicht mit mir darüber? Ich bin ihr Bruder. Ihr bester Freund. Sie sollte wissen, dass ich nur das Beste für sie will."

„Ich glaube, das weiß sie auch."

Ich nehme Leos Hand und hauche einen Kuss darauf. „Gib ihr Zeit. Vielleicht muss sie erst nochmal darüber nachdenken und kommt von allein noch einmal auf dich zu, um mit dir zu reden."

Er zieht die Mundwinkel nach oben, doch so recht will dieses Lächeln nicht gelingen.

„Viel Zeit bleibt nicht mehr, See-Prinzessin. In vier Tagen ist die Hochzeit."

KAPITEL 18

*D*as Kleid klebt mir auf der schweißnassen Haut, als wir am späten Nachmittag wieder in der *Villa Marina* eintreffen. Ich habe das Gefühl, dass sich die Hitze den ganzen Tag über vergrößert hat. Inzwischen ist es so schwül geworden, dass ich mich nur noch nach einer Abkühlung sehne.

„Kommst du mit schwimmen?", frage ich Leo, als wir aus dem Auto aussteigen.

„Auf jeden Fall. Lass uns gleich hochgehen und umziehen. Und dann ab in den See."

Er trägt die Tasche mit meinen Einkäufen und geht voran in die Lobby. Antonella steht hinter dem Rezeptionstresen und strahlt uns an.

„Da seid ihr ja wieder. Hattet ihr einen schönen Tag?"

„Und wie. Ich liebe den Gardasee. Hier ist wirklich ein Ort schöner als der andere", antworte ich wahrheitsgemäß und ernte dafür ein zufriedenes Lächeln von Leos Mutter.

„Wir gehen noch schnell schwimmen", erklärt Leo und wendet sich der Treppe zu, doch Antonella hält ihn zurück.

„Warte, Leonardo, ich habe noch ein, zwei Fragen zu unserem neuen Reservierungssystem. Du kennst dich damit hoffentlich besser aus als ich." Sie wirft mir einen entschuldigenden Blick zu. „Es dauert bestimmt nicht lange."

Leo gibt einen leisen Seufzer von sich und dreht sich um. „Geh du schon vor, See-Prinzessin. Ich komme nach, so schnell es geht."

Minuten später werfe ich mein Handtuch an den Strand und wate in den See. Die Sonne liegt immer noch glühend über dem Lago, doch unter seinen Wellen ist es angenehm kühl. Mit einem Laut seliger Zufriedenheit lasse ich mich ins Wasser gleiten und tauche für einen Moment unter. Im Nu fühle ich mich erfrischt und lebendig. Schwerelos treibe ich durch das samtig-hellblaue Wasser, lege mich auf den Rücken und blicke in den Himmel. Außer dem Plätschern der Wellen und dem leisen Motorengeräusch eines entfernten Sportflugzeugs ist nichts zu hören. Ich liebe es, allein in der Natur unterwegs zu sein. Egal, wie stressig ein Tag gewesen ist, im Wald, am Meer oder an einem See kann ich mich am besten und schnellsten erholen. Ich paddle träge in der Nähe des Ufers und genieße jede Sekunde. Allmählich driften meine Gedanken wieder zu unserem Baby.

Wenn Leo und ich zusammen sind, versuche ich,

nicht an das Würmchen zu denken, sonst überfällt mich jedes Mal das schlechte Gewissen, dass ich Leo mein Geheimnis noch nicht verraten kann. Aber hier in der Abgeschiedenheit des Sees kann ich meinen Gefühlen freien Lauf lassen. Ich träume von der Zukunft und ich sehe uns drei – Leo, unser Kind und mich – zusammen im Lago schwimmen und am Strand spielen. Lächelnd streiche ich mit einer Hand über meinen noch völlig flachen Bauch und versuche mir vorzustellen, wie groß er oder sie jetzt ist. Wenn ich ehrlich bin, wünsche ich mir einen Sohn. Und er soll genauso sein wie Leo – feinfühlig und aufrichtig, leidenschaftlich und klug.

Die Zeit vergeht. Allmählich frage ich mich, wo Leo bleibt, und lasse mich auf dem Rücken weiter in Richtung Strand treiben. Aus dem Augenwinkel sehe ich, dass eine hochgewachsene, athletische Gestalt dort aufgetaucht ist. Endlich. Das wird er sein. Ich drehe mich in Bauchlage und blinzele gegen das tiefstehende Sonnenlicht an. Das ist nicht Leo, erkenne ich jedoch bald. Ich steige aus dem See und wringe das Wasser aus meinen Haaren. Der Mann hält mein Badehandtuch hoch und lässt seinen Blick anzüglich von meinem Gesicht über meine Brüste bis hinunter zu meinen Beinen wandern, während er mir vertraulich zuzwinkert. Ich erstarre innerlich. Dieser Typ taxiert mich wie eine Ware, die ihm angeboten wird. Lüsternheit blitzt in seinen Augen auf.

„Du musst dann ja wohl Lilly sein", sagt er auf Italienisch. Auf meinen Armen bildet sich Gänsehaut. Ich fürchte, ich habe gerade Toni kennengelernt.

. . .

Unsicher nehme ich das Handtuch entgegen, das er mir hinhält, und schlinge es blitzschnell um meinen Körper. Ich bin froh, dass Leo bei diesem Zusammentreffen nicht dabei ist. Die Blicke, die Toni mir auch jetzt immer zuwirft, würden ihm überhaupt nicht gefallen. Doch dass er sich deswegen noch mehr in seinen Hass auf ihn hineinsteigert, würde die Sache nicht besser machen.

„Grazie. Und ich nehme an, du bist Toni?"

Meine Stimme klingt zu hoch, merke ich. Dieser Mann hat eine ganz merkwürdige Ausstrahlung. Er verkörpert eine Mischung aus Gefahr, Stolz, maskuliner Lässigkeit und Arroganz. Normalerweise trete ich Fremden gegenüber viel selbstbewusster auf. Ich ärgere mich über mich selbst, welche Wirkung Toni auf mich hat, und straffe unwillkürlich die Schultern. Er scheint es zu bemerken und grinst spöttisch.

„Exakt. Schön, dass wir uns kennenlernen. Maria hat mir schon viel von dir erzählt. Allerdings hat sie ausgelassen, was für eine Schönheit du bist. Ich mag blonde Frauen. Und blaue Augen."

Was für ein saublöder Spruch. Ich kann nicht fassen, dass er das gerade wirklich gesagt hat. Allerdings ist sein stechender Blick jetzt noch eine Spur intensiver geworden und ich fühle mich nackt, obwohl ich mir das Handtuch inzwischen fast bis zum Kinn hochgezogen habe. Davon abgesehen kocht die Wut in mir hoch. Dieser Typ steht kurz davor, ein bildhübsches und ebenso liebenswertes Mädchen zu heiraten, und flirtet hier nichtsdestotrotz ohne jegliches Schamgefühl mit mir. In Sekundenschnelle wird mir bewusst, dass Maria und er ganz und gar nicht zueinander passen. Ich bin mir sicher, dass Toni jede Gelegenheit nutzen wird, um sie zu betrügen und unterzubuttern.

Und Maria? Ich kenne sie zwar noch nicht lange, aber ich bezweifle, dass sie das Rückgrat hat, sich gegen diesen Macho durchzusetzen. Wie konnte sie sich nur in diesen Chauvinisten verlieben?

Während mir all das blitzartig durch den Kopf rattert, stehe ich noch immer wie ein hypnotisiertes Kaninchen vor Toni und weiß nicht, was ich ihm antworten soll. Zum Glück taucht in diesem Moment Maria am Strand auf.

„Hey, ihr beiden! Kommt ihr rein? Wir wollen gleich essen."

Erleichtert raffe ich meine Sachen vom Boden auf und schlüpfe in meine Flipflops.

„Wir kommen", rufe ich und bemerke, wie sich Toni seine dunkle Ray-Ban-Sonnenbrille aus den gegeelten Haaren zurück auf die Nase schiebt.

Die Szene erscheint mir wie ein Déjà-vu unseres ersten Abends in Garda. Antonella hat uns einen großen Tisch auf der Terrasse reserviert und die ganze Familie ist zum Essen zusammengekommen. Doch die Atmosphäre ist diesmal komplett anders. Leo, der neben mir sitzt, ballt zwischen den Gängen des Abendessens immer wieder die Fäuste und schweigt meistens. Ich bin froh, dass er sich zusammenreißt und nicht gegen die angeberischen Erzählungen aufbegehrt, die von Zeit zu Zeit aus Tonis Mund kommen. Etwa, dass er überlege, seinen neuen Alfa gegen einen Ferrari zu tauschen. Heimlich lege ich ihm unter dem Tisch immer mal wieder eine Hand aufs Bein. Ich hoffe, er versteht die Geste als Zustimmung seiner Besonnenheit.

Antonella spielt fast ununterbrochen an ihrer Halskette herum und lässt ihren Blick hektisch zwischen Toni und uns anderen hin und her gleiten. Giuseppe hat sich deutlich mehr dem Rotwein zugewandt als üblich. Nach dem Hauptgang – einem köstlichen Saltimbocca alla Romana – hat seine Stimme schon einen leichten Kicks angenommen. Und eben war ihm doch tatsächlich die Pointe seines Witzes entfallen, das hatte ich bis jetzt noch nie erlebt.

Maria hat sich heute Abend besonders hübsch angezogen. Sie trägt ein oranges Sommerkleid mit weißen Blumen darauf. An ihren Ohren baumeln große Kreolen und ihr braunes Haar, das von der Sonne goldene Strähnen bekommen hat, wallt offen über ihren Rücken. Ihre Lippen schimmern korallenrot und sie hat ihre schönen Augen mit schwarzem Mascara betont. Toni sitzt neben ihr und legt hin und wieder den Arm besitzergreifend um ihre Schultern. Maria scheint es zu gefallen, jedenfalls lächelt sie dabei immer und sieht ihren Verlobten verliebt an.

Mir dreht sich dabei jedes Mal der Magen um. Die beiden haben ihre Plätze mir gegenüber und immer, wenn ich zu ihnen hinübersehe, spüre ich Tonis stechenden Blick auf mir ruhen. Ich frage mich, ob

Maria es nicht bemerkt oder ob sie es bewusst übersieht. Leo hat es auf jeden Fall registriert, denn aus dem Augenwinkel kann ich erkennen, wie die Adern an seinem Hals anschwellen, wenn Toni mich taxiert.

Der wiederum ist an diesem Tisch vermutlich der Einzige, der nicht nervös ist. Und sollte er es sein, kann er es geschickt verbergen. „Ein vorzügliches Essen", wendet er sich an Antonella und wirft seine Serviette auf den leeren Teller. Im Schein der Kerzen blitzt eine dicke Goldkette unter seinem rosa Hemd auf.

„Grazie, Toni." Antonella nickt ihm kurz zu und lässt ihren Blick dann über den Tisch schweifen. „Möchte jemand noch nachnehmen? Ich rufe Marco, er bringt uns noch etwas."

Alle schütteln den Kopf.

„Ich möchte noch Wein", meldet sich Giuseppe. Antonella verdreht kurz die Augen, hebt dann jedoch den Arm, als Marco auf die Terrasse kommt, und bestellt eine weitere Flasche.

Eine Schweißperle rinnt zwischen meinen Brüsten hinab. Die Hitze hat am Abend kaum nachgelassen. In der Ferne zucken immer wieder Blitze über den Himmel und manchmal erklingt ein leises Donnergrollen.

„Das Gewitter kommt näher", sagt Leo und streichelt meinen Rücken.

Marco eilt an unseren Tisch und serviert das Dessert. Dem armen Kerl steht ebenfalls schon der Schweiß auf der Stirn, immerhin muss er heute fast alles alleine machen, da Maria bei uns sitzt.

Ich frage mich, ob die späteren Familientreffen mit

Toni auch alle so aussehen: Jeder beißt sich auf die Lippen, um nur ja nichts Falsches zu sagen, und sehnt das Ende des Abends herbei. Derweil Toni den großen Macker heraushängen lässt.

„Noch drei Tage, dann sind wir verheiratet", sagt Maria träumerisch und lächelt ihren Verlobten an. Doch der geht gar nicht weiter darauf ein, sondern nimmt Leo ins Visier. Ich ahne nichts Gutes.

„Und du, Schwager, wirst also künftig für immer in Deutschland bleiben?"

Leo wendet ihm langsam den Kopf zu und zieht die Augenbrauen in die Höhe.

„Wie kommst du darauf? Mein Vertrag in Hannover läuft noch ungefähr ein halbes Jahr. Dann sehe ich weiter."

Mein Puls beschleunigt sich. Leo hat mit einer gleichmütigen Ruhe geantwortet, die ich bewundere. Vor dem Essen hat er mir versprochen, sich nicht von Toni provozieren zu lassen. Gott sei Dank scheint er sich daran zu halten.

„Okay, okay." Toni nickt mehrmals hintereinander, als ginge er völlig konform mit Leos Antwort. „Ich dachte nur ... Schließlich ist deine Freundin Deutsche und wird bestimmt in ihrem Land bleiben wollen. Maria hat erzählt, sie ist Innenarchitektin."

„Angehende Innenarchitektin", mische ich mich ins Gespräch ein, schließlich geht's ja um mich und ich kann es auf den Tod nicht ausstehen, wenn man sich über mich unterhält, als sei ich gar nicht anwesend. „Ich habe noch etwa zwei Jahre Studium vor mir. Und was dann kommt, weiß ich auch noch nicht." Ich hebe das Kinn und sehe ihn herausfordernd an. „Vielleicht liegt meine Zukunft ja in Italien. Wer weiß?"

Toni bricht in lautes Gelächter aus. „Wow, deine Freundin hat Temperament. Das muss man ihr lassen." Wieder spricht er nur mit Leo, der inzwischen schon hörbar mit den Zähnen knirscht.

„Lilly ist eine ganz tolle Innenarchitektin", erklärt Giuseppe nun und sieht Toni dabei bedeutungsschwer an. „Sie hat ein paar richtig gute Vorschläge und Zeichnungen gemacht, wie wir unser Hotel umgestalten können."

„Ist das so?", fragt Toni und der feindselige Unterton in seiner Stimme verursacht ein dumpfes Gefühl in meinem Magen. Sein kantiges Gesicht wirkt einen Moment lang völlig ausdruckslos, bevor er sich mit einem schmallippigen Lächeln Giuseppe zuwendet.

„Wir hatten doch bereits über die Villa gesprochen und waren uns einig, Schwiegerpapa."

Antonella holt zischend Luft und Maria starrt auf ihren leeren Dessertteller, als sei dort die Zeitung von morgen abgedruckt.

„Interessant, Toni. Über was seid ihr zwei euch denn einig geworden?"

Leos Stimme klingt zwar freundlich, aber ich spüre den geballten Zorn, der in seinem Inneren wütet. Wenn mir doch nur etwas einfallen würde, damit die Situation nicht eskaliert. Aber ehrlich gesagt, könnte wahrscheinlich nur ein Ohnmachtsanfall die Lage ändern. Und so viel schauspielerisches Talent besitze ich leider nicht.

„Wir müssen neu bauen, Leo. Ein großes Gästehaus

in eurem Garten. Mit den paar alten Zimmern, die ihr euren Gästen bietet, wird es nicht mehr lange gutgehen. Glaub mir, ich hab' da Erfahrung. Dein Vater vertraut mir und er ist schon auf dem richtigen Wege, die Zukunft der *Villa Marina* zu sichern."

Ich schlucke und sehe Toni entgeistert an. Dieser Typ leidet an einer Selbstüberschätzung, dass es schon wehtut. Wie konnte Maria bloß auf ihn reinfallen? Und wie konnte Giuseppe sich von ihm um den Finger wickeln lassen? Nun verstehe ich, warum Leo in den letzten Wochen so verzweifelt war. Die Einzige, die Toni richtig eingeschätzt hat, ist außer Leo nur Antonella. Aber leider hat weder Maria noch Giuseppe auf sie gehört.

„Ich glaube, du hast da etwas übersehen, Toni." Leo klingt bemerkenswerterweise immer noch völlig gefasst. „Ich werde das Hotel später einmal übernehmen. Und es gibt eine Übereinkunft zwischen mir und meinem Vater, dass hier so schnell erstmal gar nichts passiert. Schon gar kein Neubau, das kann ich dir versprechen. Abgesehen davon hast du wohl völlig vergessen, mit mir zu sprechen. Seltsam ..."

Toni funkelt ihn über den Tisch hinweg an. „Nun, wie gesagt, ich war davon ausgegangen, dass du in Hannover bleibst. Dass du zurückkehren und dich ins gemachte Nest setzen willst, hatte ich tatsächlich nicht bedacht."

Jetzt ist es mit Leos Selbstbeherrschung vorbei. Er schlägt mit der Faust so hart auf den Tisch, dass die Porzellanteller klirrend auf und ab hüpfen. „Mich ins gemachte Nest setzen? Was fällt dir ein! Dies ist ein

Familienbetrieb. Ich habe für dieses Hotel gearbeitet, seitdem ich ein kleiner Junge bin. Ich habe die Hotelfachschule besucht. Und ich werde die *Villa Marina* zusammen mit meinen Eltern fortführen – und zwar in einer Art und Weise, wie wir sie für richtig halten. Das Ganze geht dich überhaupt nichts an."

Inzwischen gibt sich Leo keine Mühe mehr, seine Feindseligkeit zu verbergen. Der Blick, mit dem er Toni mustert, ist voller Hass. Giuseppe sieht verunsichert zwischen seinem Sohn und seinem baldigen Schwiegersohn hin und her. „Jungs, nun kriegt euch doch nicht in die Haare. Dafür gibt es doch gar keinen Grund ..." Seine Schultern sind nach unten gesackt und das schlechte Gewissen ist ihm deutlich anzusehen. Einerseits tut er mir leid. Offenbar geht ihm erst jetzt auf, welchen Zwiespalt er durch sein unbedachtes Verhalten in die Familie gebracht hat. Andererseits hätte er uns allen dieses Theater ersparen können, wenn mal etwas früher nachgedacht hätte.

Toni, die Lippen hart aufeinandergepresst, lehnt sich zurück. „So willkommen ist man also als Schwiegersohn in der ehrenwerten Familie Baldaletti. Da meint man es nur gut und will helfen und als Dank wird man wüst beschimpft." Er wendet sich Maria zu. „Ich bin froh, dass du bessere Manieren hast als dein Bruder. Und es wundert mich, dass dein Name noch gar nicht gefallen ist, wenn es um die Villa geht. Ist es nicht so, dass du auch von klein auf an hier gearbeitet hast? Und bist du nicht immer noch von morgens bis abends hier am schuften? Wie sieht es mit deinem Anteil am Hotel aus?"

Tränen schimmern in Marias Augen, als sie nach Tonis Hand greift und verzweifelt nach den richtigen Worten sucht. „Aber mein Vater bezahlt doch unsere Hochzeit, Toni. Es wird ein großes Fest, das viel Geld kostet."

Er reißt seine Hand los und blickt sie verächtlich an. „Damit lässt du dich abspeisen? Mit unserer Hochzeit? Es ist normal, dass der Brautvater sie bezahlt. Das hat nichts damit zu tun, dass dir ein Anteil der Villa zusteht. Es wird Zeit, dass du deine Rechte gegenüber deinem Bruder durchsetzt. Es kann doch nicht sein, dass er total bevorzugt wird, nur weil er ein Mann ist. Ich werde dafür sorgen, dass wir hier nicht von deinem Bruder über den Tisch gezogen werden, das schwöre ich dir."

Toni hat so laut gesprochen, dass schon einige Leute von den anderen Tischen neugierig zu uns herüberschauen.

„Schluss jetzt, Toni", fällt Antonella ihm schneidend ins Wort. „Es steht dir nicht zu, meine beiden Kinder gegeneinander aufzuhetzen. Es ist genauso wie Leonardo gesagt hat. Er wird später einmal das Hotel übernehmen. Maria wird beteiligt sein und kann hier weiterarbeiten – das ist ihre Entscheidung."

Toni ballt die Fäuste und hebt seine Stimme noch etwas mehr. „Pah, beteiligt sein ... Das reicht mir nicht. Ich will hier mitbestimmen – oder es gibt keine Hochzeit."

Leo will etwas erwidern, doch da fegt ein heftiger Windhauch über die Terrasse und im gleichen Augenblick öffnet der Himmel seine Schleusen. Ein heller

Blitz erleuchtet das Firmament und fast im selben Moment ertönt ein so lauter Donnerschlag, dass ich erschrocken zusammenfahre. Das Gewitter, das den ganzen Tag schon in der Luft gelegen hat, entlädt sich wie ein Tornado über Garda. Der Regen prasselt auf uns nieder und mein Kleid ist im Nullkommanichts klitschnass. Wir springen von den Stühlen auf, jeder schnappt sich Geschirr und Gläser, und hasten ins Haus. Die anderen Gäste rennen ebenfalls ins Innere und Marco und Leo spurten noch ein paar Mal nach draußen, um den Rest Gläser und Flaschen hereinzuholen.

„Unglaublich, wie schnell das auf einmal losging", sagt eine ältere Dame aus Deutschland zu mir. Gemeinsam stehen wir am Fenster und sehen zu, wie die Blitze über dem Gardasee zucken. „Man hat ja schon den ganzen Tag geahnt, dass ein Gewitter kommt, so schwül wie es heute gewesen ist. Aber dass es dann so schnell kam, fand ich doch ungewöhnlich."

Ich stimme ihr zu. Doch im Stillen denke ich, dass das Gewitter genau zur richtigen Zeit losging. Ich weiß nicht, wo der Familienstreit geendet hätte, wenn er nicht so urplötzlich von dem Regenguss unterbrochen worden wäre. Maria und Toni waren im Strom der Gäste in die Villa geflüchtet und ich habe sie seitdem nicht mehr gesehen. Die arme Maria. Sie hatte am Schluss so unglücklich gewirkt und ich frage mich, ob Toni ihr womöglich noch Vorwürfe macht, dass sie ihm nicht besser beigestanden hat. Wer weiß, ob die Hochzeit nach diesem Abend überhaupt stattfindet, denke ich. Da legt sich eine Hand auf meine Schulter.

„Hast du Maria gesehen?", fragt Antonella. Sie sieht leichenblass unter ihrer Sommerbräune aus. Ihre großen, bernsteinfarbenen Augen haben den üblichen Glanz verloren. Die Sorge um ihre Tochter steht ihr ins Gesicht geschrieben.

„Sie ist zusammen mit Toni ins Haus gelaufen. Danach habe ich sie nicht mehr gesehen", antworte ich.

Antonella nickt schweigend. „Na gut", murmelt sie und wischt sich müde durchs Gesicht. „Ich habe Giuseppe ins Bett geschickt. Er hat zu tief ins Weinglas geguckt und macht höchstens noch alles schlimmer. Ich hoffe, alle beruhigen sich bis morgen. Oder ..." Sie sieht mich eindringlich an und zieht die Brauen in die Höhe. „Toni überlegt es sich, in die Familie Baldaletti einzuheiraten und geht seiner Wege."

Ich schlucke. „Vielleicht wäre das nicht die schlechteste Alternative."

KAPITEL 19

*E*s ist fast Mitternacht. Leo und ich sind vor das offene Fenster unseres Zimmers getreten und schauen nach draußen. Das Gewitter will einfach nicht weiterziehen. Immer wieder erhellen grelle Blitze den Himmel und kurz darauf grummelt der Donner über dem Gardasee. Der Regen prasselt unablässig auf die Erde. Leo steht dicht hinter mir und hat seine Arme um mich gelegt. Ich lehne mich gegen seinen nackten Oberkörper und genieße seine Nähe. Seine Hände liegen auf meinem Bauch, nur der zarte Stoff des Nachthemdes trennt sie von meiner Haut. Ich schließe die Augen und atme seinen Duft ein. Es ist so schön, von ihm gehalten zu werden. Beschützt. Er gibt mir ein Gefühl der Sicherheit, das ich nicht kannte, bevor wir zusammengekommen sind.

Ich kann mir nicht vorstellen, dass Maria dieses Gefühl jemals bei Toni haben wird. Und wieder tut sie mir unendlich leid.

„Meinst du, Toni ist morgen früh noch da?", frage ich leise.

Leo gibt ein kurzes Schnaufen von sich. „Ich hoffe, er ist verschwunden und taucht nie wieder auf."

Er pustet mir warm in den Nacken und zieht mich ein wenig näher an sich. Mir entfährt ein wohliger Seufzer.

„Das wäre vermutlich das Beste. Aber es ist schrecklich für Maria. So ein fürchterlicher Streit direkt vor der Hochzeit. Es muss die Hölle für sie sein."

„Das stimmt. Aber besser ein Ende mit Schrecken als ein Schrecken ohne Ende. Oder wie heißt dieser Spruch? Maria wird schon darüber hinwegkommen. Ich glaube, er wird ihr noch sehr wehtun, wenn sie wirklich heiraten. Deswegen bete ich dafür, dass dieser Mistkerl sich für alle Zeiten vom Acker macht."

Leo klingt ziemlich zuversichtlich, dass sich seine Prognose erfüllt. Ich bin da etwas skeptischer. Wenn Toni sich vorgenommen hat, Profit aus dieser Heirat zu schlagen, wird er sich nicht von einem kurzen Streit davon abhalten lassen. Und wer weiß, was Giuseppe als Nächstes tut? So gerne ich ihn mag, so wenig kann ich einschätzen, wie er sich von Toni manipulieren lässt.

Leos Hand wandert aufwärts zu meinen Brüsten. Er senkt seinen Kopf und küsst mich auf den Hals.

„Was hältst du davon, ins Bett zu gehen, See-Prinzessin? Solange der Donnergott draußen wütet, ist man dort am besten aufgehoben." Seine Stimme klingt rau und mein Herz flattert ein wenig.

„Der Donnergott?" Ich lache leise. „Meinst du, ich müsste Angst vor ihm haben?"

„Nicht, wenn ich dabei bin."

Mit diesen Worten hebt er mich hoch und trägt mich ins Bett. Beim nächsten Donnergrollen küsst er mich. Dann zieht er mir das Nachthemd über den Kopf. Im nächsten Moment denke ich nicht mehr an Toni und Maria. Das Rauschen des Regens verschmilzt mit den Worten der Liebe, die Leo mir ins Ohr flüstert. Die Strahlkraft der Blitze lässt seine Augen leuchten, wenn er mich ansieht. Irgendwann gebe ich das Denken völlig auf. Ich schenke ihm meinen Körper und meine Seele. Und ich möchte nie wieder ohne ihn sein.

Am nächsten Morgen ist der Himmel wieder blau und die Luft frisch und angenehm. Vor unserem Fenster zwitschern die Vögel und der See wirkt so friedlich und still, als habe es den gestrigen Sturm nicht gegeben. Ich bin gespannt, welche Auswirkungen der zwischenmenschliche Sturm haben wird. Ob Toni schon auf Nimmerwiedersehen verschwunden ist? Oder warten heute weitere Dispute auf uns?

Leo tritt aus der Dusche und rubbelt sich das nasse Haar mit einem Handtuch. „So nachdenklich, mein Schatz?"

Er kommt näher und zieht mich in seine Arme. Ich schließe die Augen und nehme den Duft nach Shampoo und Leo in mich auf. „Mmm, du riechst gut."

Er gibt mir einen Kuss auf die Stirn und lächelt.

„Das ist das Mindeste. Schließlich bist du das Beste, das mir in meinem Leben passiert ist."

Ich erwarte, dass ein Scherz hinterherkommt, doch Leo sieht mich voller Aufrichtigkeit an und schweigt.

„Du bist auch das Beste, das mir passiert ist, Leo. Und ich will nie wieder ohne dich sein." Die Worte sind aus meinem Mund gekommen, ohne dass ich über sie nachgedacht habe. Aber sie entsprechen der Wahrheit.

„Das brauchst du auch nicht, Lilly. Denn ich werde dich nie verlassen. Ich möchte mein ganzes Leben mit dir verbringen."

Ich sehe ihm in die Augen und habe das Gefühl, in seine Seele zu blicken.

Mir ist leicht zumute, als ich Hand in Hand mit Leo die Treppe zur Lobby hinunterlaufe. Giuseppe steht hinter der Rezeption und davor – Toni. Mein Herzschlag setzt kurz aus, als ich ihn dort in seinem weißen Designer-Poloshirt erblicke, die Sonnenbrille lässig ins Haar geschoben. Der Druck von Leos Hand verstärkt sich. Ich schaue zu ihm hinüber, doch seine Miene bleibt unbeweglich.

Giuseppe hat uns gehört und blickt auf. „Buongiorno! Da seid ihr ja. Komm mal kurz her, mein Sohn. Mit Toni habe ich schon geredet. Ihm tut es leid, was er gestern gesagt hat, und er hat sich dafür entschuldigt. So geht es aber auch nicht weiter mit euch beiden. Wir sind eine Familie und ihr müsst euch vertragen. Jetzt reicht euch die Hand und seid wieder Freunde."

Ich schlucke. Freunde ist gut. Das waren sie nie und

das werden sie wohl auch nie werden. Aber wie wird Leo auf den Wunsch seines Vaters reagieren? Er war so überzeugt davon gewesen, dass Toni nicht mehr da sein würde. Dieses Szenario muss der totale Schock für ihn sein. Langsam schreitet er die Treppe weiter hinab, den Blick starr auf seinen Vater und Toni gerichtet. Unten angekommen, lässt er meine Hand los und atmet hörbar aus. Seine Kiefermuskeln mahlen und er sagt immer noch kein Wort. Giuseppe sieht ihm ununterbrochen in die Augen, das Lächeln ist aus seinem Gesicht verschwunden. Für mich wirkt das Ganze wie ein stummes Kräftemessen zwischen Vater und Sohn. Toni ist die Rolle des Statisten zugeteilt.

Schließlich entfährt Leo ein leiser Seufzer und er dreht sich zu Toni um. „Dann soll es so sein – Schwager." Er reicht ihm die Hand und Toni ergreift sie. Jetzt strahlt Giuseppe übers ganze Gesicht. Er schlägt seinem Sohn auf die Schulter und kommt dann hinter der Rezeption hervor, um Leo und Toni zu umarmen.

„So ist es richtig, Jungs. Wir müssen alle zusammenhalten. Alles wird gut."

Dein Wort in Gottes Ohr, denke ich. Leo hat sich total zusammengerissen. Ich sehe, wie schwer ihm das gefallen ist, und bin stolz darauf, wie besonnen er reagiert. Hoffentlich wird sich Toni nun auch endlich besser benehmen. Immerhin gehen seine Mundwinkel nach oben und er klopft Leo auf den Rücken.

„Dein Vater hat recht, Leo. Ich glaube, ich habe gestern etwas überreagiert. Tut mir leid. Ich habe mir auch schon etwas überlegt, wie ich es wieder gutmachen kann."

Leo zieht die Augenbrauen in die Höhe und blickt ihn skeptisch an. „Schon gut, ist nicht nötig."

„Doch, doch. Diese Chance musst du mir geben. Wir feiern heute Abend Junggesellenabschied. Nur wir beide und ein paar Freunde von mir. Ohne Frauen." Er sieht kurz zu mir hinüber und zuckt entschuldigend mit den Achseln. „Sorry, Lilly. Heute musst du mal ohne Leo auskommen. Ich borge ihn mir aus."

Leos gequälter Gesichtsausdruck spricht Bände. Doch bevor er antworten kann, klatscht Giuseppe laut in die Hände. „Eine Spitzenidee! Wenn ich jünger wäre, würde ich glatt selbst mitkommen. Aber ich verstehe schon, dass ihr jungen Leute unter euch bleiben wollt."

Er legt einen Arm um meine Schultern und zieht mich an sich. „Und Lilly hat natürlich auch Verständnis dafür, nicht wahr? Du könntest etwas mit Maria unternehmen."

Was bleibt mir anderes übrig, als zu nicken und zu lächeln?

„Na klar, das ist wirklich eine tolle Idee."

Toni schnalzt zufrieden mit der Zunge. „Perfetto. Dann ist die Sache ja geritzt."

Minuten später sitzen Leo und ich allein in der Küche, essen süße Teilchen und trinken Kaffee und Tee. Keiner von uns spricht. Ich glaube, Leo muss erst mal verarbeiten, was geschehen ist.

„Mist", murmelt er und rührt mit dem Löffel in seiner Tasse herum. „Das hatte ich mir etwas anders vorgestellt."

Ich lege ihm eine Hand aufs Bein. „Du hast super reagiert. Jetzt ist es an ihm, sich am Riemen zu reißen und sich anständig zu benehmen."

Die Tür geht auf und Antonella kommt herein. Sie sieht uns am Küchentisch sitzen, schließt kurz die Augen und schüttelt den Kopf. „Sagt nichts. Ich weiß es schon. Keine Ahnung, wie es weitergehen soll, wenn Maria und Toni erst verheiratet sind, aber wir werden wohl damit leben müssen, dass dieser Mann immer Unruhe in die Familie bringen wird." Sie kommt auf uns zu und streicht Leo über den Kopf. „Dein Vater hat mir erzählt, wie besonnen du gehandelt hast. Gut gemacht."

Er sieht sie mit einem schiefen Grinsen an. „Schätze mal, das liegt an der harten Erziehung, die ich durchhalten musste."

Antonella droht ihm mit dem Finger. „Zwing mich nicht, den Rohrstock wieder aus dem Keller zu holen."

Die beiden lachen und ich muss wieder mal feststellen, wie nett sie miteinander umgehen. Da öffnet sich die Tür ein weiteres Mal und diesmal betritt Maria die Küche. Alle schweigen und keinem von uns entgehen die dunklen Ringe unter Marias Augen. Sie sieht blass und übernächtigt aus.

„Ist das hier ein Familienrat?", fragt sie und schließt die Tür hinter sich.

„Natürlich nicht. Komm her zu mir, meine Kleine", sagt Antonella und nimmt ihre Tochter in die Arme. Sie streichelt ihr sanft über den Rücken. „Wie geht es dir, mein Schatz?"

Maria holt tief Luft und bleibt einen Moment in

der Umarmung, bevor sie sich wieder löst. „Wie soll es einem schon gehen, wenn sich der Bräutigam kurz vor der Hochzeit mit der ganzen Familie streitet? Gestern Nacht war Toni drauf und dran, abzuhauen und die Hochzeit platzen zu lassen. Ich habe ihn angefleht, es nicht zu tun. Und zum Glück hat er sich nach einiger Zeit wieder eingekriegt."

Ich drücke Leos Hand. Besser, er sagt jetzt gar nichts dazu.

„Toni und Leonardo haben sich wieder vertragen", antwortet Antonella. „Auf Anordnung deines Vaters. Allerdings finde ich nicht, dass dein Bruder etwas Falsches gesagt hat. Toni hat sich einfach unmöglich benommen."

Maria blickt auf ihre Schuhspitzen. „Ich weiß", murmelt sie leise. „Aber er meint es nicht böse. Vielleicht dauert es eine Weile, bis er sich in unsere Familie einfügt. Er ist es einfach gewohnt, der Boss zu sein."

Ich verdrehe innerlich die Augen. Vermutlich könnte Toni alten Damen die Handtasche stehlen und Maria würde immer noch eine Entschuldigung für ihn finden.

„Und zwischen euch beiden? Ist da auch alles okay?", frage ich.

Maria nickt eifrig. „Aber ja. Zwischen uns ist es immer super."

Ich erinnere mich daran, wie oft Toni sie gestern Abend missachtet hat, und denke mir meinen Teil. Leo schüttelt resigniert den Kopf und widmet sich seinem Kaffee. Ich glaube, er hat es aufgegeben, mit seiner Schwester über die Heirat zu reden.

„Musst du nicht heute dein Kleid abholen?", fragt Antonella.

Maria lächelt – das erste Mal, seitdem sie die Küche betreten hat. „Ja, und ich wollte dich fragen, Lilly, ob du nicht Lust hast, mich zu begleiten? Eigentlich wollte meine beste Freundin Beatrice mitkommen, aber sie hat vorhin abgesagt."

Ich bin überrascht, dass Maria mich fragt. Aber eigentlich freue ich mich darüber. „Was ist denn mit dir, Antonella", frage ich, „fährst du nicht mit?"

Sie schüttelt den Kopf. „Ich habe zu viel mit dem Hotelbetrieb zu tun. Und außerdem war ich schon beim Aussuchen und bei der letzten Anprobe mit dabei. Es mussten noch ein paar Kleinigkeiten geändert werden. Heute wird Maria es zum letzten Mal anprobieren und dann mit nach Hause nehmen. Es wäre doch schön, wenn du sie begleiten könntest."

Leo zwinkert mir zu. „Fahr ruhig, Lilly, ich werde mich hier schon beschäftigen. Und du kannst dich dort ja schon mal umsehen ..."

Meine Wangen fühlen sich plötzlich heiß an und ich bemerke, dass Antonella und Maria sich vielsagend ansehen. „Tja, also dann, komme ich natürlich gerne mit."

Wir nehmen den Fiat der Baldalettis und Maria sitzt am Steuer. Sie hat mir erklärt, dass sich das Brautmodengeschäft in Verona befindet, und seitdem sie weiß, dass ich nie zuvor in dieser Stadt gewesen bin, schwärmt sie mir ununterbrochen von der Schönheit Veronas vor.

„Wir haben heute zwar leider nicht so viel Zeit, aber wir können nicht die Stadt von Julia und Romeo besuchen, ohne dass du Julias Haus siehst. Da schauen wir auf jeden Fall vorbei."

„Super, da bin ich gespannt", sage ich, obwohl ich diesen romantischen Ort auch gerne mit Leo erkundet hätte. Aber dafür haben wir nach der Hochzeit bestimmt noch Zeit. In knapp vierzig Minuten haben wir Verona schon erreicht und Maria kurvt in halsbrecherischem Tempo durch schmale Straßen, ehe sie vor einem Geschäft mit Brautmoden hält.

„Zuerst das Kleid und dann machen wir unseren Spaziergang", sagt sie und steigt aus. Ich folge ihr in den Laden. Er ist vollgestopft mit Tüll und seidigen Stoffen – alles in Weiß und Creme. Eine füllige Frau mit roten Locken kommt auf uns zu und begrüßt Maria überschwänglich.

„Das ist Grazia, die Besitzerin", stellt Maria sie mir vor. Sofort überfällt Grazia mich mit einem Schwall italienischer Wörter, von denen ich nur die Hälfte verstehe. Maria erkennt mein Dilemma und erklärt Grazia, dass ich noch nicht lange Italienisch spreche und sie langsam reden muss.

„Bene", lächelt Grazia daraufhin und wiederholt das Wort noch dreimal mit übertriebener Langsamkeit. Beeeene!

„Wartest du hier?", fragt Maria. „Ich werde das Kleid noch einmal anprobieren. Und du ...", sie hält kurz inne und zwinkert mir dann vielsagend zu, „kannst dich in der Zeit ja mal ein wenig umschauen."

Ich wende mich kopfschüttelnd ab und grinse

dabei vermutlich wie ein Honigkuchenpferd. Vielleicht gibt es ja wirklich bald eine zweite Hochzeit im Hause Baldaletti. Vor einigen Wochen hätte ich mir nicht vorstellen können, so jung zu heiraten, aber nun, mit dem Würmchen im Bauch und nachdem ich Leos Familie kennengelernt habe, kommt mir die Sache gar nicht mehr so abwegig vor. Ich streife durch den Laden und staune über die zarten Stoffe, die Accessoires, das Flair dieser besonderen Kleider.

Und dann kommt Maria aus der Umkleidekabine heraus und ich bin sprachlos. Zusammen mit ihren Jeans und dem T-Shirt scheint sie auch ihre Unsicherheit und den Ärger des vergangenen Tages hinter dem Vorhang zurückgelassen zu haben. Die Maria, die nun in einem Traum aus weißem Satin vor mir steht, strahlt vor Schönheit und Anmut. Ihre Wangen sind gerötet, die Augen leuchten.

„Was sagst du, gefällt es dir, Lilly?"

Sie dreht sich einmal um sich selbst und betrachtet sich dabei im Spiegel. Ich muss mich erst mal räuspern, bevor ich antworte.

„Du siehst atemberaubend aus, Maria. Das Kleid ist bezaubernd. Es steht dir einfach, einfach ..." Mir fällt kein richtiges Wort ein.

„Gut?", versucht Maria zu helfen.

„Nein!" Ich schüttle den Kopf. „Das wäre maßlos untertrieben. Du siehst aus wie eine Prinzessin. Es ist einfach umwerfend."

Sie lächelt übers ganze Gesicht. „Danke, Lilly. Also denkst du, dass es Toni auch gefallen wird?"

Ich muss kurz auflachen. „Ob es ihm gefallen wird?

Also, wenn nicht, hat er Tomaten auf den Augen und ist deiner nicht würdig. Er wird hin und weg sein, das kann ich dir jetzt schon versprechen."

In diesem Moment kommt Grazia wieder um die Ecke. „Ah, du hast es schon angezogen. Lass mich mal sehen."

Mit professionellem Blick umrundet sie Maria, zupft hier etwas zurecht, streicht dort eine Falte glatt und blickt ihr schließlich zufrieden ins Gesicht. „Jetzt passt es hundertprozentig. Du bist eine wunderschöne Braut, Maria. Dein Mann wird sein ganzes Leben lang niemals vergessen, wie du in diesem Kleid ausgesehen hast."

Im Stillen gebe ich ihr recht. Wenn Toni auch nur einen Funken Verstand in seinem Hirn hat, wird er Maria auf Händen tragen. Leider nagt weiterhin ein leiser Zweifel in mir, ob er sein Glück überhaupt zu schätzen weiß.

„Na gut, dann ziehe ich es jetzt wieder aus und nehme es mit. Vielen Dank, Grazia. Du hast die Änderungen wirklich perfekt hinbekommen."

„Natürlich, mein kleines Vögelchen", gurrt Grazia und begleitet Maria zur Umkleidekabine, wo sie das Kleid in Empfang nimmt.

Als Leos Schwester das nächste Mal hinter dem Vorhang hervorkommt, hat sie sich wieder in die alte Maria zurückverwandelt. Allerdings ist etwas von der Strahlkraft an ihr hängengeblieben. Mit neuem Schwung hakt sie sich bei mir unter. „Danke nochmal, dass du mitgekommen bist, Lilly. Dein Urteil bedeutet mir viel. Und zu zweit macht es doch noch viel mehr Spaß, als wenn ich das Kleid alleine abgeholt hätte."

„Das habe ich wirklich gerne gemacht. Ich war noch nie in einem Brautladen. Das ist eine ganz neue Erfahrung für mich."

Maria blinzelt mir zu. „Vielleicht kommen wir ja nochmal wieder her. Also ich kann Grazia wirklich empfehlen."

Begleitet von Grazias guten Wünschen verfrachten wir das Kleid und die Accessoires ins Auto und fahren ein paar Straßen weiter, wo Maria einen Parkplatz ansteuert. „Jetzt machen wir unseren Spaziergang und trinken noch irgendwo etwas. Einverstanden?"

„Einverstanden."

Verona kommt mir vor wie ein Sammelsurium römischer Geschichte. Maria führt mich über kleine Plätze und charmante Innenhöfe, weist auf Inschriften, Fresken und Brunnen hin, und dann stehen wir plötzlich vor einer riesigen Arena.

„Hier gab's mal Gladiatorenkämpfe", deutet sie mit dem Kopf zu dem römischen Amphitheater hinüber, „heute finden hier Festspiele und Konzerte statt. Du solltest unbedingt mal mit Leo hingehen. Es ist ein ganz tolles Erlebnis."

Nicht weit von der Arena entfernt befindet sich Julias Haus. Wir hatten Shakespeares Romeo & Julia auf Englisch in der Schule gelesen und ich wühle in meinen Erinnerungen, als Maria auf den Balkon des

Hauses zeigt. „Das ist wahrscheinlich der meistfotografierte Balkon der Welt. Hier hat Julia ihre Liebesbotschaft gesprochen. Und weißt du was? Jedes Jahr bekommt sie rund zehntausend Liebesbriefe zugeschickt. Es gibt ein paar Ehrenamtliche, die diese Briefe handschriftlich beantworten."

Ich blicke sie ungläubig an und sie lacht. „Es stimmt! Und siehst du dort vorne? Das ist die Bronzestatue von Julia. Nächstes Mal bringst du einen Fotoapparat mit."

Das werde ich auf jeden Fall. Und Leo muss auch mitkommen. Diese Stadt ist einfach superromantisch und gefällt mir mit jeder Minute besser. Aber jetzt haben wir erst mal Durst und peilen das nächstgelegene Café an. Wir lassen uns an einem Tisch in der Sonne nieder und bestellen Zitronenlimonade. Es dauert nicht lange, da landet unser Gespräch wieder bei Toni.

„Weißt du eigentlich, dass Toni Leo heute Abend zu seinem Junggesellenabschied mitnimmt?", frage ich Maria.

Sie reißt die Augen auf und starrt mich an. „Ich weiß nicht, ob das eine gute Idee ist", sagt sie leise.

Also hat sie es nicht gewusst. Mir ist ein wenig mulmig zumute und ich frage mich, warum Maria so bestürzt reagiert. „Was ist schon dabei", sage ich in einem unbekümmerten Tonfall. „Bestimmt sind noch ein paar von Tonis Freunden dabei und die Jungs werden zusammen einen trinken gehen."

Maria runzelt die Stirn und fixiert ihr Limonadenglas. So schweigsam war sie den ganzen Morgen nicht.

„Kennst du Tonis Freunde?"

Sie seufzt und blickt mir endlich wieder in die Augen. „Kennen ist zu viel gesagt. Ich habe ein paar von ihnen mal gesehen. Ehrlich gesagt ...", sie stockt und holt tief Luft, „waren sie mir ein bisschen unheimlich."

Ich muss an Leos Freund, den Fremdenführer Marcello, denken und was er über Toni und dessen Umfeld gesagt hatte. Auf meinen Armen bildet sich eine Gänsehaut.

„Warum waren sie dir unheimlich, Maria?" Ich fasse ihr Handgelenk und drücke es. Wenn Leo sich heute Abend in Gefahr begibt, muss ich das wissen. Dann soll er sich zum Teufel noch mal eine Ausrede einfallen lassen und zu Hause bleiben.

„Ach, nur so ein Gefühl", wiegelt Maria ab und lächelt dünn. „Sie haben immer diese Sprüche drauf, du weißt schon, wie in diesen harten Krimis. Die Jungs aus meiner Schule waren alle viel harmloser und netter. Ich wünschte, Toni würde nicht so viel mit ihnen abhängen. Er ist doch ganz anders als sie."

Er ist doch ganz anders als sie? Da wäre ich mir nicht so sicher. Ich lasse Marias Handgelenk wieder los und trommle dafür nervös mit meinen Fingern auf der Tischplatte herum.

„Denkst du, sie würden Leo etwas antun, falls er irgendetwas sagt, was ihnen nicht so gut gefällt?"

Maria schluckt hörbar. Dann schüttelt sie langsam den Kopf. „Nein, das glaube ich nicht. Toni ist doch dabei. Und Leo wird bald sein Schwager sein. Er wird schon auf ihn aufpassen."

Ihre Worte sollen mich beruhigen, doch das Gegenteil ist der Fall, denn ich sehe ihr an, dass sie selbst nicht daran glaubt.

KAPITEL 20

„Du willst also wirklich gehen?"

Wir stehen uns in unserem Zimmer gegenüber und ich funkele Leo wütend an. Die letzte Stunde habe ich damit zugebracht, ihn davon zu überzeugen, die Verabredung für den Abend abzusagen. Ich habe ihm erzählt, dass sogar Maria Tonis Freunde unheimlich findet. Dass ich Angst habe, ihn gehen zu lassen. Dass womöglich noch einmal etwas Schlimmes passiert, bevor die Hochzeit überhaupt stattgefunden hat. Doch Leo hat all meine Bedenken weggelächelt.

„Du brauchst dir keine Sorgen um mich zu machen, bella mia. Ich bin groß und stark und kann gut auf mich aufpassen."

„Ha! Das möchte ich mal sehen, wenn du allein gegen eine ganze Meute von Mafia-Typen antreten willst."

Er nimmt mich in den Arm und zieht mich an sich.

Küsst mich auf den Hals und streichelt meinen Rücken.

„Das ist unfair. Wir haben noch nicht zu Ende diskutiert."

„Doch, haben wir", raunt er mir ins Ohr. „Ich gehe gleich kurz mit den Jungs auf ein paar Drinks in den Ort und ehe du dich versiehst, bin ich wieder zurück. Vielleicht sind sie ja auch gar nicht von der Mafia, sondern nur ein paar harmlose Sandkasten-Rocker. Ich habe nichts mehr von Marcello gehört, also wird schon alles in Ordnung sein. Toni ist ein Idiot, das wissen wir beide, aber ich muss da jetzt durch – meiner Familie zuliebe."

Ich schließe die Augen – und resigniere. „Versprich mir, dass du auf dich aufpasst", sage ich leise.

„Versprochen." Er schaut mir in die Augen und ich weiß jetzt schon, dass ich unserem Sohn oder unserer Tochter niemals etwas abschlagen kann, wenn er oder sie auch solch einen Hundewelpen-Blick bekommt.

„Na gut." Ich schmiege mich noch einmal in seine Arme und atme seinen Duft ein, den ich so liebe.

Leo lacht. „Jetzt tu nicht so, als würdest du mich nie wiedersehen. Ich bin bald zurück."

„Dann hau schon ab." Es sollte fröhlich klingen, aber so richtig hat das nicht geklappt. Er zieht mich mit sich zur Tür. „Begleitest du mich noch nach unten?"

Ich nicke und wir gehen Hand in Hand die Treppe hinab. Unten in der Lobby steht Toni und wartet bereits auf Leo. Er trägt ein knallrotes Hemd und sein schwarzes Haar schimmert von dem vielen Gel, das er hineingetan hat.

„Da bist du ja endlich, Schwager", sagt er und lässt den Blick kritisch über Leo gleiten, der seine übliche Jeans und ein weißes T-Shirt trägt. „Hättest dich ruhig ein wenig aufbrezeln können für unseren Abend", kommentiert Toni. „Meine letzte Nacht mit den Kumpels in Freiheit. Da muss man den Mädels doch ordentlich was bieten, oder?" Er lässt ein dreckiges Lachen ertönen und mich schaudert es. Ich frage mich, wo Maria steckt. Aber eigentlich bin ich froh, dass sie Tonis letzten Satz nicht mitanhören musste.

Leo drückt meine Hand und geht gar nicht weiter auf Tonis Sprüche ein.

„Von mir aus können wir gehen. Wo sind denn deine Freunde?"

„Die treffen wir in der Stadt", antwortet Toni. Dann sieht er mich an. „Kümmer dich schön um die Braut, aber setz ihr keine Flöhe ins Ohr, kapiert?"

Unverschämtheit. Ich schlucke und verzichte darauf, ihm zu antworten. Stattdessen gebe ich Leo einen Kuss und gehe in die Küche. Hinter meinem Rücken höre ich, wie Toni wieder lacht und irgendwelchen Unsinn über Frauen von sich gibt. Er ist so ein Blödmann. Ich wünsche mir, der Abend sei schon vorbei und Leo heile heimgekehrt.

In der Küche treffe ich Antonella und Marco, die so im Stress sind, dass sie kaum aufsehen, als ich hereinkomme. Marco bereitet die Salatteller für die Vorspeise vor und Antonella rührt in ihren Töpfen, die auf dem Herd stehen und von denen köstliche Düfte ausgehen.

„Wo ist denn Maria?", frage ich. Normalerweise

hilft sie ebenfalls in der Küche, vor allem so kurz vor dem Abendessen.

Antonella seufzt. „Ich habe sie zu ihrer Freundin Beatrice geschickt. Sie war nur noch ein einziges Nervenbündel. Keine Ahnung, ob sie einen Disput mit Toni hatte oder einfach nur einen Moralischen wegen der bevorstehenden Hochzeit. Sie wollte nicht drüber reden."

Ich binde mir eine Küchenschürze um. „Was kann ich helfen?"

Marco gibt ein freudiges „Yipieh!" von sich, doch Antonella schüttelt den Kopf. „Lilly, du bist unser Gast. Du brauchst überhaupt nicht zu helfen."

„Bitte, Antonella, lass mich irgendwas tun. Leo ist eben mit Toni losgezogen und ich mache mir jetzt schon Sorgen, was dieser Abend bringt. Ich muss mich irgendwie ablenken, sonst werde ich noch verrückt."

Sie hält einen Moment mit dem Rühren inne und sieht mich an. „Na gut. Du könntest das Brot aufschneiden und in diese kleinen Körbe verteilen." Sie deutet auf einen Stapel Rattankörbe und mehrere Stangen Weißbrot, die daneben liegen.

Ich strahle sie an. „Wird gemacht. Und später kann ich Marco beim Servieren helfen. In Hannover arbeite ich manchmal in der Gastronomie, um mir ein bisschen was dazuzuverdienen. Ihr braucht also keine Angst haben, dass ich den Gästen ihren Wein über die Hose gieße. Ich werd das schon hinbekommen."

Jetzt ist Marcos Grinsen noch eine Spur breiter geworden. „Lilly, deine Hilfe ist sehr willkommen. Ganz egal, was die Chefin sagt, ich nehme sie gerne an."

„Also wirklich, Marco!" Antonella wirft mit einem Küchenhandtuch nach ihm. „Du kannst sie doch nicht einfach hier vereinnahmen."

„Doch, kann er", antworte ich fröhlich und bin schon dabei, das Brot zu schneiden. Die nächsten Stunden vergehen wie im Fluge. Ich schleppe das Essen nach draußen auf die Terrasse, nehme Bestellungen entgegen, serviere Getränke und räume ab. Antonellas skeptischer Blick hat sich schnell gewandelt. Inzwischen wirft sie mir fast jedes Mal ein anerkennendes Lächeln zu, wenn ich wieder mit einem Stapel Teller in der Küche erscheine.

„Ich finde, du könntest eigentlich gleich hier anfangen. Dann kann ich endlich mal Urlaub nehmen", flachst Marco und stellt mir frische Gläser aufs Tablett.

„Gerne. Ich werde mal mit Leo reden, ob wir nicht verlängern können."

Antonella dreht sich um. „Sehr gerne, Lilly. Aber hör bitte nicht auf diesen frechen Kellner. Ich glaube, ich muss ihn rauswerfen. Wenn ihr länger hierbleiben wollt, dann tut das. Aber ihr seid nicht zum Arbeiten hier."

Ich wische mir den Schweiß von der Stirn. Ein bisschen anstrengend war dieser Abend bis jetzt schon, aber ich liebe es, etwas Nützliches zu tun und mich zu bewegen. Außerdem bin ich kaum dazu gekommen, mir Sorgen um Leo zu machen. Ich schaue auf meine Armbanduhr. Halb zehn. Es wird sicher noch dauern, bis er nach Hause kommt. Antonella hat meinen Blick bemerkt.

„Hast du eigentlich überhaupt schon etwas gegessen, Lilly?"

Dazu war ich wirklich noch nicht gekommen und inzwischen macht sich der Hunger bemerkbar.

„Nein, eine Kleinigkeit könnte ich jetzt echt gebrauchen."

Im Nu stellt sie mir einen Teller mit Tortellini auf den Tisch und setzt sich selbst dazu. Die Gäste sind längst mit dem Essen fertig, nur ein paar von ihnen genießen den schönen Abend noch bei einer Flasche Wein auf der Terrasse. Marco ist damit beschäftigt, die Küche aufzuräumen, und Antonella greift zu einem Stück Käse und hat sich ein kleines Glas Rotwein eingeschenkt. Ich stürze mich auf die Tortellini und stelle wieder einmal fest, wie gut das Essen bei den Baldalettis schmeckt. Daran zumindest sollte sich auch in Zukunft überhaupt nichts ändern.

Kaum habe ich meine letzten Tortellini verspeist, kommt Giuseppe herein. Antonella hatte mir erzählt, dass er noch einmal zum Weingut gefahren war, um letzte Einzelheiten zur Hochzeit zu besprechen. Offenbar war es nicht nur beim Gespräch geblieben, denn Giuseppes Wangen leuchten in einem verdächtigen Rot. Antonella hat es offenbar ebenfalls bemerkt.

„Ach, musste der Lugano nochmal getestet werden?"

Giuseppe beißt sich auf die Unterlippe und grinst verschmitzt. „Nur so ein bisschen", nuschelt er vor sich hin und lässt seinen Blick in die Runde schweifen. „Alles gut gelaufen heute Abend?"

„Bestens", antwortet Antonella. „Dank Lilly. Sie

hat uns geholfen und ich muss wirklich sagen, das Mädchen kann anpacken. Ich würde sie auf der Stelle engagieren."

„Wirklich?" Giuseppe reißt die Augen auf und betrachtet mich wohlwollend. „Da bieten sich ja ganz neue Perspektiven ..."

Antonella verdreht die Augen und blickt mich entschuldigend an. „Falls du dich gerade fragst, ob Leo später auch mal so wird? Keine Sorge, das wird er nicht. Mein Sohn kommt eher nach mir."

Ich muss mir das Lachen verkneifen, während Giuseppe eine beleidigte Miene aufsetzt. „Was soll das denn heißen, Antonella? Was ist denn nicht in Ordnung mit mir?"

Sie zieht ihn zu sich und zwinkert ihm zu. „Nichts, mein Schatz. Mach dir keine Gedanken. Ich glaube, du gehst jetzt am besten ins Bett. Uns steht ein hartes Wochenende bevor."

Er brummelt etwas vor sich hin, das ich nicht verstehe, lässt dann aber die Schultern sinken. „Das werde ich tun. Und du, komm bald nach, mein Engel."

Sie nickt und wir beobachten schweigend, wie Giuseppe aus der Küche wankt.

„Du meine Güte, gut, dass die Carabinieri ihn nicht erwischt haben", sagt sie und schüttelt den Kopf.

„Ich bin gespannt, in welchem Zustand Leo nach Hause kommt", sage ich.

Antonella runzelt die Stirn. „Ich hoffe, es geht alles gut und Toni lässt ihn einfach in Frieden. Leonardo ist so ein guter Junge, vernünftig und kompromissbereit. Aber wenn man ihn zu sehr reizt ...", sie legt eine kurze

Pause ein, als müsse sie über ihre nächsten Sätze erst nachdenken, „dann explodiert er wie eine Bombe."

Mein Herz schlägt schneller, während ich Antonellas Worten lausche. Und ich muss zugeben, dass sie nicht gerade dazu beitragen, dass ich mich wohler fühle. Ich weiß ja, wie besonnen sich Leo die ganze Zeit benommen hat. Und dass er mir versprochen hat, sich nicht mit Toni anzulegen. Aber was, wenn die Bande ihm heute Abend überhaupt keine Chance gibt, sich zurückzuhalten?

Mein Mund fühlt sich auf einmal staubtrocken an und ich greife zu einem Glas Wasser und trinke es in großen Zügen. Erst als ich es wieder abstelle, blicke ich Antonella in die Augen und antworte ihr.

„Meinst du, ich soll mal durch den Ort gehen und nachsehen, ob ich sie finde? Ob alles in Ordnung ist?"

Antonella zieht die Augenbrauen hoch und schüttelt entschieden den Kopf. „Nein, Lilly, das würde ich auf keinen Fall tun. Misch dich da nicht ein. Das sind erwachsene Männer, sie müssen selbst sehen, wie sie miteinander klarkommen."

„Na gut." Ich atme die Luft, die ich angehalten habe, langsam aus. „Es ist nur, weil ich ein echt ungutes Gefühl habe ..."

Leos Mutter legt ihre Hand auf meine und zieht die Mundwinkel ein wenig nach oben. „Das kann ich verstehen. Aber mach dich nicht verrückt. Bestimmt geht alles gut und ... Ach, ich wünschte, diese Hochzeit wäre schon vorbei. Dabei soll sie doch der schönste Tag im Leben meiner Kleinen sein. Warum musste sie sich bloß diesen Toni aussuchen?"

Sie hat es schon wieder getan. Eigentlich wollte Antonella mich beruhigen, aber ihre Anspannung dringt durch jede Zelle ihres Körpers. Ich spüre ihre Ängste und sie vervielfachen meine eigenen. Antonella scheint gemerkt zu haben, dass sie mich nur noch nervöser macht. Mit einem tiefen Atemzug steht sie auf und räumt ihr Glas fort.

„Ich werde auch ins Bett gehen, Lilly. Marco macht hier alles fertig und löscht das Licht. Du kannst dich gerne zurückziehen, wenn du möchtest. Ich habe leider auch keine Ahnung, wann Maria nach Hause kommt."

Ich winke ab. Im Moment bin ich sowieso lieber allein. Also stehe ich ebenfalls auf und stelle meinen Teller in die Geschirrspülmaschine. „Gute Nacht, Antonella. Wir sehen uns morgen."

„Ja, schlaf schön, Lilly." Ihre Stimme klingt warm und freundschaftlich. Mir kommt es vor, als kenne ich sie schon viel länger als nur ein paar Tage. Als ich unser Zimmer betrete, das ohne Leo viel zu leer wirkt, bin ich mir gar nicht mehr so sicher, ob ich wirklich allein sein will. Ich ziehe mein Nachthemd an und stelle mich vors Fenster. Der Mondschein lässt den See silbrig glänzen und auf der gegenüberliegenden Seeseite schimmern die Lichter von San Felice del Benaco. Wo Leo wohl gerade ist? Ob er einen lustigen Abend mit Toni und seinen Freunden verbringt? Oder muss er sich die ganze Zeit zurückhalten, um nicht auszurasten, weil Toni sich danebenbenimmt?

Ich wandere barfuß durchs Zimmer und schaue immer mal wieder auf die Uhr. Es ist noch nicht einmal Mitternacht. Wie soll ich es bloß aushalten, hier in der

Unwissenheit endlos auf ihn zu warten? Mir ist fast ein wenig schlecht vor Angst. Ich lege mich ins Bett und schließe die Augen. Und öffne sie wieder. Ich kann so nicht einschlafen. Am besten, ich denke an etwas anderes, es bringt ja nichts, sich andauernd die schrecklichsten Szenarien vorzustellen. Der Vormittag mit Maria in Verona kommt mir in den Sinn. Wie schön und glücklich sie ausgesehen hat, als sie ihr Brautkleid trug. Ich mag Maria. Sie ähnelt Leo in vielfacher Hinsicht. Beide sind von Grund auf ehrlich und anderen gegenüber zugewandt. Sie tragen eine angeborene Fröhlichkeit in sich – vermutlich eine Mischung aus Giuseppe und Antonella. Nur in puncto Selbstbewusstsein hat Leo einen größeren Anteil als Maria abbekommen. Ich wünschte, sie hätte schon etwas mehr Erfahrungen mit Männern gesammelt, dann wäre sie weit weniger von Toni beeindruckt, als sie nun ist. Ob sie wirklich noch davon überzeugt ist, die richtige Entscheidung getroffen zu haben? Oder weint sie sich gerade bei ihrer Freundin Beatrice die Augen aus?

Je länger ich über Maria nachdenke, umso müder werde ich. Irgendwann fallen mir schließlich doch die Augen zu. Ich träume von Verona und ich sehe Julias Haus mit dem berühmten Balkon. Jemand steht dort oben und weint. Ich erkenne, dass es Maria ist, und ich weiß, dass sie sich gleich hinabstürzen wird. „Nein, nein, tu es nicht!", schreie ich und fahre im Bett hoch. Im Zimmer ist es stockdunkel, Leo ist noch immer nicht zurück. Meine Haut fühlt sich schweißnass an und mein Puls rast. Ich schalte die Nachttischlampe an und sehe auf die Uhr. Es ist kurz vor eins, also kann ich nur ein paar Minuten geschlafen haben. In diesem Moment öffnet sich die Tür. Leo kommt auf leisen Sohlen herein.

Gott sei Dank. Ich bin so erleichtert, dass ich weinen könnte. Vermutlich habe ich mir mal wieder völlig umsonst so viele Gedanken gemacht, aber so bin ich nun mal.

„Leo, ich bin so froh, dass du wieder da bist. Ist alles in Ordnung?"

Er brummt etwas Unbestimmtes vor sich hin und erst, als er aus dem Schatten in den Lichtkegel der Nachttischlampe tritt, sehe ich die blutige Narbe am Kinn. Die roten Flecken auf seinem T-Shirt. Das Dunkle in seinen Augen. Wie ein Blitz schieße ich aus dem Bett und werfe mich ihm an den Hals.

„Um Gottes willen, du bist ja verletzt. Was ist denn passiert? Geht es dir gut?"

Mein Herz klopft zum Zerspringen. Antonellas Worte wirbeln durch meinen Geist. *Wenn man ihn zu sehr reizt, dann explodiert er wie eine Bombe.*

Leo zieht mich an sich und streicht mir beruhigend über den Rücken.

„Schon gut, bella mia. Ich bin okay."

Ich löse mich aus seiner Umarmung und berühre vorsichtig die Verletzung in seinem Gesicht. Er zuckt zurück.

„Das muss gesäubert werden. Komm, lass uns ins Badezimmer gehen."

Er folgt mir widerspruchslos und ich tupfe die Wunde behutsam mit einem feuchten Wattepad ab.

„War das Toni?"

Er schüttelt stumm den Kopf.

„Also einer seiner tollen Freunde. Na prima. Komm, Leo, rede mit mir. Was ist da passiert?"

Er presst die Lippen aufeinander und schaut zu Boden.

„Hey!" Ich streiche ihm sanft über den Arm. „Wir haben uns versprochen, dass wir uns immer alles erzählen. Dass wir ehrlich zueinander sind."

Er blickt mich an und ich kann fast hören, wie die Gedanken durch seinen Kopf schießen. Schließlich kapituliert er.

„Wir waren zuerst Pizza essen. Tonis Freunde passen perfekt zu ihm – sie sind genauso idiotisch wie er. Den ganzen Abend ging es nur um schnelle Autos, irgendwelche Mädchen und ... Weißt du, sie ergingen sich in Andeutungen über Geschäfte, die sie gemacht haben und die ihnen eine Menge Geld eingebracht haben. Und dann haben sie sich darüber kaputtgelacht."

„Was denn für Geschäfte?"

Er zuckt die Achseln. „Das haben sie nicht gesagt. Wenn ich nachgehakt habe, gackerten sie wieder los und meinten, dass ich nicht zu den Eingeweihten gehöre und mich das nichts anginge."

Ich schüttle den Kopf. „Hört sich nach einem echt tollen Abend an."

Leo fährt ungerührt fort. „Vom Ristorante aus sind wir durch mehrere Bars gezogen und die Jungs haben sich ziemlich betrunken. Ich hatte von Anfang an kein gutes Gefühl und habe mich bei den Drinks zurückgehalten. Ich glaube, es war in Bar Nummer vier, wo wir auf eine Gruppe deutscher Touristinnen gestoßen sind."

Ich ziehe eine Augenbraue nach oben. Jetzt scheint es interessant zu werden.

„Toni ist gleich auf Angriff gegangen, wenn du verstehst, was ich meine."

„Ein bisschen detaillierter könntest du schon werden", wende ich ein.

Leo seufzt. „Naja, er hat sie total angebaggert. Sie gebeten, seine letzte Nacht in Freiheit zu versüßen. Die anderen haben ihn natürlich noch angestachelt. Irgendwann haben alle miteinander rumgeknutscht. Ich habe mich abseits von ihnen gesetzt und musste die ganze Zeit an meine Schwester denken. Maria ist so ein tolles Mädchen, sie hat was Besseres verdient als diesen untreuen Schwachkopf."

Jetzt bin ich diejenige, die mit den Zähnen knirscht. Und Leo hat natürlich eindeutig recht damit, dass Maria etwas viel, viel Besseres verdient hat.

„Irgendwann hatte ich mein Bier ausgetrunken und wollte nach Hause gehen. Ich dachte, ich verzichte auf die Verabschiedung und mache mich klammheimlich aus dem Staub. Aber unglücklicherweise hat Toni genau in dem Augenblick zu mir hinübergesehen, als ich gehen wollte."

„Oh nein, was ist dann passiert?"

„Er hat seine neue Eroberung sitzen gelassen und ist zu mir rübergekommen. Wollte wissen, warum ich nicht mitmache."

Ich balle unwillkürlich die Fäuste. In diesem Moment könnte ich Toni umbringen.

„Was hast du ihm gesagt?" Meine Stimme ist nurmehr ein Flüstern.

Leo lächelt und streicht mir das Haar aus der Stirn.

„Ich habe ihm gesagt, dass meine Traumfrau zu Hause auf mich wartet und dass ich keine Lust habe, mich mit anderen Mädchen zu beschäftigen, wenn die beste von allen schon zu mir gehört."

Ein warmes Gefühl flutet mein Inneres. Was habe ich bloß für ein Glück mit Leo. Ich glaube nicht, dass so viele Männer in dieser Weise reagiert hätten.

„Und ich habe noch hinzugefügt, dass Maria wohl nicht besonders glücklich wäre, wenn sie ihn so sehen könnte."

„Das hat er wohl nicht gerne gehört."

Leo schüttelt den Kopf. „Seine Augen sind ganz klein und kalt geworden und dann hat er ein paar ziemlich gemeine und anzügliche Dinge über dich gesagt, die ich hier nicht wiederholen möchte. Und in dem Moment bin ich einfach ausgerastet. Ich habe ihn gar nicht ausreden lassen, sondern habe mich auf ihn gestürzt, ihn zu Boden gerungen und mit meinen Fäusten bearbeitet."

Ich schlucke und mein Inneres gefriert. Dieser schäbige Mistkerl. So blöd er auch ist, er wusste, womit er Leo kriegen konnte.

„Hast du ihn verletzt?"

Nicht, dass es mir etwas ausmachen würde, dieser Typ hätte es mehr als verdient.

„Nicht sehr." Leo lacht kurz und freudlos auf. „Die anderen waren in Sekundenschnelle bei uns, haben mich von ihm weggezogen und sind auf mich losgegangen."

„Oh Gott." Ich beiße mir auf die Unterlippe. „Wie viele waren es?"

„Fünf."

Das kann nicht wahr sein. Ich blicke nochmal auf die frische Wunde in Leos Gesicht. Er kann froh sein, dass sie ihn nicht noch übler zugerichtet haben. Fünf Männer gegen einen ... Sie hätten ihn totschlagen können.

„Ich habe mich gewehrt, so gut es ging, aber gegen fünf andere hatte ich keine Chance. Zum Glück war der Spuk schnell vorbei. Toni hat seine Jungs zurückgepfiffen und mir aufgeholfen."

Ich blicke ihn ungläubig an. Sollte ich diesem Kerl jetzt etwa noch dankbar sein?

„Er hat was? Aber wieso? Das hätte ich ihm jetzt nicht zugetraut ..."

Leo zuckt die Schultern. „Ich auch nicht. Und ich bin mir über seine Beweggründe auch immer noch nicht im Klaren. Aber er hat mir die Hand gereicht und gemeint, dass wir jetzt wohl quitt seien. Ich hab gezögert. Dann hat er gefragt, ob ich mit meinem feindseligen Verhalten meiner Schwester die Hochzeit ruinieren wolle. Das hat dann den Ausschlag gegeben."

Ich starre ihn sprachlos an. Erst nach einer Weile finde ich die Sprache wieder.

„Und jetzt?", frage ich.

„Feiern wir am Sonntag eine Hochzeit", sagt Leo.

KAPITEL 21

*D*ie Sonne scheint schon hell ins Zimmer, als es am Morgen an die Tür klopft. Ich schätze, wir haben verschlafen und Antonella will uns zum Frühstück holen. Tatsächlich steckt sie jetzt vorsichtig ihren Kopf hinein und lächelt entschuldigend.

„Es tut mir leid, dass ich euch wecke, aber ich mache mir Sorgen um Maria. Sie ist heute Nacht nicht nach Hause gekommen und bei ihrer Freundin ist sie auch nicht mehr."

Ruckartig setze ich mich im Bett auf und wecke damit Leo, der bis jetzt noch im Tiefschlaf gelegen hat.

„Was ist los?", murmelt er verschlafen und reibt sich die Augen.

„Maria ist weg", sage ich kurz angebunden und hüpfe aus dem Bett.

„Wir kommen sofort", wende ich mich an Antonella und eile ins Badezimmer, um mich schnell zu waschen. Im Hintergrund höre ich, wie sich Leo mit seiner Mutter austauscht und wie sie einen erschrockenen Schrei von sich gibt, als sie Leos Gesicht sieht.

„Vergiss es, ist nicht schlimm", beruhigt Leo sie und verlässt dann ebenfalls das Bett. Zehn Minuten später erscheinen wir in der Küche, wo Antonella uns zwei Tassen mit Tee und Cappuccino hingestellt hat.

„Was ist passiert? Hast du dich mit Toni geprügelt?" Sie schüttelt fassungslos den Kopf.

„Mama, ich will jetzt nicht darüber reden. Es war nicht Toni und damit gut. Zwischen uns ist alles okay."

„Wer's glaubt, wird selig", entgegnet seine Mutter und verdreht die Augen. Aber anscheinend kennt sie ihn gut genug, um nicht weiter in ihn einzudringen.

„Meinst du, Toni und Maria haben sich gestern Nacht noch gesehen?", frage ich Leo. Ich denke an die Mädchengruppe, mit der Toni und seine Freunde sich vergnügt haben. Was, wenn Maria und ihre Freundin dieselbe Bar besucht haben und Maria alles mit angesehen hat? Könnte sie deshalb davongelaufen sein? Ich sehe Leo an, dass er etwas Ähnliches denkt.

Er zuckt die Achseln. „Ausgeschlossen ist es nicht."

„Maria und Beatrice waren gestern den ganzen Abend bei Beatrice zu Hause", sagt Antonella und ich atme auf. „Ich habe sie heute Morgen angerufen und Bea hat mir erzählt, dass sie spät zusammen zu Bett gegangen sind und dass Maria früh aufstehen und mit ihrem Fahrrad heimfahren wollte, um beim Frühstückmachen zu helfen. Aber hier ist sie nie angekommen."

Bei ihrem letzten Satz muss Antonella mit den

Tränen kämpfen. Leo geht zu ihr hinüber und nimmt sie in den Arm.

„Es wird schon nichts passiert sein, Mama. Wir fahren gleich los und suchen sie. Vielleicht wollte sie einfach nur noch ein bisschen für sich allein sein. Über alles nachdenken und so."

Antonella schnieft und nickt. „Wahrscheinlich hast du recht. Geht gleich los und bringt sie mir wieder."

Wir trinken hastig im Stehen aus und brechen dann auf. In den Straßen von Garda ist jetzt am frühen Samstagmorgen noch nicht viel los. Wir laufen die Uferpromenade ab und suchen in den Gassen der Altstadt nach Maria. Aber sie bleibt spurlos verschwunden.

„Meinst du, die beiden sind wirklich zu Hause geblieben oder könnte es sein, dass Beatrice deine Mutter angeschwindelt hat und sie doch auf der Piste waren?"

Ich werde das Bild einfach nicht los, dass Maria ihren Toni gestern in den Armen einer anderen Frau gesehen haben könnte. Und ich muss mit Leo darüber reden, sonst werde ich noch verrückt.

Er wirft mir einen nachdenklichen Blick zu. „Keine Ahnung, ich hoffe, es war so, wie Beatrice gesagt hat. Sie gehört eher zu den braven Mädels und Maria doch auch. Sollten Maria und Toni aufeinandergetroffen sein, nachdem ich weg war, kann das nicht gut ausgegangen sein. Aber das hätte Beatrice dann doch bestimmt erzählt."

„Das hoffe ich auch. Meinst du ..."

Ich schaffe es nicht, den Satz weiter auszuführen und ärgere mich schon über mich selbst, dass ich damit herausgeplatzt bin. Schließlich will ich Leo nicht mehr beunruhigen als notwendig. Er zieht die Brauen hoch und wartet darauf, dass ich fortfahre.

„Ach, schon gut."

„Du denkst, sie könnte sich etwas antun?"

Ich hole tief Luft und zucke die Schultern. „Hältst du das für möglich?"

Leo schluckt und schweigt. Dann schüttelt er wild den Kopf. „Nein, auf keinen Fall. Das halte ich überhaupt nicht für möglich. Sie würde so etwas niemals tun. Nicht Maria."

Er hat immer schneller und lauter gesprochen, fast, als müsse er sich selbst von seinen Worten überzeugen. Ich nehme seine Hand und drücke sie. „Okay, du hast recht. So ist sie nicht. Pass auf, wir werden sie bestimmt gleich treffen. Vielleicht trinkt sie irgendwo einen Kaffee und möchte einfach nur ein bisschen für sich sein."

Wir nehmen die Suchaktion wieder auf, streifen durch schmale Straßen und schauen in jedes Café, das auf unserem Weg liegt. Doch Maria bleibt verschwunden.

„Vielleicht ist sie inzwischen schon wieder zu Hause", sage ich, nachdem wir knapp eine Stunde unterwegs sind.

„Das könnte sein. Lass uns erst mal zurückkehren und nachsehen."

Leo war in den letzten Minuten immer verdrossener geworden. Nun erhellt seine Miene sich wieder. Und auch ich schöpfe neue Hoffnung, als wir die

Lobby der *Villa Marina* betreten und Giuseppe hinter der Rezeption vorfinden.

„Ist Maria wieder da?", ruft Leo anstatt einer Begrüßung.

Giuseppes Mundwinkel zeigen nach unten, als er uns ansieht. „Nein, ich hatte gehofft, dass ihr sie gefunden habt."

Nun kommt Antonella aus der Küche gestürzt. Sie muss uns sprechen gehört haben. Aber als sie uns ohne Maria sieht, wird sie kalkweiß im Gesicht.

„Ihr habt sie nicht gesehen", stellt sie tonlos fest und wir nicken.

„Was ist eigentlich mit Toni? Ist er inzwischen mal aufgetaucht?", frage ich.

Antonella winkt ab. „Er liegt in seinem Gästezimmer und schläft einen offensichtlichen Vollrausch aus. Der ganze Raum stinkt nach Alkohol. Ich habe versucht, ihn zu wecken, aber es war zwecklos."

Eine Weile sagt niemand etwas. Ich überlege fieberhaft, was man machen könnte. Vermutlich ist es sinnlos, zur Polizei zu gehen. Schließlich ist Maria volljährig und kann hingehen, wo sie will. Und außerdem ist sie ja erst seit wenigen Stunden verschwunden. Die Beamten werden uns auslachen, wenn wir eine Vermisstenanzeige aufgeben wollen. Dann fällt mir etwas ein. Ich wende mich an Leo. „Gab es vielleicht einen Ort, an den ihr als Kinder gerne zusammen gegangen seid?"

Ich musste an die kleine Dachterrasse denken, auf die Leo sich immer zurückgezogen hatte, wenn er für sich sein wollte. Aber das war definitiv sein Platz gewesen und nicht Marias. Und außerdem hatte Antonella längst das ganze Haus nach ihrer Tochter durchsucht. Leos Augen weiten sich, dann schlägt er sich vor die Stirn. „Ich glaube, ich weiß, wo sie ist.“ Er nimmt meine Hand und zieht mich mit sich zur Tür. „Komm mit. Diesmal werden wir sie finden.“

Wir nehmen wieder Bastis Auto und fahren in Richtung Torri del Benaco. Gar nicht weit vom Hotel entfernt, biegt Leo von der Fahrbahn ab und parkt den Wagen auf einer malerischen Landzunge, die in den Gardasee hineinragt. *Punta San Vigilio* lese ich auf einem Schild. Dann muss ich mich beeilen, Leo zu folgen, der im Laufschritt eine schattige Zypressen-Allee entlang hastet. Sie führt zu einem historischen Gebäude, das von einem hohen Zaun umgeben ist. Wir biegen jedoch vorher links ab und folgen dem Weg bergab, unter einem Torbogen hindurch.

„Das war unser Geheimplatz, als wir noch Kinder waren“, erklärt Leo. „So wirklich geheim ist er natürlich nicht, aber wir sind manchmal hierher gekommen, wenn keine Touristen da waren, und haben uns auf den Steg gesetzt, der direkt ins Wasser hineinführt. Die Wellen klatschen hier manchmal richtig hoch und man kann fast das Gefühl haben, am Meer zu sein.“

Er nimmt meine Hand und zieht mich durch ein Tor. Jetzt kann ich den Steg sehen, von dem er gesprochen hat – und darauf eine schmale Gestalt. Maria.

Sie zuckt zusammen, als Leo ihr von hinten die Hand auf die Schulter legt. Dann schaut sie uns verwundert an.

„Nanu, was macht ihr beiden denn hier?“

Sofort bemerkt sie die Verletzung in Leos Gesicht. „Oh Gott, was ist passiert, Leo?"

Er winkt ab. „Gar nichts, bin gestolpert und hingefallen."

Sie runzelt ungläubig die Stirn. Wir ziehen unsere Schuhe aus, setzen uns neben sie und lassen die Füße ins Wasser baumeln.

„Wir haben dich gesucht", sagt Leo beiläufig. Keine Rede davon, dass wir die halbe Stadt nach ihr umgegraben haben und ihre Eltern sich Sorgen wie verrückt machen. Leo ist einfach unglaublich. Ich liebe seine unaufgeregte Art und die Ruhe, die er ausstrahlt, wenn alle anderen gerade irgendwie durchdrehen. Maria schaut auf ihre Armbanduhr.

„Verflixt, es ist ja gleich schon zehn Uhr. Ich habe Mama versprochen, beim Frühstück zu helfen. Und das ist jetzt schon vorbei."

„Tja, das Frühstück kannst du vergessen." Leo zuckt mit den Schultern und lächelt seine Schwester an. „Was tust du hier ohne mich? Hatten wir uns nicht mal versprochen, uns alles zu erzählen, was uns bedrückt?"

Ich habe das Gefühl, dass ich die beiden lieber alleine lassen sollte, und will aufstehen. Aber Leo greift schnell nach meiner Hand und hält mich zurück.

„Bleib hier, See-Prinzessin. Du gehörst jetzt auch zur Familie und kannst ruhig hören, was wir uns erzählen."

„Ist das wirklich okay für dich, Maria?", frage ich vorsichtshalber noch einmal nach.

Sie nickt sofort. „Si, natürlich. Aber eigentlich gibt es auch gar nichts zu besprechen. Ich bin einfach nur hierher gekommen, um ein wenig alleine zu sein. Um nachzudenken. Und dabei muss ich die Zeit vergessen haben."

Leo legt den Arm um seine Schwester. „Worüber musstest du denn nachdenken? Bist du gestern Abend noch mit Beatrice in der Stadt gewesen?"

Sie schüttelt verwundert den Kopf. „Nein, wir waren bei ihr zu Hause. Warum fragst du?"

Er zuckt die Achseln. „Nur so. Warum bist du wirklich hier, Maria? Hast du Zweifel wegen der Hochzeit?"

Maria wendet den Blick ab und starrt aufs Wasser. Sie schweigt. Also hat Leo vermutlich ins Schwarze getroffen.

„Es ist nicht so leicht, Leo", sagt sie schließlich leise. „Ich bin immer noch total verliebt in Toni. Aber ich bin auch nicht dumm. Ich weiß, dass es schwierig mit ihm werden wird. Ich weiß, dass Mama und du ihn nicht mögt. Ich habe keine Ahnung, welche Zukunft mich mit ihm erwartet. Aber soll ich deswegen jetzt die Reißleine ziehen? Soll ich alles aufgeben, die Hochzeit abblasen und vielleicht als alte Jungfer enden?"

Jetzt muss ich mich einmischen. „Maria!", rufe ich entrüstet. „Das ist ja wohl nicht dein Ernst? Du bist eine ganz tolle Frau. Stark, intelligent, bildhübsch und freundlich. Und das sind nur einige Attribute, mir würden noch viel mehr einfallen, wenn du mir Zeit gibst. Du wirst niemals als alte Jungfer enden, so ein Blödsinn. Und lass dich bloß nicht durch diese Art Torschusspanik dazu verführen, diesen Mann zu heiraten. Du wirst auf jeden Fall noch einmal jemanden kennenlernen, der zu dir passt."

Ich hatte mich richtig in Rage geredet und die beiden Baldaletti-Geschwister blicken mich mit großen Augen an.

„Wow, Lilly, das war ja mal eine flammende Rede", sagt Leo. „Aber alles, was du gesagt hast, ist wahr." Er wendet sich wieder seiner Schwester zu. „Wenn du Toni nicht heiraten willst, musst du es nicht. Jetzt ist es noch nicht zu spät. Ich rede mit Mama und Papa. Und auch mit ihm, wenn du das willst. Glaub mir, Maria, er ist nicht der Richtige für dich. Du wirst einen anderen Mann finden, einen, der eine so wunderbare Frau wie dich auch verdient."

Marias Augen füllen sich mit Tränen. „Warum sagt ihr sowas? Ihr kennt ihn gar nicht richtig. Okay, Toni ist manchmal ein Angeber. Ein Macho. Aber er kann auch ganz anders sein. Wenn wir alleine sind, ist er der netteste Mensch, den ihr euch vorstellen könnt."

Leo sieht mich resigniert an und ich schüttle leicht den Kopf. Es hat keinen Sinn, sie umzustimmen. Maria hat ihre Entscheidung getroffen. Und ob sie uns passt oder nicht, es ist ihr Entschluss. Leo nimmt einen tiefen Atemzug und versucht, zu lächeln.

„Na gut, Maria, du musst es schließlich am besten wissen. Wenn du Toni liebst und ihn heiraten willst, dann werden wir ab sofort nichts mehr gegen ihn sagen. Er wird mein Schwager und ich heiße ihn in unserer Familie willkommen – egal, ob ich ihn mag oder nicht. Du bist meine Schwester und du wirst immer in meinem Herzen sein, was auch passiert." Er sieht Maria tief in die Augen und ihre Tränen versiegen. „Ich möchte einfach nur, dass du glücklich bist. Und wenn Toni zu deinem Glück gehört, dann soll es so sein."

Maria schnieft leise und nimmt die Hand ihres Bruders.

„Danke, Leo. Mach dir keine Sorgen um mich. Alles wird gut, das spüre ich."

Diesen Eindruck habe ich zwar ganz und gar nicht, aber ich bin froh, dass Leo Marias Gefühle respektiert und sie nicht weiter davon überzeugen will, die Hochzeit abzusagen. Ich räuspere mich ein wenig und schaue auf die Uhr.

„Vielleicht sollten wir gehen. Eure Eltern machen sich Sorgen, wir sollten sie nicht länger warten lassen."

„Du hast recht." Leo springt auf und reicht uns beiden eine Hand, um uns aufzuhelfen.

Zu dritt kehren wir über die Zypressen-Allee zum Parkplatz zurück, wo Maria ihr Fahrrad in der Nähe unseres Autos abgestellt hat.

„Wir sehen uns gleich zu Hause", winkt sie uns zu. „Da muss ich schnell mein grünes Kleid anziehen. Alte Bräuche wollen schließlich gelebt werden."

Damit schwingt sie sich auf ihr Rad und fährt davon. Ich ziehe die Brauen hoch und sehe Leo an.

„Grünes Kleid? Was hat es denn damit auf sich?"

„Am Tag vor der Trauung trägt die Braut bei uns immer etwas Grünes", erklärt er. „Grün steht für die Fruchtbarkeit." Er zwinkert mir zu und mir schießt die Hitze ins Gesicht. Das mit der Fruchtbarkeit hat bei mir schon mal ohne Grün hervorragend geklappt. Nur dass Leo noch nichts davon weiß. Oder ahnt er etwa

schon etwas und hat mir deswegen gerade so zuge-
zwinkert?

„Lilly, du wirst ja ganz rot im Gesicht. Alles gut bei
dir?"

Ich schlucke und mein Herz schlägt schneller.
Schon wieder eine dieser Gelegenheiten, bei denen ich
ihm von unserem Baby erzählen könnte. Aber ich muss
mich beherrschen. Vielleicht morgen Abend. Nach
Marias Hochzeit. Es fällt mir so schwer, dieses
Geheimnis vor ihm zu verbergen. Wird er sich freuen?
Oder kommt das alles viel zu früh für ihn? Er wartet
auf eine Antwort.

„Alles gut. Aber diese Hochzeit hält einen wirklich
in Atem. Ich glaube, ich bin froh, wenn sie vorüber
und alles gut gegangen ist."

KAPITEL 22

Das Wasser aus der Dusche rinnt über meinen Körper und ich schließe die Augen. Ich nehme den Duft des Duschgels – Bergamotte – in mich auf und lockere meine Schultern. Der Tag war anstrengend gewesen. Zuerst die Suchaktion nach Maria und dann waren nach und nach die Hochzeitsgäste aufgetaucht, die von weiter her angereist waren. Sie nahmen die letzten freien Zimmer in der *Villa Marina* in Beschlag, sodass selbst die kleinste Kammer mit irgendjemandem belegt war.

Leo und ich hatten unsere Hilfe angeboten und waren stundenlang damit beschäftigt gewesen, die Gäste zu begrüßen, ihnen die Zimmer zu zeigen, Gepäck zu schleppen, Kaffee zu kochen und Gebäck zu reichen. Antonella hatte mir mehr als einmal zu verstehen gegeben, wie froh sie über meine Unterstützung war. Und Maria, die jetzt ein grasgrünes Kleid mit kleinen, gelben Tupfen trug, hatte mehr im Weg gestanden, als dass sie für irgendetwas nützlich war. Nach ihrer Rückkehr in die Villa hatten Antonella und Giuseppe sie glücklich in die Arme geschlossen und sich mit ihrer Erklärung zufriedengegeben, dass sie Zeit für sich gebraucht hatte. Die Stunden auf der *Punta San Vigilio* hatten jedoch nicht dazu geführt, dass Maria nun die Ruhe in Person war. Ganz im Gegenteil. Sie flatterte durchs Haus, fing etwas an, hörte wieder damit auf, verbreitete Nervosität und Unruhe.

Toni kam erst am Nachmittag aus seinem Bett gekrochen. Er wandelte herum wie ein stolzer Gockel und verschwand dann mit den Worten, er müsse zum Barbier, in Richtung Stadt. Ich fragte mich, wie er so dickfellig sein konnte, seinen Schwiegereltern niemals seine Hilfe anzubieten. Er sah es als selbstverständlich an, dass alle für seine Hochzeit schufteten, während er seinen Rausch ausschlief. Im Gegensatz zu Leo, dessen Narbe im Gesicht nicht zu übersehen war, fand ich bei ihm keine Anzeichen des gestrigen Kampfes. Ich stelle die Dusche ab, greife zum Handtuch und reibe mich trocken. Was er Leo wohl über mich an den Kopf geworfen hat? Ich hatte Leo im Laufe des Tages danach gefragt, doch er hatte nur die Lippen zusammengepresst und abgewinkt.

„Erinnere mich nicht mehr daran, bella mia. Ich habe Maria versprochen, diesen Mistkerl in Ruhe zu lassen. Aber wenn ich an seine Worte gestern Abend denke, fällt mir das verdammt schwer."

Ich betrete unser Zimmer und ziehe ein bequemes T-Shirt-Kleid an. Antonella hatte mir vorhin offiziell freigegeben und hochgescheucht, während Leo mit irgendwelchen Verwandten von der Adria auf der Terrasse saß und über alte Zeiten plauderte. Ich bin froh, eine Weile für mich zu sein. Obwohl mein Italienisch in den letzten Tagen besser geworden ist, finde ich es anstrengend, immer in dieser fremden Sprache zu sprechen. Allerdings liebe ich es, sie zu hören. Sie klingt so elegant, melodisch und verführerisch. Egal, was erzählt wird, meistens ist es für mich die pure Freude, diese Sprache zu hören.

Ich bürste mein Haar, sprühe etwas Parfum auf die Schläfen und schnappe mir den Zeichenblock. Von fast sämtlichen Räumen der Villa habe ich bereits Skizzen angefertigt, Vorschläge, wie sie später einmal aussehen könnten. Nur den Garten habe ich mir bis zuletzt aufgehoben. Ich schlendere die Treppe hinab und spähe nach draußen. Auf keinen Fall möchte ich jetzt Toni in die Arme laufen. Leo und ich haben beschlossen, ihm heute möglichst aus dem Weg zu gehen. Bei der Hochzeit morgen dürfte das Brautpaar ständig von Gästen umringt sein, sodass es hoffentlich wenig Berührungspunkte zwischen uns geben wird. Und am Morgen nach der Trauung wollen Toni und Maria in die Flitterwochen fahren. Toni hatte es Maria erst heute erzählt und sie hatte diese Nachricht mit leuchtenden Augen in der kompletten Familie verbreitet.

„Stellt euch vor, wir fahren nach Rom, in die ewige Stadt, und außerdem in die Toskana, nach Pisa und Florenz. Und dann geht es noch weiter in den Süden, nach Neapel und Capri. Hach, es wird einfach herrlich werden."

Ich musste schmunzeln, als ich Maria dabei beobachtete, wie sie mit roten Wangen in ihrer Vorfreude schwelgte. Hoffentlich würde Toni sein Versprechen auch wirklich erfüllen und ihr all diese Orte zeigen. Für Leo und mich hat ihre Hochzeitsreise den entscheidenden Vorteil, dass wir unsere zweite Woche am Gardasee völlig entspannt genießen können. Ich hatte ihn schon gefragt, ob er noch einmal mit mir nach Verona fahren würde, und er hatte selbstverständlich zugestimmt.

„Sollten wir denn vielleicht auch mal in diesem Brautladen vorbeischauen?", hatte er belustigt gefragt.

„Ganz bestimmt nicht", antwortete ich. „In welchem Leben sucht der Mann ein Brautkleid aus? Da ist doch die ganze Überraschung am Hochzeitstag futsch."

Er hatte gelacht und mich in den Arm genommen. „Gute Antwort", raunte er in mein Ohr. „Immerhin scheinst du dich mit der Idee einer Hochzeit inzwischen ein wenig anzufreunden."

Wenn er wüsste! In letzter Zeit träume ich von nichts anderem mehr. Bleibt nur die Frage, ob ich als gefüllte Braut vor den Traualtar treten sollte oder lieber später, wenn das Baby da ist. Andererseits: Offiziell gefragt hat er mich schließlich noch nicht.

Ich gehe ums Haus und betrete den Garten, der still und verwaist vor mir liegt. Alle Gäste halten sich entweder in der Villa oder auf der Terrasse auf. In diesem verwilderten und wenig einladenden Stück Erde möchte niemand sitzen. Perfekt, denke ich und schlendere auf eine Bank zu, an der ein Großteil der braunen Farbe bereits abgeblättert ist. Sie liegt am Rande des

Gartens, im Schatten eines großen Oleanderbusches. Von hier aus habe ich einen guten Überblick über das gesamte Areal, sitze aber selbst fast im Verborgenen.

Bevor ich den Bleistift zur Hand nehme und den Block aufschlage, lasse ich das ganze Szenario auf mich wirken. Ich bin zwar keine Gartenarchitektin, sondern nur eine angehende Innendesignerin, aber ich wüsste nicht, warum ich mich dadurch abschrecken lassen sollte. Schlimmer als jetzt kann sich dieser Garten gar nicht verändern. Kurz lasse ich mir noch mal Tonis Vorschlag durch den Kopf gehen, ein Gästehaus hier zu errichten. Aber ich finde diese Idee furchtbar. Ein solches Gebäude würde den historischen Charme der Villa völlig zerstören.

Wie schon bei meiner Arbeit an den ersten Skizzen in der Lounge schicke ich meine Gedanken auch jetzt wieder auf eine Reise in die Vergangenheit. Zuerst sehe ich elegante Frauen mit großen Hüten oder Sonnenschirmen durch den Garten flanieren. Sie erfreuen sich an einem Springbrunnen, sitzen an kleinen, runden Tischen und beobachten die Schmetterlinge auf den Blumen. Dann schreitet die Zeit voran. Nun plantschen die Frauen in einteiligen Badeanzügen in einem azurblauen Swimmingpool, der von Palmen in großen Kübeln umringt ist. Wie in Trance habe ich begonnen, das weiße Blatt auf meinem Zeichenblock zu füllen. Auf dem Papier entsteht mein Traumgarten – eine Mischung aus jenen Eindrücken, die wie ein Déjà-vu in meinem Kopf auftauchen.

Ich setze auf geschwungene Linien und harmonische Formen. Lavendel, Oleander und Gräser säumen den Weg zum Eingang der Villa. Außen wird der Garten von schlanken Zypressen begrenzt, die ihn vor neugierigen Blicken schützen. Im Mittelpunkt des Refugiums strahlen ein Swimmingpool und der wunderschöne, alte Olivenbaum. Auf dem gepflegten Rasen sind Relaxliegen platziert und in einer Ecke gibt es eine kleine Bar mit Sitzgelegenheiten und schattenspendenden Sonnenschirmen. Abends setzen edle Leuchten Highlights auf den Sitzplatz und die mediterrane Bepflanzung und schaffen eine magische Atmosphäre. Dieser Zaubergarten wird eine echte Alternative zu der Terrasse mit Seeblick sein, eine Oase der Ruhe und Harmonie.

Ich summe leise vor mich hin und verliere mich voll und ganz in meiner Kreativität. Dieser Garten könnte etwas Besonderes werden, ein grünes Natur-Refugium, in dem Körper und Seele entspannen. Ich bin so in meine Arbeit vertieft, dass ich Leo erst bemerke, als er fast vor mir steht.

„Hier bist du also, bella mia. Ich hatte schon Angst, dass du ein Opfer unseres Seeungeheuers geworden bist."

„Das hättest du wohl gerne." Ich zwinkere ihm zu und setze den Bleistift zum letzten Mal an, bevor ich mich zufrieden zurücklehne. Nach einer guten Arbeit fühle ich mich immer am besten: voller Energie und Zuversicht.

Leo setzt sich neben mich. Die alte Bank ächzt ein wenig und er verzieht das Gesicht. „O ja, die sollte vielleicht mal ausgetauscht werden."

„Nicht nur die." Ich reiche ihm den Zeichenblock. „Was hältst du von diesem Entwurf?"

Er lässt seine Augen stumm über das Blatt Papier wandern und schluckt hörbar. „Das soll unser Garten sein? Lilly, das ist unglaublich. Es sieht absolut romantisch aus. Ich kenne kein Hotel, das einen solchen Garten besitzt. Hier würde ich sofort einchecken."

Geschmeichelt grinse ich vor mich hin. „Freut mich, dass es dir gefällt."

„Gefallen ist gar kein Ausdruck. Sobald die Hochzeit vorbei ist, müssen wir diese Zeichnung meinen Eltern zeigen und mit ihnen darüber sprechen. Jetzt, wo Papa den Kredit genommen hat, können wir vielleicht doch schon mit den ersten Verbesserungen anfangen."

Ich stimme ihm zu. „Vielleicht wäre das sogar ganz gut. Ich meine nur, bevor Toni wieder mit irgendwelchen obskuren Vorschlägen daherkommt."

Leo nickt. „Ich hoffe, er hat kapiert, dass seine Einmischung in unser Hotel nicht erwünscht ist. Aber wer weiß? Wenn ich erst wieder in Hannover bin, nutzt er vielleicht erneut die Gelegenheit, meinen Vater zu irgendeinem Schwachsinn zu überreden. Am besten wäre es, meine Eltern gleich nächste Woche von unserem Konzept zu überzeugen und die Weichen dafür zu stellen, sodass Toni gar keine Chance hat, hier sein Unwesen zu treiben."

Unser Konzept, hat er gesagt. Ich glühe vor Stolz. Natürlich ist es auch irgendwie schrecklich, dass wir nun ebenfalls hinter Tonis Rücken unsere Pläne schmieden. Aber schließlich wird er erst morgen offiziell zur Familie gehören und hat bis jetzt nicht einen Handschlag für dieses Hotel geleistet. Leo hat eindeutig ältere Rechte und sein Leben lang in der Villa geholfen und für sie gespart.

Wie Maria ... Dieser Gedanke schleicht sich ungewollt in meinen Kopf. Mein Gerechtigkeitsempfinden schläft eben nie. Ich finde, sie sollte dieselben Rechte an der *Villa Marina* haben wie Leo.

„Was ist mit Maria? Sie ist deine Schwester und sie hat genau wie du für das Hotel geschuftet. Vielleicht sogar mehr. Schließlich bist du zur Hotelfachschule gegangen und hast in anderen Hotels gearbeitet, während sie hier die Stellung gehalten hat."

Leo runzelt die Stirn. „Das weiß ich." Er legt mir den Arm um die Schulter und sieht mich an. „Du denkst doch nicht im Ernst, dass ich meine Schwester übervorteilen will, oder? Ihr steht der gleiche Teil des Hotels zu wie mir. Wenn sie mit Toni von hier fortgeht, werde ich sie später auszahlen. Wenn sie möchte, kann sie natürlich auch hierbleiben und bekommt ihren Anteil der Einnahmen. Allerdings glaube ich nicht, dass das eine gute Idee ist. Nicht mit diesem Ehemann."

Ich atme erleichtert auf. Nicht, dass ich Leo für unredlich gehalten habe, aber seine Worte haben mich noch mal beruhigt, dass Maria gerecht behandelt wird.

„Du bist klasse, Leo." Ich schmiege mich an ihn und hauche ihm ein Küsschen auf die Schläfe. „Wenn ich nicht schon mit dir zusammen wäre, würde ich mich glatt jetzt noch einmal in dich verlieben."

Die Grübchen auf seinen Wangen vertiefen sich und er zieht mich enger an sich. „Ich hätte nichts dagegen, See-Prinzessin."

KAPITEL 23

*D*ie hölzernen Kirchenbänke knarren und ein leises Getuschel erfüllt die Stille der Chiesa di Santo Stefano. Sämtliche Frauen – egal ob alt oder jung – haben sich aufgebrezelt, als gäbe es kein Morgen. Ich streiche über den kühlen Stoff meines Kleides und bin wieder einmal froh, dass Connie es mir herausgesucht hat. Nachdem Maria fertig geschminkt und frisiert war, durfte ich mir ihre Friseurin für eine halbe Stunde ausleihen. Jetzt fallen mir meine langen blonden Haare in glänzenden Locken über die Schultern. Leos Augen leuchteten, als er mich in der Lobby der Villa fertig gestylt zum ersten Mal in Augenschein nahm.

„Du bist wunderschön, Lilly", brachte er mit belegter Stimme hervor und konnte seinen Blick nicht eine Sekunde von mir lassen. Sein Anblick war allerdings auch nicht von schlechten Eltern. Der dunkelblaue Anzug und das weiße Hemd ließen ihn ein wenig

Bond-mäßig erscheinen. Fast hätte ich ihn gefragt, ob er einen Martini möchte, aber dann erschien mir der Scherz doch irgendwie unpassend.

Die ganze Villa vibrierte vor Aufregung. Die angereiste Verwandtschaft stand gefühlt überall im Weg und Antonella und Giuseppe versuchten, Ordnung ins Chaos zu bringen. Maria und Toni wurden in ihren jeweiligen Gemächern für die Trauung vorbereitet und durften sich nicht sehen. Leo und ich wurden dazu verdonnert, seinen beleibten Onkel und seine nicht minder übergewichtige Tante aus Caorle mit zur Kirche zu nehmen. Wir alle quetschten uns in Bastis kleines Auto und schafften es sogar, einen Parkplatz in der Nähe der historischen Altstadt zu bekommen. Giuseppe würde seine Tochter zur Chiesa di Santo Stefano bringen und dort an den Bräutigam übergeben. Ich werfe einen Blick in meinen Rücken. Die kleine Kirche von 1687 ist fast voll. Ich kenne natürlich so gut wie niemanden, außer einigen Verwandten, die ich gestern zum ersten Mal gesehen habe. Dann erklingt Musik. Das Getuschel erstirbt und alle Köpfe wenden sich dem Eingang zu.

Maria und Toni betreten nebeneinander die Kirche und schreiten langsam über den weiß-rot-blau gefliesten Gang dem Altar entgegen. Mir rieselt eine Gänsehaut den Rücken hinab. Maria sieht umwerfend aus. Das Kleid betont ihre Wespentaille und der lange Schleier lässt sie wie eine Prinzessin aussehen. Eine sehr junge und glückliche Prinzessin. Ich muss zugeben, dass Toni auch nicht übel herüberkommt. Sein Hochzeitsoutfit sieht nach einem teuren Maßanzug aus und er stolziert mit geschwellter Brust und hoch erhobenem Kopf den Mittelgang entlang. Nicht wenige der jungen Frauen in den Kirchenbänken werfen ihm schmachtende Blicke zu, die er genussvoll zur Kenntnis nimmt. Leo drückt meine Hand und lehnt sich zu mir hinüber.

„Maria ist heute die einzige Frau, die mich von dir ablenken kann, Lilly. Sie sieht atemberaubend aus. Aber ich kann es gar nicht erwarten, dass du einmal in einem weißen Kleid mit mir zum Traualtar gehst."

Ich schlucke. In meinem Magen tanzen Schmetterlinge. „War das etwa gerade ein Heiratsantrag?"

Leo lächelt. „Pssst. Die Trauung beginnt. Den offiziellen Heiratsantrag bekommst du noch. Das war erst mal eine Übung."

Ich trete ihm leicht gegen das Schienbein und kann nicht verhindern, dass ich übers ganze Gesicht strahle. Und dann nimmt die Zeremonie vor mir meine Aufmerksamkeit in Anspruch. Ich war noch nicht auf vielen Hochzeiten. Eine meiner Cousinen hatte nur standesamtlich geheiratet, eine Freundin hatte ihre Hochzeit in einer kleinen Dorfkirche auf dem Lande begangen. Hier kommt mir alles viel festlicher vor. Der Priester begrüßt die Gemeinde und hält ein Eingangsgebet. Dann folgen Lesungen aus der Bibel und eine Predigt über die Bedeutung der Ehe – natürlich alles auf Italienisch. Meine Gedanken schweifen ab. Ich blicke auf die Rücken von Toni und Maria und frage mich, wie ihr künftiges Leben aussehen wird. Maria ist so voller Hoffnung und versucht ständig, alles richtig zu machen. Toni ist in meinen Augen ein absoluter Selbstdarsteller. Aber beide sind noch jung. Vielleicht schaffen sie es ja doch, sich zusammenzuraufen. Gerade spricht der Pastor die Worte „Liebe ist nicht nur ein Gefühl, sondern eine Entscheidung. Die Entscheidung, jeden Tag gemeinsam zu wachsen, zu lernen und zu lieben."

Mir kommt es vor, als habe er meine Gedanken gelesen. Hör zu und halte dich daran, schleudere ich einen unausgesprochenen Befehl in Tonis Richtung. Wenige Minuten später erfolgt das Eheversprechen. Der Priester fragt Maria, ob sie Toni zu ihrem Mann nehmen und ihm in guten wie in schlechten Zeiten, in Gesundheit und Krankheit treu sein wird. Ihn lieben und ehren wird, solange sie lebt. Leo und ich halten beide die Luft an. Vielleicht haben wir bis zu diesem Zeitpunkt noch gehofft, dass Maria ihre Meinung ändert.

„Ja, ich will", sagt sie nun klar und deutlich. Fast unhörbar gibt Leo ein Seufzen von sich. Der Bräutigam hatte das Ehegelübde bereits bestätigt. Beide tauschen die Ringe aus und der Priester segnet sie.

„Tja, nun ist es wirklich so, wir haben ihn in der Familie", flüstert Leo in mein Ohr und sieht dabei so traurig aus, als sei jemand gestorben. Ich drücke seine Hand und versuche zu lächeln. „Vielleicht wird noch alles gut", raune ich ihm zu.

Aber wenn ich ehrlich bin, glaube ich das selbst nicht. Es ist, als sei soeben ein Schatten über die Chiesa di Santo Stefano gefallen. Ich glaube nicht an die Vorsehung, doch würde ich es tun, müsste ich die Braut jetzt warnen. Du hast einen Fehler gemacht. Geh nicht mit ihm. Pass auf dich auf.

Selbstverständlich tue ich das nicht. Gemeinsam mit Leo stehe ich auf und sehe mit einem bitteren Geschmack im Mund zu, wie das Brautpaar die kleine Kirche verlässt. Die Gäste applaudieren und werfen rosa Blütenblätter auf das frisch vermählte Paar. Leo und ich halten uns an den Händen und schlendern langsam nach draußen. Toni und Maria nehmen Glückwünsche entgegen. Fotos werden geschossen und immer wieder regnet es duftende Blüten auf die beiden. Der Himmel hat sich bewölkt, neben der Kirche höre ich das Rauschen des Baches Torrente Gusa. In meinen Ohren klingt es wie ein böses Omen. Was für ein Unsinn, schimpfe ich in Gedanken mit mir selbst. Du machst dich selbst noch total verrückt, also vergiss jetzt diese miesen Vorahnungen und freu dich lieber für die beiden. In diesem Moment sehe ich Marcello.

Leos Freund lehnte am Brückengeländer des Torrente Gusa und beobachtete die Hochzeitsgesellschaft. Jetzt hat er uns entdeckt und kommt zu uns hinüber. Er wirkt angespannt und – hoffnungslos. Bei seinem Anblick schnürt es mir die Kehle zu.

„Hey Lilly, Leo", begrüßt er uns und lässt seinen Blick anerkennend über mein Kleid gleiten. „Kompliment. Du siehst einfach klasse aus", sagt er und wendet sich an Leo. „Du bist ein Glückspilz. Weißt du das?"

Leo lacht leise und legt seinem Freund dann eine Hand auf die Schulter. „Das weiß ich sehr genau, Marcello. Pass auf, du wirst deine Traumfrau auch noch irgendwann finden. Komm mich mal in Hannover besuchen. Wir haben da einige sehr nette Mädchen, die im Hotel arbeiten."

„So?", mische ich mich ein und funkele Leo belustigt an. „Von denen hast du mir ja noch gar nicht erzählt?"

Er zwinkert mir zu. „Keine Gefahr für dich, bella mia."

Marcellos Miene, die sich zwischenzeitlich aufgeheitert hatte, verdüstert sich jetzt wieder. „Kann ich dich kurz sprechen, Leo? Vielleicht besser alleine?"

Der Magen sackt mir in die Kniekehlen. Ich hatte gleich das Gefühl, dass Marcello keine guten Nachrichten mit sich herumträgt. Nun scheint es sich zu bestätigen.

„Lilly kann alles hören, was du zu sagen hast", entgegnet Leo. Sein Tonfall verrät, dass er ebenfalls besorgt ist.

„Na gut. Erst mal muss ich mich entschuldigen, dass es so lange gedauert hat." Marcello wirft einen Blick auf das Brautpaar, das gerade zahlreiche Hände schütteln muss. „Und dass ich zu spät komme. Shit, aber hätten wir das hier verhindern können?" Er macht eine Handbewegung, die das Brautpaar, die Kirche und alle Gäste mit einschließt. Leo greift seinen Arm und zieht ihn mit sich. Wir entfernen uns etwas weiter von den anderen Leuten, sodass niemand unser Gespräch belauschen kann.

„Nun sag schon, Marcello. Was hast du herausgefunden?"

„Er steckt viel tiefer mit drin, als wir angenommen haben", verkündet sein Freund düster, den Blick immer noch auf Toni gerichtet. Dann schaut er wieder auf uns. „Toni gehört zwar nicht zu den ganz großen

Tieren bei der Mafia, aber er arbeitet definitiv für sie. Überfälle, Erpressung, Körperverletzung – all das konnte ihm schon nachgewiesen werden. Aber seltsamerweise zogen die Leute ihre Klagen immer zurück, bevor es zu einem Prozess kam. Du weißt, was das bedeutet?"

Leo nickt schwer. „Sie wurden bedroht und haben ihre Anzeigen deshalb zurückgezogen."

Marcello presst die Lippen aufeinander und stößt ein freudloses Lachen aus. „Genau. Ich würde nicht die Hand dafür ins Feuer legen, dass dieser Mistkerl auch schon mal gemordet hat. Auf jeden Fall schreckt er vor Gewalt nicht zurück."

Mir wird eiskalt. Ich denke an die Nacht, als Leo mit Toni und seinen Kumpels unterwegs war. Vermutlich waren sie ebenfalls Schergen der Mafia. Was hätte Leo nicht alles passieren können. Ich richte meinen Blick auf Maria. Sie streicht gerade mit einer Hand ihren Schleier zurück und umarmt lächelnd eine ältere Frau, die mit einem Rosensträußchen vor ihr steht. Sie sieht so unfassbar süß und unschuldig aus. Was hat sie sich mit dieser Heirat nur angetan?

Und dann erst wird mir noch etwas ganz anderes bewusst. Erschrocken presse ich beide Hände auf den Bauch. Der Onkel unseres Würmchens ist ein Mafioso. Ein Verbrecher. Welchen Einfluss wird das auf das Leben unseres Kindes haben? Werden wir künftig ständig in Angst leben müssen, dass etwas passiert? Meine ganze romantische Vorstellung von einem gemeinsamen Leben am Gardasee bricht in sich zusammen. Wenn Maria weiterhin mit ihrem Mann zusammen sein wird, ist es vielleicht besser, nie mehr hierher zurückzukehren. Aber was wird mit Antonella und Giuseppe? Sie zählen auf Leo, ihren Erben. Mir wird plötzlich übel.

Leo sieht mich erschrocken an. „Lilly, was ist mit dir? Du bist auf einmal ganz weiß im Gesicht."

„Schon gut." Ich fächle mir Luft mit der Hand zu und versuche zu lächeln. „Mir wurde gerade etwas schwummrig. Ist ja auch kein Wunder bei diesen Nachrichten."

Er legt einen Arm um meine Taille. „Das stimmt. Und jetzt sind die beiden verheiratet. Verdammt."

Marcello sieht aus, als würde er sich am liebsten in Luft auflösen.

„Vielleicht hätte ich es euch gar nicht erzählen sollen. Jetzt habe ich euch den ganzen Tag verdorben. Was wirst du nun tun, Leo? Sagst du es Maria? Und deinen Eltern?"

Leo nagt an seiner Unterlippe. Schließlich seufzt er tief. „Ich werde es ihnen sagen müssen. Aber nicht heute. Ich muss erst in Ruhe darüber nachdenken. Es wäre echt gefährlich, jetzt etwas zu überstürzen."

Marcello nickt. „Du hast recht. Und leg dich bloß nicht mit ihm an, Leo. Er ist unberechenbar. Und er hat überall seine ...", er zögert kurz, „Freunde. Pass auf dich auf, Leo." Damit reicht Marcello uns die Hand und verabschiedet sich. Kaum hat er sich umgedreht, tauchen Antonella und Giuseppe vor uns auf.

„Da seid ihr ja. Wir haben euch ganz aus den Augen verloren. Habt ihr dem Brautpaar überhaupt schon gratuliert? Kommt mit!"

Giuseppe grinst von einem Ohr zum anderen und zieht uns hinter sich her. Wir folgen ihm widerstrebend, bis wir direkt vor Toni und Maria stehen. Beide strahlen um die Wette und wirken wie ein ganz normales, verliebtes Paar. Ich blicke in ihre glücklichen Gesichter und höre in meinem Inneren noch einmal Marcellos Worte: *Ich würde nicht die Hand dafür ins Feuer legen, dass dieser Mistkerl schon mal gemordet hat.*

Ich schlucke und bringe keinen Ton hervor. Leo stößt mir leicht seinen Arm in die Seite und spricht den beiden seinen Glückwunsch aus, bevor er sie kurz umarmt. Ich verstehe, was er meint. Wir dürfen uns nicht anmerken lassen, was wir wissen. Wir müssen gute Miene zum bösen Spiel machen, so tun, als sei alles in Ordnung. Ich zwinge mich zu einem Lächeln und drücke Maria an mich.

„Herzlichen Glückwunsch und alles Gute", flüstere ich in ihr Ohr. Angst schwingt in meiner Stimme mit. Ich selbst kann sie hören und Maria hat sie wahrgenommen, denn sie runzelt verwirrt die Stirn.

„Alles in Ordnung mit dir, Lilly?"

Ich räuspere mich. „Alles bestens. Es ist nur die Rührung. Eure Trauung war wunderschön."

Erleichterung breitet sich auf ihrem Gesicht aus. „Ja, nicht wahr? Das wird bestimmt der schönste Tag in meinem Leben. Ich bin einfach nur glücklich. Und du wirst das auch noch erleben."

Sie zwinkert uns beiden vielsagend zu und Toni nimmt den Faden nur zu gerne auf. „Was höre ich da? Gibt es etwa bald eine zweite Hochzeit im Hause Baldaletti? Na, dann komm her, Schwägerin, und lass dich umarmen."

Er zieht mich ruckartig an sich und küsst mich auf die Wange. Ich versuche, mir meinen Ekel nicht anmerken zu lassen, und gratuliere ihm ebenfalls zur Hochzeit. Wenn diese Farce doch nur bald vorbei wäre. Auf einmal wünsche ich mich fort vom Gardasee und zurück in meine kleine Studentenbude, wo es Verbrecher höchstens im Fernsehkrimi gibt.

Zum Glück warten weitere Gratulanten darauf, mit Toni und Maria zu sprechen, sodass wir uns schnell wieder zurückziehen können. Giuseppe plaudert mit irgendwelchen Passanten, die vor der Kirche stehen geblieben sind. Und Antonella, die uns die ganze Zeit still beobachtet hatte, nimmt Leo zur Seite.

„Was ist los, mein Junge?", fragt sie leise. „Und erzähl mir jetzt nicht, dass es nichts ist."

Leo sieht sie lange an und schweigt, bevor er sich zu ihr hinabbeugt und ihr etwas ins Ohr raunt, das ich nicht verstehe. Antonellas Augen weiten sich und das Entsetzen steht ihr ins Gesicht geschrieben.

KAPITEL 24

*W*ir gehen mit Leos Onkel und Tante im Schlepptau zu Bastis Auto und machen uns auf den Weg zum Weingut. Unterwegs zum Parkplatz nutze ich den Abstand zur hinter uns her schnaufenden Verwandtschaft, um Leo ein „Ich dachte, du wolltest es ihr noch nicht sagen?!" zuzuzischen.

„Mama hätte nicht lockergelassen", flüstert er zurück. „Und außerdem weiß sie noch nicht alles."

„Dein Kleid ist ganz bezaubernd, Lilly", meldet sich in diesem Moment die Tante in meinem Rücken und ich drehe mich um und mache ihr ebenfalls ein Kompliment zu ihrem Outfit. Inzwischen haben wir Garda hinter uns gelassen und fahren durch idyllische Hügel mit Olivenbaumplantagen und Weinreben. Ich starre durch die Windschutzscheibe und habe keinen Blick für die Schönheit der Landschaft. Tausend Gedanken schwirren durch meinen Kopf. Würde Maria die Ehe annullieren lassen, wenn sie erfährt, dass ihr Mann ein Mitglied der Mafia ist? Wie würde Toni reagieren, wenn wir ihn mit einer solchen Anschuldigung konfrontierten? Und wäre es überhaupt klug, das zu tun? Ich sehe zu Leo hinüber, der mit düsterer Miene auf die Straße schaut. Garantiert denkt er gerade über dieselben Dinge nach. So ein Mist, dass wir uns nicht darüber unterhalten können, da die Verwandtschaft hinter uns hockt. Wir atmen beide erleichtert auf, als wir das Weingut erreichen und aus dem Wagen steigen.

„Geht doch schon mal vor. Wir kommen gleich nach", schlägt Leo in freundlichem Ton vor und ich nicke lächelnd.

„Ja, ja, die jungen Leute. Bestimmt wollt ihr euch ungestört küssen", sagt der Onkel und schenkt uns ein anzügliches Grinsen.

„Also wirklich, nun lass sie doch in Ruhe", schimpft seine Gattin und wirft uns einen entschuldigenden Blick zu. Dann schnappt sie sich ihren Mann und zerrt ihn in Richtung der Festlichkeiten. Sobald wir die beiden los sind, verschwindet das Lächeln aus unseren Gesichtern.

„Oh Mann, Leo, ich weiß nicht, wie ich diesen Tag überstehen soll. Das ist ja der reinste Albtraum", sage ich und lasse mich in seine Umarmung sinken. Ich schmiege mich an ihn und schließe die Augen. Er seufzt tief und streichelt meinen Rücken.

„Auch dieser Tag wird vorübergehen. Wir dürfen uns nichts anmerken lassen. Ich möchte meiner Schwester nicht die Hochzeit versauen. Aber morgen sprechen wir mit meinen Eltern und erzählen ihnen alles. Ich werde außerdem einen Anwalt kontaktieren und mich beraten lassen, was man machen kann."

„Das ist eine gute Idee", sage ich, an seine Brust gelehnt. „Aber ab morgen werden Toni und Maria auf Hochzeitsreise sein. Dann kannst du sie nicht mehr sprechen. Und vielleicht ist es zu spät, die Ehe annullieren zu lassen, wenn sie aus den Flitterwochen zurück sind."

„Dieses Risiko müssen wir eingehen. Sie könnte sich ja auch immer noch scheiden lassen", überlegt Leo.

Ich löse mich langsam von ihm. „Na gut, dann lass uns zu den anderen gehen, bevor jemand Verdacht schöpft, weil wir uns seltsam benehmen."

Er blinzelt mir zu, bevor er mich küsst. „Ich glaube, jeder würde verstehen, dass ich mein Mädchen auch mal einen Moment für mich allein haben möchte."

Der Innenhof des Weingutes erweist sich als wahrgewordener Traum eines jeden Hochzeitsplaners. Mit weißen Damasttischdecken und Stoffservietten eingedeckte Tische stehen auf einem gefliesten Terrain, das von blühenden, weißen Oleander in großen Terrakottatöpfen umrahmt ist. Jeder Tisch ist mit Blumenbouquets und brennenden Kerzen versehen. Über dem Freiluft-Restaurant hängen weiße Lampions, die später, wenn es dunkel ist, Helligkeit spenden. Musik erklingt aus den Lautsprechern, *I swear* von der Gruppe All-4-One. Es ist eines meiner Lieblingslieder. Die Zeile „By the moon and the stars in the skies" ertönt, während wir uns einen Weg durch die vielen Gäste bahnen. *Ich schwöre, für dich da zu sein. In guten wie in schlechten Tagen, bis* dass *der Tod uns scheidet.* Die in Englisch gesungenen Worte verursachen mir eine Gänsehaut. Plötzlich bekommt der Text eine ganz andere Bedeutung für mich.

Kellner mit Tabletts voller Sektgläser schwirren umher, Freunde und Verwandte stehen in Grüppchen zusammen und unterhalten sich. Ich überschlage die Zahl der Gäste und komme auf rund einhundert. Leo hatte mir schon erzählt, dass Hochzeiten in Italien als rauschendes Fest über den ganzen Tag hinweg gefeiert werden. Ich bin gespannt, was uns noch erwartet. Auf jeden Fall scheint Giuseppe keine Kosten und Mühen gescheut zu haben, um seiner Tochter eine unvergessliche Hochzeit zu bescheren. Nach einer Weile erklingt ein Gong. Ein schlanker Mann im dunklen Anzug klatscht in die Hände und bittet die Gäste zu Tisch. Leo nimmt meinen Arm und führt mich zum Familientisch, an dem außer uns das Brautpaar, Antonella und Giuseppe sowie Tonis Eltern sitzen. Ich sehe sie hier zum ersten Mal und habe sofort den Eindruck, dass sie sich nicht wohlfühlen. Beide sind erheblich älter als Leos Eltern. Ihre Kleidung sieht nagelneu und teuer aus, aber sie bewegen sich darin, als sei ihnen der edle Stoff völlig suspekt.

Leo und ich reichen ihnen die Hand und stellen uns vor. Tonis Vater nickt nur kurz, die Mutter verzieht ihren Mund zu einem schmalen Lächeln, stellt sich als Anna vor und schaut dann direkt wieder auf die Tischdecke. Wir setzen uns.

Als alle ihre Plätze eingenommen haben, steht Toni

auf, bedankt sich bei den Gästen für ihr Erscheinen und wünscht eine schöne Feier. Er hebt sein Glas, prostet der Gesellschaft zu und trinkt es in einem Zug aus. Maria blickt mit leuchtenden Augen zu ihm auf. Galle steigt in mir hoch.

Ein Gang nach dem anderen wird serviert. Das Essen ist köstlich und der Wein fließt reichlich. Ich halte mich sowieso nur ans Wasser, aber ich bemerke, dass Leo sein Weinglas ebenfalls kaum anrührt. Und ich bin froh darüber. Er muss unfassbar wütend auf Toni sein, doch zu meiner Erleichterung lässt er sich nichts anmerken. Allerdings vermeidet er den Blickkontakt zu seinem neuen Schwager. Lediglich Maria sieht er manchmal lange an – mit traurigen Augen.

Beim Essen, aber auch zwischen den Gängen rufen die Gäste immer wieder laut „Bacio!" – eine Aufforderung an das Brautpaar, sich zu küssen. Wenn dem Publikum der Kuss jedoch nicht lange genug währt oder nicht leidenschaftlich genug ist, wird gleich wieder „Bacio!" gerufen. Ich kenne den Brauch natürlich auch aus Deutschland und finde ihn eigentlich ganz witzig. Allerdings fällt es mir schwer, ein Lächeln aufzusetzen, wenn ich Toni dabei beobachte, wie er Maria küsst.

Nach etlichen Stunden – und vielen Küssen – ist das Hochzeitsmahl endlich beendet. Ich schätze, dass Toni etwa zwei Flaschen Rotwein alleine geleert hat und wundere mich, dass er noch aufrecht sitzen kann. Selbst Maria runzelte sorgenvoll die Stirn, als er sich beim letzten Mal das Glas wieder bis obenhin auffüllte. Aber Toni scheint Alkohol gewöhnt zu sein, ich höre nicht mal ein Lallen in seiner Stimme. Zum Abschluss des Essens wird nun Espresso gereicht. Eine Band rückt an und baut ihre Instrumente auf einer Bühne auf.

„Wollen wir einen kleinen Spaziergang machen?"

Leo hat seine Krawatte gelockert und das Sakko ausgezogen. Es ist warm und das viele Essen hat mich ein wenig schläfrig gemacht.

„Gerne." Ich stehe auf und folge ihm durch den Innenhof nach draußen. „Du hast dich gut gehalten. Noch ein paar Stunden, dann ist das Ganze hier vorbei." Ich lege meinen Kopf an seine Schulter und blicke auf das grüne, mit Weinreben bedeckte Tal, das vor uns liegt.

„Die Feier ist dann vorbei, das Drama leider noch nicht", entgegnet Leo, nimmt eine meiner Locken und lässt sie durch seine Hand gleiten. Wir gehen ein paar Schritte und nehmen den Duft nach trockenem Gras und sonnenwarmem Land in uns auf. Je weiter wir uns vom Anwesen entfernen, umso lauter zirpen die Grillen. Alles ist so friedlich und lieblich hier.

„Dein Vater hat wirklich die perfekte Location für Marias Hochzeit ausgesucht", sage ich. Leo lächelt. „Das ist wahr. Ich glaube, Maria genießt jede Minute. Und sie ahnt überhaupt nichts. Hätte sie sich doch bloß einen anderen Kerl für das hier ausgesucht."

In seinen letzten Worten schwingt pure Verzweiflung mit. Ich kann sie ihm absolut nachfühlen, auch wenn Maria nicht meine Schwester ist. Jetzt sieht er mir ins Gesicht, Zärtlichkeit erfüllt seine Augen.

„Es tut mir so leid, Lilly, dass du in diesen ganzen Schlamassel mit hineingezogen wirst. Du siehst so toll aus in deinem neuen Kleid und hast dich auf die Hochzeit gefreut. Auf den Gardasee und meine Familie. Und dann passiert so etwas."

Er nimmt meine Hände zwischen seine, hebt sie hoch und drückt einen Kuss darauf.

„Ach, Leo." Ich befreie meine Hände und umarme ihn. „Für mich ist die Hauptsache, dass wir zusammen sind. Ich liebe dich und ich würde immer bei dir bleiben, egal, was passiert."

Er legt seine Stirn auf meine und schließt die Augen. „Ich liebe dich auch, Lilly." Seine Stimme klingt rau und mir rinnt ein Schauer über den Rücken. „Du bist das Beste, was mir je passiert ist. Ich verspreche dir, dass ich eine Lösung finde. Wenn wir heiraten, wirst du nicht in eine Familie mit Mafiosi geraten, das garantiere ich dir."

Leos warmer Atem streift mein Gesicht. Ich fühle seinen Herzschlag und ich weiß, dass unsere Liebe zueinander etwas ganz Besonderes ist. Ich habe noch für keinen anderen Menschen auf der Welt so tiefe Gefühle gehabt wie zu diesem Mann, der mir hier in den sonnendurchglühten Weinbergen seine Liebe gestanden hat. Plötzlich weiß ich, dass es keinen besseren Moment geben wird, um ihm von unserem Baby zu erzählen.

„Ich muss dir was sagen, Leo."

Meine Stimme zittert ein wenig, aber es liegt auch jene Freude darin, die ich immer empfinde, wenn ich an unser Würmchen denke. Er hat es gemerkt, hebt eine Augenbraue und sieht mich erwartungsvoll an.

„Hey! Was soll das? Warum versteckt ihr euch hier draußen?"

Unsere Köpfe fliegen herum. Giuseppe kommt mit hin- und herschlenkernden Armen auf uns zu und brüllt, dass wir uns verdammt noch mal zurück zur Feier bewegen sollen.

„Der Hochzeitstanz findet gleich statt und alle warten auf euch. Nach dem Brautpaar werden die Eltern auf die Tanzfläche gerufen und danach ihr."

Er ist schnaufend bei uns angekommen und nimmt Leos Arm. „Los, mein Junge. Ihr wollt das Brautpaar doch nicht warten lassen."

Seufzend nickt Leo seinem Vater zu. „Wir kommen ja schon, Papa."

Dann lehnt er sich zu mir und raunt mir ins Ohr. „Was wolltest du mir denn sagen, See-Prinzessin?"

Die Enttäuschung über die verpasste Chance breitet sich in meinem ganzen Körper aus. Hätte Giuseppe nicht zehn Minuten später kommen können? Ich atme langsam aus und schüttle den Kopf. „War nicht wichtig. Ich erzähl's dir ein anderes Mal."

Gemeinsam mit Giuseppe kehren wir ins Haus zurück, wo sich die Gäste schon in einem großen Kreis aufgestellt haben. Die Musiker sitzen an ihren Instrumenten, und als wir uns ebenfalls in den Kreis einreihen, gibt Toni der Gruppe ein Zeichen. „Kann losgehen."

Die Band spielt ein romantisches, langsames Liebeslied und das Brautpaar gleitet in perfekter Harmonie über die Tanzfläche. Ich staune, wie sicher Toni seine Braut führt, obwohl er so viel Alkohol intus hat. Und ich muss feststellen, dass die beiden ein schönes Paar abgeben – jedenfalls äußerlich. Nach kurzer Zeit bittet die Band die beiden Elternpaare hinzu und dann die Geschwister. Doch da Toni ein Einzelkind ist, betreten nur Leo und ich die Tanzfläche. Ich bin keine besonders gute Tänzerin und wir haben völlig vergessen, vor der Hochzeit einen Gesellschaftstanz zu üben. Doch zu meiner Überraschung finden wir sofort in den richtigen Rhythmus und tanzen durch den Innenhof, als hätten wir nie etwas anderes getan. Ein wenig gelingt es mir sogar, meine Sorgen wegen Toni beiseitezuschieben, als wir im Takt der Musik über die Tanzfläche schweben. Fremde Gesichter fliegen an meinem Gesichtsfeld vorbei, ich höre das Klatschen der Gäste und sehe in Leos leuchtende Augen. Irgendwann werden wir beide den Hochzeitstanz eröffnen und dann werde ich diejenige sein, die ein weißes Kleid trägt.

Als das Lied zu Ende ist, blicken wir uns glücklich an und tanzen gleich auch noch die nächsten Songs. Dann steht Giuseppe vor mir und klatscht mich ab, während Antonella sich ihren Sohn schnappt und mit ihm zu *Love is all around* von Wet Wet Wet tanzt. Giuseppe rinnt der Schweiß den Hals hinunter, nach zwei Liedern bittet er mich um eine Pause. „Warte kurz, ich hole uns etwas zu trinken", sagt er und verschwindet in Richtung Bar.

„Für mich bitte eine Limonade", rufe ich ihm nach und hoffe, dass er es hört. Lächelnd beobachte ich Leo und seine Mutter, die ein total nettes Paar abgeben. Ich habe Antonella in der kurzen Zeit, die ich hier bin, immer lieber gewonnen. Ich bewundere ihren jugendlichen Charme und ich mag ihre Klugheit und ihren feinen Humor, die Art, wie sie mit ihren Kindern umgeht. Ich entdecke Maria, die sich von einem älteren Tänzer verabschiedet, der ihr formvollendet die Hand küsst. Wo ist eigentlich Toni? Während ich mich suchend umsehe, kehrt Giuseppe mit einem Bier und einer Limonade zurück.

„Bitteschön." Er reicht mir die Flasche mit Strohhalm und nimmt selbst einen tiefen Schluck aus seinem Glas. In diesem Moment tanzt Toni mit einer jungen Frau mit langen kupferroten Locken an uns vorbei. Sie trägt ein hautenges, kurzes Kleid mit Leopardenmuster und dazu Highheels. Basti würde sie wahrscheinlich despektierlich als „heißes Gerät" bezeichnen. Toni scheint uns gar nicht zu bemerken, obwohl er „das Gerät" dicht vor uns über die Tanzfläche schiebt. Nun greift er ihr auch noch mit seiner rechten Hand an den Po, woraufhin der Rotschopf Stöhngeräusche von sich gibt. Ich glaube, ich bin im falschen Film, kann meinen Blick aber ebenso wenig von den beiden abwenden wie Giuseppe neben mir.

„Na, jetzt reicht's aber", sagt er verärgert, als Toni noch einen Schritt weitergeht. Er legt seine Lippen auf die der Frau und schiebt ihr seine Zunge in den Hals. Ich hole tief Luft und halte sie an. Dieser Idiot! Wie kann man sich auf seiner eigenen Hochzeit bloß so benehmen? Und wie kann er Maria das nur antun?

Apropos Maria. Wo ist sie überhaupt? Hoffentlich hat sie die Szene nicht bemerkt, denke ich und schaue auf der Suche nach ihr hektisch umher. Ich entdecke sie genau gegenüber von uns und sie hat die beknackte Aktion ihres frischgebackenen Ehemanns definitiv gesehen. Mit aschfahlem Gesicht starrt sie zu ihm herüber und sieht aus, als würde sie gleich in Ohnmacht fallen. Doch dann stürzen ihr die Tränen aus den Augen. Sie dreht sich ruckartig um und stürmt davon.

„Ach du lieber Gott", stößt Giuseppe hervor, der Maria ebenfalls gesehen hat. „Meine arme Kleine." Er blickt mich hilfesuchend an. „Schnell, Lilly, geh ihr hinterher. Sie läuft bestimmt in das Zimmer, das ich für die beiden gemietet habe. Du musst sie beruhigen. Sag ihr, dass Toni zu viel getrunken hat. Dass es nichts Ernstes ist und es ihm morgen bestimmt total leid tut. Bitte! Du musst ihr gut zureden. Versprichst du mir das?"

Meine Kehle fühlt sich staubtrocken an und ich kriege kein Wort heraus. Aber ich nicke ihm zu und setze mich in Bewegung. Leo und Antonella tanzen weiter hinten und haben offenbar nichts mitbekommen. Ein Glück. Ich haste zwischen den Gästen hindurch und folge Maria, die mit wehendem Schleier einen schmalen Gang entlangrennt.

„Maria!", rufe ich, aber sie hört mich anscheinend nicht. Der Gang macht eine Biegung und sie verschwindet aus meinem Blickfeld. Ich öffne wahllos Türen, die zu Gästezimmern führen, und bei der dritten habe ich Glück. Das Zimmer ist größer als die anderen und mit prunkvollen Antiquitäten eingerichtet. Kleine Lämpchen tauchen den Raum in ein romantisches Licht und es duftet leicht nach Orangen-Aromaöl. Im Mittelpunkt steht ein großes Himmelbett mit vielen Kissen, die von rosafarbenen Blütenblättern bedeckt sind. Die Hochzeitssuite könnte schöner nicht sein, wenn nicht eine weinende Braut wie ein Häufchen Unglück auf dem Bett hocken würde.

„Ach, Maria." Ich setze mich neben sie, lege den Arm um ihre Schultern und ziehe sie an mich. Sie blickt mich aus verquollenen Augen an, unter denen die Wimperntusche pechschwarze Streifen hinterlassen hat. Maria wird von heftigen Schluchzern geschüttelt. „Hast du das gesehen?", fragt sie mich zwischen zwei Weinkrämpfen, in denen sie nicht sprechen kann.

Ich streiche ihr sanft über den Rücken. „Ja, habe ich", sage ich leise. Ich denke an Giuseppes Auftrag, Tonis Benehmen kleinzureden und gut Wetter für ihn zu machen. Das kann er vergessen. Keine Frau sollte so behandelt werden wie Maria – weder an ihrem Hochzeitstag noch an irgendeinem anderen Tag in ihrem Leben. Ich bin hier, um Maria zu trösten. Um ihr zu zeigen, dass sie nicht alleine ist. Ich bin nicht hier, um einen Verbrecher und Schürzenjäger von seinen Taten reinzuwaschen.

„Vielleicht hätte ich doch auf euch hören sollen", schnieft Maria. Ich reiche ihr ein Taschentuch und sie schnäuzt sich. Die Tränen strömen weiter ohne Unterlass.

„Hast du gesehen, wie er sie geküsst hat? Mit Zunge! Wie kann er mir das nur antun? Ich dachte, er liebt mich. Ich würde nie einen anderen Mann küssen. Und dann auch noch auf unserer Hochzeit."

„Dein Vater meint, er hätte vielleicht zu viel getrunken und es würde ihm morgen bestimmt leidtun. Aber ich muss dir recht geben, Maria. So etwas tut man nicht."

Ich schüttle ernst den Kopf und fahre fort, ihren Rücken zu streicheln. Offensichtlich tut es ihr gut, denn sie beruhigt sich etwas. Am liebsten würde ich ihr erzählen, dass Toni noch weitaus schlimmere Dinge anstellt, als fremde Frauen zu küssen. Und dass sie sich am besten sofort von ihm trennen sollte. Aber das steht mir nicht zu. Leo wird sich darum kümmern und ich möchte ihm nicht vorgreifen.

„Was soll ich nur tun?" Maria tupft sich die Augen ab und sieht mich dann verzweifelt an.

Wenn ich ihr doch nur eine Antwort geben könnte. „Vergiss den Typen und lass die Ehe annullieren", würde ich ihr am liebsten raten. Stattdessen zucke ich die Achseln. „Das kannst nur du entscheiden. Ich würde es mir nicht gefallen lassen, so von meinem Mann missachtet zu werden. Wenn er dir schon jetzt so etwas antut, wie soll es erst später mit euch beiden werden?"

Ihre Augen weiten sich. Vielleicht hatte sie erwartet, dass ich das Ganze herunterspiele und sie überrede, zurück zur Feier zu kommen. Ich weiß es nicht. Zumindest wirkt sie im Moment völlig ratlos. „Du würdest ihn also verlassen? Wenn Leo so etwas getan hätte, würdest du ihn verlassen?"

„Leo würde so etwas nie tun." Meine Antwort kommt wie aus der Pistole geschossen. Und ich bin mir auch tausendprozentig sicher, dass mein Leo mich niemals so behandeln würde.

„Ich weiß mit jeder Faser meines Körpers, dass er

mir nie wehtun wird. Er will, dass es mir gutgeht. Dass ich glücklich bin." Mir war gar nicht bewusst gewesen, dass ich die letzten beiden Sätze laut ausgesprochen habe, aber Maria nickt jetzt.

„Du hast recht. So ist Leo. Er ist ein durch und durch guter Mensch. Und er hat mich von Anfang an vor Toni gewarnt." Sie holt tief Luft, bevor sie mich erneut ansieht. „Ich hätte auf ihn hören sollen."

Eine Weile sitzen wir schweigend da. Die Zeit verrinnt. Maria ist in eine Art Schockstarre verfallen und ich weiß nicht, was ich tun soll.

„Willst du zurück auf die Feier gehen?", frage ich. Sie schüttelt langsam den Kopf. „Danke, dass du zu mir gekommen bist, Lilly. Du bist eine liebe Freundin. Ich glaube, ich muss jetzt eine Weile allein sein. Über alles nachdenken."

Ich umarme sie noch einmal und stehe auf. „Okay. Ich werde dann gehen. Soll ich Antonella zu dir schicken?"

„Nein." Sie versucht, zu lächeln. „Ich bin ja schon groß und muss jetzt alleine da durch."

Ich nicke. „Du schaffst das, Maria. Und denk daran, dass du nicht alleine bist. Deine Eltern, Leo und ich – wir alle halten zu dir. Das weißt du, oder?"

Sie schluckt. „Ja, das weiß ich."

Ich schließe die Tür hinter mir und betrete wieder den langen, spärlich beleuchteten Flur. Leo wird sich bestimmt schon Gedanken machen, wo ich abgeblieben bin. Mir wird nichts weiter übrig bleiben, als ihm die ganze Geschichte zu erzählen. Doch eigentlich ändert der Vorfall mit dieser Frau sowieso nichts. Viel schlimmer ist die Tatsache, dass Toni ein Verbrecher der übelsten Sorte ist.

In Gedanken versunken, folge ich dem Gang, der zurück zur Hochzeitsfeier führt. Linker Hand sind schmale, hohe Fenster angebracht, die den Blick hinter das Weingut freigeben. Hier lagern große Fässer und allerlei Gerätschaften. Es gibt noch ein kleineres Gebäude, das wie ein Vorratsraum aussieht. Die Dämmerung erzeugt dunkle Schemen vor den Hügeln mit Weinreben. Sanfte Schatten breiten sich aus. Ich bleibe einen Augenblick stehen und lasse meinen Blick umherschweifen. Eine Bewegung am Boden erregt meine Aufmerksamkeit. Oh Gott, kann das sein? Dort liegt jemand regungslos auf der Erde und ein Mann kauert vor ihm und hält ein großes Messer in der Hand. Blut tropft von der Schneide auf das weiße Hemd des Opfers. Dann dreht der Mann mit dem Messer sich um und ich blicke in das aschfahle Gesicht von – Leo.

Ein Schrei gellt durch das Haus. Ich presse mir die Hand vor den Mund, als ich realisiere, dass ich es bin, die geschrien hat. Ein namenloses Grauen ergreift Besitz von mir. Obwohl ich nur den Rücken des am Boden liegenden Mannes gesehen habe, weiß ich, dass es Toni ist. Und, dass er tot ist. Keine Ahnung, warum ich mir da so sicher bin, aber es kann gar nicht anders sein. Er lag dort völlig regungslos, wie eine große Puppe. Nun erfahre ich, dass man wirklich das Gefühl haben kann, dass einem das Blut in den Adern gefriert. Mein gesamter Körper ist von Entsetzen erfüllt.

Langsam gleite ich nach unten und kauere mich auf dem Fußboden zusammen. Mein Leben ist gerade in tausend Scherben zersprungen. Was hat Leo nur getan? Er hat alles zerstört. Nichts wird von diesem Moment an wieder so sein wie vorher. Tränen strömen meine Wangen hinab. Ich presse die Hände auf meinen Bauch und weine um alles – um unser Kind, unsere Zukunft, unsere Liebe.

Ich weiß nicht, wie lange es dauert, bis ich mich mühsam wieder aufrichte und mich zwinge, noch mal aus dem Fenster zu schauen. Der Platz, auf dem ich eben noch die beiden Männer gesehen habe, ist leer. Beide sind fort.

KAPITEL 25

*I*m Innenhof brennen jetzt die weißen Lampions über der Tanzfläche und die Party ist in vollem Gange. Ich entdecke Antonella, die an der Theke steht und sich ein Glas Wein holt. Mit großen Schritten eile ich zu ihr hinüber und greife ihren Arm.

„Antonella, es ist etwas Furchtbares geschehen."

Sie sieht mich verwirrt an und ich beuge mich vor, um ihr ins Ohr zu flüstern, was ich eben gesehen habe.

„Oh caro dio", haucht Antonella und schlägt sich die Hand vor den Mund. Unter ihrer Sonnenbräune ist ihr Gesicht leichenblass geworden. „Komm mit." Sie nimmt meine Hand und zieht mich hinter sich her zu einem Hinterausgang. Sie öffnet die Tür und wir prallen fast mit drei muskelbepackten, jungen Männern zusammen. Tonis Freunde.

„Oh lala, wohin so schnell, die beiden Ladies?" Der Mann, der gesprochen hat, grinst uns anzüglich an und versperrt den Weg.

„Ein Frauengespräch. Unter vier Augen", sage ich rasch und funkele ihn an. Für eine längere Diskussion mit diesem Trio haben wir keine Zeit.

„Soso, ein Frauengespräch", wiederholt er dümmlich und sieht seine beiden Kumpel vielsagend an, die daraufhin in Gelächter ausbrechen.

„Und was habt ihr hier verloren?", fragt Antonella scharf.

„Wir suchen Toni", antwortet einer von denen, der so gelacht hat. „Er ist plötzlich verschwunden, obwohl wir vier eigentlich einen zusammen trinken wollten."

Wir müssen diese Typen unbedingt so schnell es geht loswerden, aber mein Gehirn ist wie benebelt. Ich kann an nichts anderes denken als an die grässliche Szene mit Leo und dem bluttriefenden Messer. Dafür läuft Antonella zur Hochform auf. Sie rollt mit den Augen und stemmt die Hände in die Seiten.

„Vielleicht ist es euch nicht aufgefallen, aber meine Tochter ist auch verschwunden. Wir haben eine wunderschöne Hochzeitssuite für die beiden gemietet und ich nehme mal an, dass die Hochzeitsnacht für sie bereits begonnen hat. Ich fürchte also, dass ihr euch die Drinks allein genehmigen müsst, Jungs."

Den dreien klappen für einen Moment die Münder auf, was sie nicht intelligenter aussehen lässt. Dann fangen sie breit an zu grinsen.

„Dieser Hallodri konnte es wohl nicht abwarten. Typisch Toni." Der Mann mir gegenüber schüttelt grinsend den Kopf. Dann bedankt er sich bei Antonella für die Auskunft und gibt uns endlich den Weg frei.

„Viel Spaß bei dem Frauengespräch", wünscht er

uns noch und verschwindet dann mit seinen Kumpels in Richtung Bar.

Wir laufen weiter und kommen auf den Platz, den ich von meinem Fenster aus gesehen habe. Er liegt nun fast in völliger Dunkelheit. Antonella sieht mich fragend an. „Wo hast du die beiden gesehen?"

Ich zeige auf eine Stelle vor mehreren großen Weinfässern. Nichts deutet darauf hin, dass dort vor wenigen Minuten ein Mord passiert ist. Antonella zuckt die Achseln. „Hier ist nichts. Lass uns weiter suchen, ob wir Leo finden."

Wir schauen uns um, durchstreifen das Areal und umrunden das Gebäude. Dahinter liegt der Parkplatz, der nur von einem schwachen Mondlicht beschienen ist. Plötzlich löst sich eine Gestalt aus der Schwärze der Nacht und kommt auf uns zu. Ich schrecke zusammen, doch es ist nur Giuseppe, der uns verwundert ansieht.

„Was macht ihr denn hier?"

„Das könnte ich dich auch fragen", entgegnet Antonella. Sie erklärt ihm in kurzen Zügen, was geschehen ist. Giuseppe schüttelt wild den Kopf. Er fasst mich an den Oberarmen und starrt mir in die Augen.

„Du musst dich irren, Lilly. Ich habe Toni gerade mit seinem Auto wegfahren sehen. Ich bin ihm noch nachgerannt, wollte fragen, was los ist. Aber er war schneller als ich. Hab nur noch seine Rücklichter gesehen, als er den Hügel hinabgerast ist."

„Was?" Ich blicke ihn entgeistert an. Und ein Hoffnungsschimmer glimmt in mir auf. Ist Toni also doch nicht tot? Leo hat ihn nicht erstochen und vielleicht ...

ist doch alles gut? Aber was habe ich dann vor wenigen Minuten durch das Fenster gesehen? Und wo ist Leo? Ich atme hektisch ein und aus und bin hin- und hergerissen zwischen Hoffnung und Verzweiflung.

„Dann müssen wir jetzt schnellstens Leo finden", trifft Antonella die vernünftigste Entscheidung. Ich nicke mehrmals hintereinander, scheinbar bin ich nicht mal mehr fähig, einfache Sätze zu sprechen.

Giuseppe nimmt uns beide in die Arme. „Das tun wir, aber tut mir einen Gefallen und verbreitet keine Panik unter den Gästen. Wir wissen nicht, was passiert ist. Leo wird schon wieder auftauchen, macht euch keine Sorgen."

Ich sehe ihm an, dass er selbst sich ganz eindeutig große Sorgen macht. Schweiß rinnt an seinen Schläfen hinab und seine Augen flackern. „Was ist mit Maria?", fragt er mich nun noch. Die hatte ich fast vergessen.

„Sie ist in ihrem Zimmer", sage ich und füge hinzu: „und nicht gut auf Toni zu sprechen."

Er nickt. „Gut. Ich kann sie verstehen. Antonella wird sich später um sie kümmern."

Ich halte es kaum aus, untätig auf dem menschenleeren Parkplatz herumzustehen. „Ich gehe wieder rein und sehe nach Leo", teile ich den beiden mit und gehe.

Die Tanzfläche ist zum Bersten voll, als ich den Innenhof erneut betrete. Die Band spielt einen Oldie aus den Siebzigern, *I* Will Survive von Gloria Gaynor. Ich schiebe mich durch die wogende Menge. Rechts von mir tanzt *das Gerät* im Leopardenlook mit einem von Tonis Freunden. Leos Tante, die wir heute von der Kirche mit dem Auto mitgenommen hatten, übt sich

in derart dramatischen Posen, die ich ihr niemals zugetraut hätte. Als ich an ihr vorbeihuschen will, tippt sie
mir auf die Schulter und schreit in mein Ohr. „Wo hast
du denn deinen Leo gelassen? Pass auf, dass er nicht mit
einer anderen flirtet."

Ich nicke geistesabwesend und quetsche mich
weiter an den Tanzenden vorbei. Viele der älteren Gäste
sitzen an den Tischen, ich scanne die mir unbekannten
Gesichter, weil ich die Hoffnung nicht aufgeben will,
Leo zu entdecken. Doch tief in meinem Inneren weiß
ich es. Er ist fort.

KAPITEL 26

*D*as erste Licht des Morgens fällt in unser Zimmer. Ich habe kaum geschlafen in dieser Nacht. Nun liege ich still im Bett und beobachte, wie der Glanz des frühen Tages Einzug in die Villa hält. Leos Bettseite neben mir ist leer geblieben. Antonella, Giuseppe und ich hatten in der vergangenen Nacht stundenlang gesucht – ergebnislos. Irgendwann schickte Antonella mich nach Hause. Ich stieg die Treppe zu unserem Zimmer hinauf, hängte mein schönes, blaues Kleid auf einen Bügel und zog mein Nachthemd an. Dann legte ich mich ins Bett und wartete.

Ich versuchte, mir vorzustellen, wohin Leo gegangen war. Was in der kurzen Zeit passiert ist, in der wir nicht zusammen waren.

Was immer du getan hast, bitte komm zurück zu mir, beschwor ich ihn in meinem Inneren. Ich glaube, so einsam und verzweifelt wie in dieser Nacht habe ich mich mein ganzes Leben lang nicht gefühlt.

Um sieben Uhr stehe ich auf, kleide mich an und gehe nach unten. Es ist still im Haus, alle Gäste schlafen noch. Leise ziehe ich die Tür zur Küche auf und treffe auf Antonella, die am Tisch sitzt und in eine große Tasse mit Kaffee starrt. Bei meinem Eintreten blickt sie auf und seufzt. Seit gestern scheint sie um Jahre gealtert zu sein.

„Komm rein, Lilly. Möchtest du einen Tee haben?"

„Ja, aber bleib sitzen. Ich mache mir selbst einen", sage ich und greife nach einer Tasse im Schrank.

„Habt ihr letzte Nacht noch irgendetwas herausgefunden?", frage ich.

Sie schüttelt den Kopf. „Nein. Giuseppe ist dort geblieben. Ich habe mit Maria gesprochen, aber ich habe ihr nur gesagt, dass Toni weggefahren und Leonardo verschwunden ist."

„Du hast ihr nicht gesagt, was ich dort gesehen habe?" Ich verstehe nicht, warum sie Maria das verheimlicht hat. Schließlich gehört sie zur engsten Familie.

„Nein, ich ...", Antonella hält kurz inne und sieht mich aus geröteten Augen an, „ich habe mit Giuseppe darüber gesprochen, und wir denken, dass es besser ist, wenn niemand davon erfährt. Maria – und auch alle anderen – würden sich nur sorgen und vielleicht sogar in Panik geraten. Wir sollten erst mal abwarten, was passiert. Vielleicht tauchen Toni und Leonardo beide schon heute wieder auf. Wir wollen doch nicht, dass sie irgendwelchen Ärger bekommen. Deshalb solltest du auch niemandem von dem erzählen, was du gestern Abend zu sehen geglaubt hast."

Ich halte die Luft an. Was redet Antonella da?

„Was ich zu sehen geglaubt habe?", wiederhole ich entrüstet. „Aber ich habe es gesehen. Ich leide doch nicht unter Halluzinationen. Und ich würde mir doch nicht so etwas Furchtbares einfach nur ausdenken."

Meine Stimme ist lauter geworden und Antonella zuckt zusammen. „Sei bitte leise, Lilly. Du weckst sonst noch die Gäste auf. Ich habe ja auch nicht behauptet, dass du es nicht gesehen hast. Aber so wie du es mir erzählt hast, klingt es, als habe mein Sohn meinen Schwiegersohn abgestochen. Willst du das wirklich so Maria erzählen? Und der Polizei?"

Sie sieht mich mit weit aufgerissenen Augen an und wartet auf meine Antwort. Ich halte ihren Blick, während mein Herz zum Zerspringen klopft. Schließlich schüttle ich langsam den Kopf. „Nein, natürlich nicht", flüstere ich und versuche, die Tränen zurückzuhalten, die sich in meinen Augen sammeln.

Antonella legt eine Hand auf meine und lässt die Schultern sinken. „Gut. Glaub mir, es ist besser so. Wir müssen jetzt alle zusammenhalten. Du wirst niemandem erzählen, was du gesehen hast. Wenn jemand fragt, sagen wir, dass Toni mit seinem Auto weggefahren ist. Leonardo wird bald wieder auftauchen. Alles wird gut."

Ich höre ihrer Stimme an, dass sie selbst nicht daran glaubt, dass alles wieder gut wird. Sie will mich beruhigen. Und vielleicht auch sich selbst. Doch beides gelingt ihr nicht.

· · ·

Im Nachhinein weiß ich selbst nicht, wie ich diesen Tag überstanden habe. Nach unserem Gespräch in der Küche half ich Antonella und Marco bei der Zubereitung des Frühstücks. Nach und nach tauchten die Gäste mit verschlafenem Ausdruck und viele mit einem ausgewachsenen Kater auf der Terrasse auf, um zu frühstücken. Alle glaubten, dass Maria und Toni den Morgen in ihrer Hochzeitssuite verbringen würden. Kaum jemand fragte nach Leo. Alle waren mehr oder weniger mit sich selbst beschäftigt, lobten die fantastische Hochzeit und ließen Grüße an Maria, Leo und Toni ausrichten. Dann reisten sie ab. Selbst Tonis Eltern wunderten sich nicht, dass ihr Sohn sich nicht mehr bei ihnen blicken ließ. Oder zumindest ließen sie es sich nicht anmerken, falls sie sich wunderten. Als endlich alle fort waren, saßen Antonella, Giuseppe und ich erschöpft in der Küche und ließen die Köpfe hängen.

„Was für ein Albtraum", flüsterte Antonella und schlug sich die Hände vors Gesicht. Giuseppe räusperte sich und machte Anstalten aufzustehen. „Ich werd dann mal zum Weingut fahren und Maria abholen."

„Moment!" Ich hob die Hand und bedeute ihm, sitzen zu bleiben. „Erst muss ich mit euch reden." Ich hatte lange darüber nachgedacht und dann beschlossen, Leos Eltern von dem Gespräch mit Marcello zu erzählen. Eigentlich hatte Leo das übernehmen wollen, aber der war schließlich verschwunden. Also berichtete ich, was Leo und ich gestern erfahren hatten und dass Leo vorgehabt hatte, einen Anwalt zu konsultieren. „Leo wollte keinen Mafioso in der Familie haben und ich kann mir auch nicht vorstellen, dass Maria unter diesen Umständen weiter mit Toni zusammen sein will. Erst recht nicht, nachdem Toni gestern Abend vor aller Augen diese Frau abgeknutscht hat."

Antonella und Giuseppe starrten mich an, als sei ich ein Alien und schwiegen. Seltsamerweise hatte ich das Gefühl, dass ich ihnen nichts Neues erzählt hatte.

„Wusstet ihr etwa schon davon?", fragte ich vorsichtshalber noch mal nach.

Giuseppe zuckte unbehaglich mit den Schultern. „Leo hat es gestern Abend angedeutet. Wir wollten heute ausführlich darüber sprechen." Er sprach schnell weiter und sah mir dabei nicht in die Augen. „Und das werden wir später auf jeden Fall auch tun. Erst mussten die Gäste aus dem Haus sein. Vor allem Tonis Eltern und seine Freunde. Mit denen wollen wir uns schließlich nicht anlegen."

Ich nickte. „Das kann ich verstehen. Aber wo ist Leo? Und wann kommt er zurück?"

Ein beklemmendes Schweigen breitete sich aus. Die beiden wussten etwas. Das wurde mir in jenem Moment eindeutig klar. Und offenbar hatten sie nicht vor, ihr Wissen mit mir zu teilen. Kurz bevor ich explodierte, legte Antonella mir einen Arm um die Schulter und sah mich ernst an. „Möglicherweise kommt Leonardo so schnell nicht wieder her. Es könnte sein, dass er direkt wieder nach Hannover fährt. Vielleicht ist er schon da, wenn du nach Hause kommst." Sie lächelte. „Du musst jetzt zu ihm halten, Lilly. Er vertraut dir. Du darfst niemandem davon erzählen, was du uns gestern berichtet hast. Versprichst du mir das?"

Ich nickte mechanisch. „Ich werde es niemandem sagen. Aber ich will Leo zurück. Egal, was er getan hat."

Jetzt liege ich die zweite Nacht alleine im Bett und wälze mich ruhelos von einer Seite auf die andere. Ich kann mir einfach nicht erklären, was passiert ist. Wenn Toni wirklich mit dem Auto weggefahren ist, warum meldet er sich dann nicht bei Maria? Ist er vielleicht doch verletzt, und zwar so schwer, dass er irgendwo hilflos in seinem Blut liegt? Und was ist mit Leo? Ich erinnere mich an sein entsetztes Gesicht, als er meinen Schrei hörte. Er muss sich auf frischer Tat ertappt gefühlt haben. Und er konnte nicht wissen, dass ich es war, die ihn gesehen hatte. Vielleicht ist er gerade deshalb erst kopflos vom Weingut geflohen, ohne noch einmal mit mir gesprochen zu haben.

Warum nur habe ich wertvolle Zeit verschwendet, indem ich weinend in dem Flur gehockt habe, anstatt gleich zu ihm zu laufen? Ich ärgere mich über mich selbst, aber jetzt kann ich es nicht mehr ändern.

Außerdem denke ich über das Blut nach, das durch einen Messerangriff geflossen sein muss. An jenem Abend war es dunkel gewesen und ich war so geschockt, dass ich nicht weiter darauf geachtet hatte. Aber am nächsten Tag hätte man an der Stelle doch Blutflecken finden müssen. Ich hatte Giuseppe darauf angesprochen, aber er versicherte mir, dass er nichts gefunden habe. Ich finde das mehr als seltsam.

Als Giuseppe am Nachmittag mit Maria in die Villa zurückkehrte, fiel sie mir weinend um den Hals. Sie war so fix und fertig, dass ich mich nicht traute, mit ihr über Leo zu sprechen. Außerdem hatte Antonella mich warnend angesehen und leicht den Kopf geschüttelt. Offenbar wollte sie auf keinen Fall, dass ich ihre Tochter mit meinen Fragen löcherte.

Erst weit nach Mitternacht falle ich in einen unruhigen Schlaf. Mein Koffer ist gepackt. Ich werde Antonellas Rat folgen und schon mal nach Hannover fahren. Vielleicht hat sie recht und Leo wartet dort auf mich.

KAPITEL 27

*N*och rund hundert Kilometer bis München. Ich bin gut durchgekommen von Garda über den Brenner, an Innsbruck vorbei, Richtung Bayern. Während ich das Gaspedal durchtrete und Bastis Wagen über die Autobahn jage, denke ich pausenlos an Leo. Ich könnte mir selbst in den Hintern treten, dass ich sämtliche Top-Gelegenheiten, ihm von unserem Baby zu erzählen, in den Wind geschossen habe.

Ob er anders gehandelt hätte, wenn er vom Würmchen gewusst hätte? Ob er mich mitgenommen hätte, wo auch immer er hingegangen ist? Ich weiß es nicht. Aber ich will es glauben. Schließlich wollte er mich heiraten, mit mir die Welt bereisen, zusammen mit mir an den Gardasee zurückkehren. Und das alles war nicht einfach so dahingesagt. Ich weiß, dass Leo es aufrichtig so gemeint hat.

Seinen Eltern und Maria habe ich nichts von

unserem Kind gesagt. Ich hatte es in Erwägung gezogen, schließlich mag ich die Familie Baldaletti. Doch das merkwürdige Verhalten der drei am Tag meiner Abreise hielt mich davon ab. Noch jetzt, in diesem Moment, jagt es mir einen Schauer über den Rücken, als ich an ihre verschlossenen Mienen denke, als wir uns verabschiedeten.

„Ruf uns an, wenn du gut angekommen bist", hatte Antonella in freundlichem Ton gesagt. Ihr Lächeln hatte jedoch nicht bis zu ihren Augen gereicht.

„Bis bald, Lilly. Ich hoffe, wir sehen uns rasch wieder", hatte Maria sich verabschiedet, ohne mich anzusehen. Ihre Stimme klang nicht so, als rechnete sie damit, mich so bald wiederzusehen. Giuseppe schließlich hatte mich in den Arm genommen, mich an sich gedrückt und feuchte Augen bekommen. „Gute Fahrt, Lilly. Melde dich, wenn du etwas brauchst."

Keiner von ihnen hatte mich gebeten, sofort Bescheid zu geben, wenn Leo in Hannover war. „Weil sie selbst nicht daran glauben", spreche ich in zynischem Ton zu mir selbst und nehme einen Schluck Wasser aus der Flasche.

Ich hatte Antonella beim Abschied einen verschlossenen Brief überreicht, den sie Leo geben sollte, wenn er wieder bei ihnen auftaucht. Darin hatte ich ihm meine Liebe beteuert und ihn gebeten, sich schnellstmöglich bei mir zu melden. *Ich muss dir etwas Wichtiges sagen. Etwas sehr Wichtiges*, hatte ich angefügt und siebenundzwanzig Ausrufezeichen angehängt.

Die Baldalettis scheinen einiges zu wissen, was in der Hochzeitsnacht passiert ist. Und ich bin so wütend auf sie, weil sie mir anscheinend nicht genug vertrauen, um es mir zu sagen. Aber Leo vertraut mir. Und deswegen gebe ich die Hoffnung nicht auf, dass er nach Hannover kommt und bei mir bleibt.

Als ich an Würzburg vorbeifahre, bin ich so müde, dass ich überlege, mir hier ein Zimmer zu nehmen. Aber zugleich tobt eine innere Rastlosigkeit in mir, die genau das verhindert. Ich steuere einen Rastplatz an, schließe für eine Dreiviertelstunde die Augen und fahre dann weiter. Nach dreizehn Stunden Fahrt komme ich spät am Abend in Hannover an und heule fast vor Erleichterung, als ich Bastis Wagen in der Nähe meiner Wohnung parke. Ich hatte Leo schon vor vielen Wochen einen Schlüssel für sie gegeben, also könnte es durchaus sein, dass er oben ist. Und vielleicht auf mich wartet?

Ich lasse den Koffer im Auto, mobilisiere meine letzten Kräfte und sprinte die Straße entlang zur Eingangstür. Keuchend flitze ich die Stufen zur dritten Etage hoch und fummle dann nervös mit dem Schlüssel am Schloss herum, bis ich es endlich aufbekomme.

„Leo?" Ich kann nicht anders, ich muss nach ihm rufen.

Es kommt keine Antwort. Die Wohnung wirkt verwaist. Auf dem Tisch steht ein verwelktes Rosensträußchen, das Leo mir vor unserer Abreise mitgebracht hatte. Die Luft riecht abgestanden. Jetzt schleppe ich mich nur noch durch den Raum, öffne ein Fenster und lasse mich erschöpft auf einen Stuhl sinken. Wieder ist eine Hoffnung zerplatzt. Aber noch nicht die letzte. Ich blicke zu meinem Telefon und nehme den Hörer zur Hand. Das teure Hotel, in dem Leo arbeitet und ein Zimmer hat, bietet einen 24-Stunden-Service an der Rezeption an. Ich suche die Nummer aus dem Telefonbuch, rufe dort an und frage nach Leo. Das Mädchen am anderen Ende der Leitung teilt mir mit, dass er Urlaub habe und erst in der nächsten Woche zurückerwartet wird. Ich bedanke mich und lege auf. Erst danach breche ich endgültig zusammen.

KAPITEL 28

Zehn Tage sind vergangen, seitdem ich wieder zu Hause bin. Von Leo gibt es noch immer kein Lebenszeichen. Ich rufe jeden Tag bei seiner Familie in Garda an und gehe den Baldalettis mit meinen Fragen auf die Nerven. Sie sind freundlich zu mir, aber längst nicht mehr so herzlich wie in den Tagen vor Marias Hochzeit. Ich habe das Gefühl, es wäre ihnen am liebsten, wenn ich mich nie wieder melden würde. Einmal habe ich Antonella ganz direkt darauf angesprochen, dass ich glaube, dass sie mir etwas verheimlicht. Sie schwieg lange Zeit und meinte dann mit dünner Stimme, dass ich mir das wohl nur einbilden würde, weil ich so traurig sei.

Von Toni fehlt ebenfalls jede Spur. Ich frage mich manchmal, wie es Maria damit geht. Wir haben nicht mehr richtig miteinander gesprochen. Jedes Mal, wenn ich sie am Telefon habe, fragt sie nur kurz, wie es mir geht, und gibt den Hörer dann an Antonella weiter. Ich fühle mich schrecklich allein in meiner Angst und Ungewissheit um Leo. Meine eigene Familie in Hameln weiß nicht, was am Gardasee geschehen ist. Sie gehen davon aus, dass Leo und ich uns dort gestritten haben und dass Schluss zwischen uns ist. Ich lasse sie in dem Glauben. Connie habe ich ein bisschen erzählt, aber nur die halbe Wahrheit. Ich habe den Teil mit der Mafia weggelassen und auch den, der meinen letzten Blick auf Leo betrifft. Sie weiß nur, dass es einen Streit bei der Hochzeit gab und dass Leo seitdem verschwunden ist. Keine Ahnung, was sie sich wirklich dabei denkt, auf jeden Fall ist sie die Einzige, die sich ein wenig um mich kümmert. Das Geheimnis um unser Baby trage ich noch immer allein mit mir herum. Allerdings wird es wohl nicht mehr lange ein Geheimnis bleiben, denn mein Bauch beginnt sich zu runden.

Seit gestern gehe ich wieder in die Uni, die vorlesungsfreie Zeit ist zu Ende. Es fällt mir zwar schwer, mich auf den Stoff zu konzentrieren, aber immerhin komme ich so raus und denke mal für kurze Zeit an etwas anderes. Wenn ich 24 Stunden nur zu Hause sitze – so wie ich es am Anfang getan habe –, dann drehe ich durch.

Gerade kehre ich von einer Vorlesung nach Hause zurück, als ich vor meiner Wohnungstür zwei Polizisten entdecke, die klingeln. Ein eisiger Schreck durchfährt mich.

„Möchten Sie zu mir?" Meine Stimme zittert.

Die beiden drehen sich um. „Sind Sie Lisbeth Taub?", fragt einer von ihnen.

Ich nicke. „Ja, das bin ich." In diesem Moment

stört mich nicht mal der grässliche Name. Ich bin einfach nur geschockt.

„Wir müssen Sie leider bitten, mit uns aufs Kommissariat zu kommen. Es geht um ein dringendes Verhör."

Meine Knie werden weich. „Haben Sie ...", jetzt versagt auch noch kurzzeitig meine Stimme, „... haben Sie Leo gefunden?"

Mitleid blitzt im Blick des einen Beamten auf. Er schüttelt leicht den Kopf. „Nein, haben wir nicht. Aber es wurde die Leiche eines anderen Mannes gefunden. Toni Moretti."

Kurzzeitig flutet ein Gefühl von Erleichterung meinen Körper. Leo ist nichts passiert. Das hoffe ich zumindest. Doch gleich im Anschluss wird mir klar, was Tonis Fund bedeutet. Alles, was ich auf dem Weingut gesehen habe, ist wahr. Toni war schon damals tot. Und Leo hat ihn umgebracht.

Mir wird flau im Magen und ich muss mich an der Wand im Treppenhaus abstützen. Die Beamten stürzen auf mich zu und wollen mir helfen.

„Alles in Ordnung, Frau Taub?"

Ich versuche, ruhig durchzuatmen. „Ja, alles in Ordnung. Es war nur der Schock. Ich war schließlich gerade erst auf der Hochzeit von Toni und Maria. Und jetzt ist er tot. Das ist einfach nur ... schrecklich."

Sie nicken. „Die Kollegen aus Italien haben uns gebeten, Ihre Aussage aufzunehmen. Würden Sie bitte mit uns kommen?"

. . .

Ich folge den Beamten aufs Kommissariat und werde aufgefordert, den Tag der Hochzeit so genau wie möglich zu schildern. Sie wissen bereits, dass es beim Junggesellenabschied einen Kampf zwischen Toni und Leo gegeben hat und wollen Näheres dazu von mir erfahren. Ich versuche, so nahe es geht, an der Wahrheit zu bleiben. Und ich erzähle ihnen sogar, was wir von Marcello gehört haben: dass Toni für die Mafia gearbeitet hat. Ich erzähle alles. Bis auf das, was ich am späten Abend durchs Fenster gesehen habe.

Erst nachdem ich meinen Bericht zu Protokoll gegeben habe, erfahre ich, dass Tonis Auto gestern in einer leerstehenden Scheune unweit der Adria gefunden wurde. Seine Leiche lag im Kofferraum. Ich starre die Polizisten an und höre ihre Worte nur wie durch Watte. Wie ist Tonis Leiche dorthin gekommen? Giuseppe hatte gesagt, er habe Toni wegfahren sehen. Offenbar hat jedoch jemand anderes hinterm Steuer gesessen. Ist es Leo gewesen?

„Frau Taub? Haben Sie uns zugehört?"

Erschrocken zucke ich zusammen und blicke den Mann vor mir entschuldigend an. „Nein, tut mir leid. Könnten Sie Ihre Frage vielleicht noch einmal wiederholen?"

Er nickt ein wenig genervt. „Haben Sie seit dem Tag der Hochzeit noch einmal etwas von Ihrem Freund gehört oder ihn vielleicht sogar gesehen?"

Ich schüttle den Kopf. Diesmal kann ich zum Glück bei der Wahrheit bleiben. „Nein, ich habe keine Ahnung, wo er ist oder was überhaupt passiert ist. Ich mache mir schreckliche Sorgen ..."

Die Beamten sehen mich verständnisvoll an. „Das können wir uns vorstellen. Sollte sich Herr Baldaletti bei Ihnen melden, rufen Sie uns bitte sofort an. Sagen Sie ihm, dass er sich an die Polizei wenden soll. Und zwar sofort. Und Frau Taub, Sie wissen hoffentlich, dass Sie sich selbst schuldig machen, wenn Sie einen flüchtigen Verbrecher schützen, oder?"

Ein Schauer durchfährt mich. „Leo ist für Sie also ein Verdächtiger?"

Einer der Männer zuckt mit den Schultern. „Das ist er schon, immerhin ist er zur gleichen Zeit wie der Verstorbene von der Hochzeit verschwunden. Und mehrere Zeugen haben berichtet, dass Leonardo Baldaletti seinen Schwager nicht mochte, ihn vielleicht sogar hasste. Andererseits kann es natürlich auch sein, dass Herr Baldaletti ebenfalls ein Opfer ist. Da sich Toni Moretti in Mafia-Kreisen bewegte, ist alles möglich."

Übelkeit steigt in mir hoch. Kann es sein, dass Tonis Kumpels Rache an Leo genommen haben? Haben sie ihn mitgenommen, vielleicht gefoltert und anschließend umgebracht? Ich muss an die drei Typen denken, die Antonella und mir entgegenkamen, als wir Leo suchten. Sie wirkten fröhlich und leicht angeheitert, irgendwie harmlos. Aber vielleicht war das ja alles nur gespielt? Immerhin kamen sie direkt von dem Hinterhof, auf dem ich Leo und Toni zuvor gesehen hatte.

Ich räuspere mich. „Haben Sie denn auch die Freunde von Toni überprüft, die auf der Hochzeit waren? Vielleicht waren es ebenfalls Verbrecher, genau wie Toni?"

„Ihnen konnten tatsächlich einige Vergehen nachgewiesen werden. Die Kollegen sind dran", sagt einer der Polizisten. Er schiebt mir ein Protokoll über den Tisch hinweg zu, das ich unterschreiben soll. Dann darf ich aufstehen und nach Hause gehen.

KAPITEL 29

*T*ag zwölf seit Leos Verschwinden ... Es kommt mir vor, als lebe ich in einem Paralleluniversum. In der realen Welt besuche ich meine Vorlesungen, starre auf das Ultraschallbild unseres Babys und zwinge mich dazu, gesunde Sachen zu mir zu nehmen, weil es wichtig für das Kind ist. In meinem anderen Universum bin ich mit Leo zusammen. Wir schwimmen im Gardasee, essen Pizza in Verona und wandern auf dem Monte Baldo. Am Abend klettern wir auf den kleinen Turm der *Villa Marina* und küssen uns im Mondschein. Ich bin glücklich. Und dann erwache ich aus meinen Tagträumen und die ganze schreckliche Realität stürzt über mir zusammen.

Heute bin ich nach der Schule ins Teestübchen am Ballhofplatz gegangen. Kaum habe ich das dämmrige Café mit seinen grünen Lämpchen betreten, kommt es mir vor, als sei ich in eine Zeitmaschine geklettert und an einem kalten Tag in der Vorweihnachtszeit gelandet.

Hier hatte mein erstes Date mit Leo stattgefunden. Während ich meine dampfende Teetasse umklammere, denke ich daran zurück, wie wir uns an diesem Ort ineinander verliebt haben.

Wo bist du nur, frage ich ihn in Gedanken und fühle den Schmerz in jeder einzelnen Zelle meines Körpers. Die Tür geht auf und eine Gruppe von Studenten kommt herein. Ich kenne eine der jungen Frauen. Sie war mal in meinem Semester, hat dann aber ins Fach Architektur gewechselt. Einer der Männer bleibt vor meinem Tisch stehen und schaut auf mich herab.

„Das gibt's doch nicht. Lilly! Was machst du denn hier?"

Ich blicke auf und traue meinen Augen nicht. Vor mir steht Michael Wagner, mein Ex aus der zwölften Klasse. Zuerst bin ich zu verwirrt, um zu antworten. Michael war nach dem Abi nach Südafrika gegangen, um dort Wirtschaft zu studieren. Warum steht er jetzt hier im Teestübchen?

„Das könnte ich dich auch fragen?", krächze ich überrascht. „Ich dachte, du studierst irgendwo in Südafrika?"

„Das habe ich auch getan." Seine Freunde gehen weiter nach hinten und lassen sich an einem größeren Tisch nieder. „Darf ich?" Er zieht einen Stuhl zurück und setzt sich zu mir. „Ich bin schon eine Weile wieder in der Gegend", sagt er. „Südafrika war toll, aber ich habe gemerkt, dass mir das Studium nicht gefallen hat. Dafür habe ich mich immer stärker für Architektur interessiert. Tja, was soll ich sagen? Ich habe mich an der Leibniz Universität eingeschrieben und wohne jetzt in Hannover."

Ich bin immer noch perplex. „Und deine Eltern? Wollten sie nicht damals unbedingt, dass du Wirtschaft studierst?"

Er grinst. „Daran erinnerst du dich noch? Sie waren nicht besonders glücklich mit meiner Entscheidung. Aber es ist schließlich mein Leben."

Ich betrachte ihn, während er spricht. In den Jahren, in denen wir uns nicht gesehen haben, ist er erwachsener geworden, selbstsicherer. Ein trauriger Zug hat sich um seinen Mund geschlichen, obwohl er im Moment ganz fröhlich wirkt.

„Und du? Was machst du hier in Hannover?"

„Ich studiere Innenarchitektur. Hab's aus Hameln hinausgeschafft. So gerade eben, der Rattenfänger war mir schon auf der Spur", versuche ich zu scherzen.

„Dann wohnst du also auch hier. Das ist gut", entgegnet Michael. Er sieht mich prüfend an und runzelt die Stirn. Hoffentlich kommt er jetzt nicht auf die dunklen Augenringe zu sprechen, die ich seit einiger Zeit mit mir herumtrage, weil ich nachts nicht mehr durchschlafe. Aber genauso ist es.

„Alles in Ordnung mit dir, Lilly? Du siehst irgendwie ...", er zögert, „traurig aus."

Ich schlucke und blicke in meine Teetasse. Auf keinen Fall werde ich mein Schicksal hier vor Michael Wagner ausbreiten. Am besten, er verschwindet schnell zu seinen Freunden weiter hinten im Teestübchen.

„Alles bestens", lüge ich und setze das breiteste

Lächeln auf, das ich hinbekomme. Er wirkt verunsichert.

„Das kommt mir aber nicht so vor. Und ein wenig kenne ich dich schließlich, Lilly Taub." Er zwinkert mir zu und ich presse die Lippen aufeinander. Kann er nicht endlich abhauen? Lange schaffe ich es nicht mehr, meine Fassung zu bewahren.

„Deine Freunde warten." Ich deute mit dem Kopf zum anderen Ende des Cafés.

„Die können ruhig warten. Wenn der Zufall uns schon zusammengeführt hat, möchte ich wenigstens erfahren, wie es dir geht. Schließlich sind wir doch mal als Freunde auseinandergegangen. Oder etwa nicht?"

Ich nicke, beiße die Zähne aufeinander, doch dann kann ich nicht mehr. Wie auf Kommando schießen mir die Tränen in die Augen und ich presse die Hände vors Gesicht.

„Mein Gott, Lilly. Was ist denn los?" Michaels Stimme klingt ehrlich besorgt.

Ich brauche ein paar Minuten, um mich zu sammeln. Dann versuche ich, ihm von Leo zu erzählen. Eigentlich will ich nicht die ganze Geschichte zum Besten geben, aber es fällt mir schwer, nur einen Teil zu berichten, Wichtiges von Unwichtigem zu trennen. Ich bin so durcheinander, dass ich mich verhaspele, und wahrscheinlich kommt ihm am Ende alles völlig wirr vor. Falls er mich für verrückt hält, lässt er es sich jedenfalls nicht anmerken.

„Und nun hast du also seit zwölf Tagen nichts mehr von deinem Freund gehört?", fragt er vorsichtig, als ich meine Erzählung beende.

Ich nicke und wische mir mit einem Papiertaschentuch die letzten Tränen aus dem Gesicht. „Ja, das ist richtig. Aber ich weiß, dass er sich melden wird. Wir lieben uns. Er wird zu mir zurückkehren."

„Natürlich wird er das." Seine Worte klingen ehrlich, aber ich sehe ihm an, dass er nicht daran glaubt. Eine Kellnerin kommt vorbei und ich hebe schnell den Arm. „Kann ich zahlen, bitte?"

Ich muss hier raus. Es war ein Fehler, ihm alles zu erzählen. Was habe ich mir nur dabei gedacht?

Schnell drücke ich der Kellnerin das Geld für den Tee in die Hand und stehe auf.

„Es war schön, dich wiedergetroffen zu haben, Michael. Aber ich muss nun leider gehen. Mach's gut."

Er blickt verwirrt zu mir auf. „Warum hast du es auf einmal so eilig? Bitte lass uns in Verbindung bleiben, Lilly. Ich möchte mich nicht zwischen dich und deinen Freund drängen und ich drücke dir fest die Daumen, dass du ihn wiedersiehst. Aber deshalb können wir doch auch ganz normal befreundet bleiben. Warte!"

Er öffnet seinen Rucksack und holt einen Notizblock und einen Stift heraus. „Ich schreibe dir meine Telefonnummer und meine Adresse auf. Du kannst mich jederzeit anrufen, wenn du Hilfe brauchst."

Er schiebt mir den Zettel hinüber und ich nehme ihn wortlos an mich.

„Gibst du mir deine Nummer auch?" Er deutet auf den Notizblock und hält mir seinen Kugelschreiber hin.

Wie kann man nur so penetrant beharrlich sein?

Widerstrebend schreibe ich ihm meine Adresse auf den Zettel und nicke ihm dann zu. „Tschüss, Michael."

Es dauert drei Wochen, bis ich ihn wiedersehe. Natürlich habe ich ihn niemals angerufen. Ich warte nach wie vor auf ein Lebenszeichen von Leo. Weder die Polizei noch Leos Eltern haben sich je wieder bei mir gemeldet. Ich habe es inzwischen aufgegeben, täglich in Garda anzurufen. Es ist sinnlos, immer dieselbe Frage zu stellen und die gleiche Antwort zu erhalten.

„Habt ihr etwas von Leo gehört?"

„Nein, Lilly, es tut uns leid."

Als es am frühen Abend an der Wohnungstür klingelt, schrecke ich zusammen. Ich rechne nicht mit Besuch und für einen Moment glimmt Hoffnung in mir auf. Ist es Leo, der vor der Tür wartet? Ich reiße sie mit einem Ruck auf und halte die Luft an. Vor mir steht Michael, der einen kleinen Blumenstrauß in der Hand hält und mich fassungslos ansieht. Wie in Zeitlupe registriere ich, dass er mir nicht ins Gesicht blickt, sondern dass seine Augen starr auf meinen Babybauch gerichtet sind. In der Öffentlichkeit verberge ich ihn unter weiten Blusen und Kleidern. Noch immer habe ich niemandem von dem Baby erzählt. Aber hier zu Hause trage ich heute bequeme Leggings und ein normales T-Shirt. Mein Bauch wölbt sich wie eine kleine Kugel nach vorne und Michael kann seinen Blick nicht davon abwenden.

„Du bekommst ein Kind", sagt er anstelle einer Begrüßung.

„Gut kombiniert, Sherlock", antworte ich lapidar und trete zur Seite, damit er hereinkommen kann.

Er lässt den Blumenstrauß sinken und betritt meine Wohnung. Lässt seinen Blick umherschweifen. „Und Leo? Ist er zurückgekehrt?"

Ich schüttle schweigend den Kopf. „Darf ich dir die Blumen abnehmen? Oder für wen sind die?"

Er sieht mich einen Augenblick lang verwirrt an und reicht mir dann den Strauß. „Natürlich. Bitte entschuldige. Aber damit ...", jetzt blickt er wieder auf meinen Bauch, „habe ich überhaupt nicht gerechnet."

Ich gehe in die Küche, fülle eine Vase mit Wasser und stelle die Blumen hinein. „Tut mir leid, wenn es ein Schock für dich ist." Was rede ich da für einen Blödsinn? Mir ist es völlig egal, was Michael über mich denkt. Nett, dass er vorbeikommt, aber er hätte es auch bleiben lassen können. Falls er vorhatte, wieder mit mir anzubändeln, wird er gleich sowieso unter einem fadenscheinigen Vorwand die Biege machen und auf Nimmerwiedersehen verschwinden. Aber Michael bleibt. Er setzt sich an den Tisch und möchte wissen, ob es Neuigkeiten gibt. Und wie es mir geht. Ob ich Hilfe brauche. Wir bestellen eine Pizza vom Lieferservice und reden lange an diesem Abend. Eigentlich ist es doch ganz nett, mal nicht alleine zu sein.

KAPITEL 30

„*P*ressen! Jetzt ist es gleich da!"

Die Hebamme sieht mich aufmunternd an und fixiert wieder meinen Unterleib. Ich gebe einen infernalischen Schrei von mir und habe das Gefühl, es zerreißt mich gleich. Und dann ist der Schmerz auf einmal vorbei und etwas flutscht aus mir heraus. Mein Herz klopft wie wild und der Schweiß läuft mir die Stirn hinab.

„Ist alles in Ordnung?", frage ich mit zitternder Stimme, aber da legt mir die Hebamme schon ein nacktes Bündel Mensch auf die Brust.

„Bitteschön, Ihre Tochter. Ein bildhübsches, kleines Mädchen."

So schön sieht dieser winzige, schrumpelige Mensch im Moment gar nicht aus, aber ich bin so froh, dass alles gut gegangen und das Baby gesund ist. Nun ist es doch ein Mädchen geworden und kein Leo junior.

Ich betrachte das Gesicht meiner Tochter, die niedliche Stupsnase, die großen Augen.

„Hallo Isabella", wispere ich. Den Namen habe ich mir alleine überlegt. Bella mia, meine Schöne, so hat Leo mich immer genannt und ich habe den Klang seiner Stimme noch im Ohr. Leo ist seit der Hochzeit am Gardasee verschollen. Dennoch – und entgegen aller guten Ratschläge meiner Freunde – gebe ich die Hoffnung nicht auf, dass er zu mir zurückkehrt. Ich bin natürlich auch in meiner beengten Wohnung geblieben, obwohl sie eigentlich zu klein für eine Mutter mit Kind ist. Michael hat immer wieder versucht, mich zu einer größeren Wohnung zu überreden. Er bot mir sogar an, seine zu übernehmen. Aber ich lehnte ab. Wenn Leo nach Hannover kommt, muss er mich schließlich finden können. Allein deswegen würde ich niemals umziehen.

Vor der Tür höre ich Stimmen. „Ist das Baby jetzt da? Kann ich zu Lilly?"

Michael klingt total aufgeregt und ich muss lächeln. Er benimmt sich, als sei er der Vater und wahrscheinlich glauben alle Krankenschwestern hier das auch.

„Noch einen Moment. Sie dürfen gleich zu ihr", sagt jemand.

Ich fühle mich erschöpft. Und irgendwie leer. Seltsam, ich hatte es mir anders vorgestellt, ein Kind zu bekommen. Als Michael hereinkommt, strahlt er übers ganze Gesicht. „Herzlichen Glückwunsch, Lilly. Du hast es geschafft. Ich bin so froh, dass alles gut gegangen ist."

Ich lächle ihn müde an. „Ein Mädchen. Hier, du kannst sie nehmen."

Einen Moment lang blickt er mich verwirrt an. Ein Fotoapparat baumelt von seiner Schulter. „Lass mich erst ein Foto von euch beiden machen."

Ich schließe die Augen. „Vielleicht später."

Die Krankenschwester nimmt mir das Kind ab und legt es Michael in den Arm. Dann greift sie zu seinem Fotoapparat und hält ihn sich vors Gesicht. „So, jetzt mal recht freundlich, der frischgebackene Papa." Klick. Das Foto ist im Kasten und Michaels Augen leuchten. Niemand korrigiert die Krankenschwester. Ich bin in diesem Moment viel zu müde dazu. Ich möchte eigentlich nur noch schlafen.

An die nächsten Tage habe ich im Nachhinein nicht viele Erinnerungen. Und wenn, dann sind es keine guten. Schwestern kommen und gehen und legen mir das Kind an. Ein Mädchen, zu dem ich keine Beziehung habe. Ich vermisse Leo. Warum ist er jetzt nicht bei mir?

„Sie hat gar kein Interesse an ihrem Baby", erklärt meine Bettnachbarin zur Linken ihrem Ehemann und wirft mir einen gehässigen Blick zu.

„Die Arme, sie hat eine Wochenbettdepression", sagt die Nachbarin zur Rechten ihrer Freundin, die sie besucht. Ich fühle mich schuldig und kann dennoch nichts dagegen tun, dass ich regelrecht Angst davor habe, von nun an für Isabella verantwortlich zu sein. Allein! Meine Eltern besuchen mich und erklären mir, dass ich mehr essen müsste. Aber ich habe absolut keinen Hunger. Ich fühle mich schlapp, müde und ausgelaugt.

Michael kommt jeden Tag ins Krankenhaus. Er betüdelt Isabella und bringt ihr drollige Strampelanzüge mit. Für mich kauft er Blumen und Pralinen.

„Bald wird es dir besser gehen. Ich habe mit den Ärzten gesprochen. Du brauchst dir keine Sorgen zu machen. Es gibt viele Frauen, die eine Wochenbettdepression entwickeln. Sie geht bald vorüber, du wirst schon sehen."

Ich blicke ihn an und nicke unmotiviert. Gut, dass er sich um Isabella kümmert. Ich wüsste gar nicht, was ich ohne ihn tun sollte. Dabei sind wir gar nicht zusammen und ich habe ihm mehrfach erklärt, dass er auch nicht damit rechnen sollte. Mein Herz gehört Leo – jetzt und für alle Zeit.

Damals, an jenem Abend, als er so unverhofft vor meiner Tür stand, hat Michael mir erzählt, warum er wirklich aus Südafrika abgereist war und ein neues Leben begonnen hatte. Eine Geschichte, die mich ziemlich umgehauen hatte.

Gleich in seinem ersten Semester in Kapstadt hatte er eine Südafrikanerin kennengelernt, in die er sich – seinen Worten nach – unsterblich verliebt hat. Ihr Name war Sarah. Offenbar verbrachten die beiden eine fantastische Zeit miteinander und Michael dachte darüber nach, für immer in Südafrika zu bleiben. Er machte Sarah einen Heiratsantrag, den sie annahm. Allerdings stellte sie eine Bedingung: Sie wollte Kinder mit ihm haben. Am liebsten mehrere und am liebsten sofort. Michael war wohl zunächst etwas skeptisch, weil beide noch so jung waren, aber letztendlich wünschte er sich eine Familie und war einverstanden. Dazu kam, dass sowohl seine Eltern als auch ihre ziemlich betucht sind und ihnen finanziell unter die Arme greifen konnten. Also ließ Sarah die Pille weg und ging davon aus, sofort schwanger zu werden. Doch nichts passierte. Monatelang wurde sie einfach nicht schwanger, was die Beziehung der beiden belastete. Schließlich ließ Sarah sich gynäkologisch untersuchen und erfuhr, dass sie bestens dazu geeignet sei, Mutter zu werden. Daraufhin schickte sie Michael zu einem Arzt. Er kehrte mit einer niederschmetternden Diagnose zurück: Er war zeugungsunfähig und würde es zeitlebens bleiben. Beide waren unfassbar geschockt. Doch während Michael versuchte, seiner Freundin eine Adoption schmackhaft zu machen, zog sich Sarah immer mehr von ihm zurück, bis sie schließlich mit ihm Schluss machte. Daraufhin brach Michael seine Zelte in Südafrika ab und kehrte nach Deutschland zurück.

Ich weiß nicht, was ihm alles durch den Kopf ging, als er mich an diesem einen Abend mit Kugelbauch in meiner Leggings sah. Auf jeden Fall kam er seitdem öfter vorbei und sah nach mir. Er kaufte mir Dinge für die Erstausstattung des Kindes und freute sich wie ein Schneekönig, als ich seine Hand nahm und auf meinen Bauch legte, damit er die Strampelbewegung des Babys spüren konnte.

Einmal saß er zusammen mit mir beim Kaffeetrinken am Tisch, als meine Eltern zu Besuch kamen. Wir haben uns alle zusammen nett unterhalten und mehr ist nicht passiert. Doch seitdem glauben meine Eltern, dass wir wieder ein Paar sind. Und meine Mutter ist glücklich.

Ich denke, Isabella könnte sein Patenkind werden. Es schadet schließlich nichts, einen Mann in der Familie zu haben, solange Leo nicht da ist.

KAPITEL 31

Drei Jahre später

„Du siehst super aus!" Connie hat die Hände in die Seiten gestemmt und schenkt mir ein breites Lächeln. „Ich finde zwar nach wie vor, dass dieses opulente Brautkleid mit der langen Schleppe noch besser gewesen wäre, aber dieses hier ist auch ein Träumchen!"

Wir stehen in meinem alten Kinderzimmer in Hameln und Connie hat mir geholfen, mich für meine Hochzeit anzukleiden und mich zu schminken. *Meine Hochzeit.* Ich kann es immer noch nicht fassen, dass es wirklich dazu kommen wird.

„Nun lächle doch endlich mal! Du heiratest einen tollen Mann, deine Tochter bekommt endlich auch offiziell ihren heißgeliebten Papa und du guckst wie sieben Tage Regenwetter." Connie schüttelt missbilligend den Kopf. „Echt jetzt, Lilly, ich weiß nicht, was mit dir los ist. Trauerst du etwa immer noch diesem Leo hinterher? Vergiss ihn! Michael wird gleich dein Mann und einen Besseren kannst du dir nicht wünschen."

Kann ich doch, denke ich verdrießlich und komme mir vor wie eine Verräterin. Ich bekenne mich schuldig – am Verrat an gleich zwei Männern. An Leo, weil ich nach dreieinhalb Jahren, in denen er verschollen ist, die Hoffnung aufgegeben habe, ihn wiederzusehen. Und an Michael, der mir die Welt zu Füßen legt und der dennoch niemals den Platz in meinem Herzen einnehmen wird, den Leo hatte. Oder hat? Ich weiß es nicht, jedenfalls hat Connie recht: Ich muss mich zusammenreißen. Was sollen die anderen denken, wenn die Braut guckt, als ginge sie zu einer Beerdigung?

Ich betrachte mich im Spiegel. Das schlichte, cremefarbene Kleid betont meine schmale Figur, die aufgesteckten Haare wirken feminin-elegant. Michael wird es gefallen. Die vergangenen drei Jahre war er für mich der Fels in der Brandung. Und hat mich ehrlicherweise nie bedrängt, seine Freundin zu werden, obwohl wir fast ständig zusammen waren. In der letzten Silvesternacht – nach etlichen Drinks – fand ich mich auf einmal doch mit ihm im Bett. Und da es schon mal passiert war, kam es öfter vor. Bella nannte ihn von Anfang an *Papa*. Ich hatte versucht, sie dazu zu bringen, *Onkel Michael* zu ihm zu sagen. Aber sie hatte mich dann nur jedes Mal trotzig angesehen und weiter *Papa* gesagt. So viel zu meinen erzieherischen Fähigkeiten ... Als Michael mir zu Ostern einen Heiratsantrag gemacht hatte, war Bella in der Nähe gewesen und hatte ihre Öhrchen gespitzt. Sie brüllte laut „Jaaa!", bevor ich überhaupt etwas sagen konnte.

Ich sprühe mir noch etwas Parfum ins Haar und schlüpfe in meine Schuhe. In diesem Moment wird die Tür aufgerissen und Bella stürmt herein. Sie hüpft mehr, als dass sie läuft, und strahlt übers ganze Gesicht.

„Mama, du siehst aus wie die Prinzessin aus meinem Märchenbuch."

Ich beuge mich zu ihr hinab und gebe ihr einen Kuss auf die Stirn.

„In Wirklichkeit bin ich aber die Königin und du bist die Prinzessin. Bist du bereit, dein Kleid anzuziehen?"

„Jaaa! Wo ist es? Darf ich es jetzt endlich anhaben?"

„Na klar", antwortet Connie und holt das rosafarbene Tüllkleid aus dem Schrank. Wir hatten beschlossen, es Bella erst im letzten Moment anzuziehen, damit die Chancen größer sind, dass es bei der Trauung noch sauber ist. Wir helfen Bella beim Ankleiden und dann ist es so weit: Meine Eltern fahren uns in die Kirche.

Michael wartet am Eingang auf mich und küsst meine Hand, bevor wir gemeinsam zum Altar schreiten. Bella sitzt zusammen mit meinen Eltern, Basti und Oma in der ersten Reihe. Das kleine Mädchen sieht aus, als sei sie durch und durch von Glückseligkeit erfüllt. Ich muss lächeln. Ich selbst hätte diese Hochzeit nicht gebraucht, aber ich weiß, dass ich meine Tochter und auch Michael damit froh mache – also soll es so sein.

Wir nehmen vor dem Altar Platz, der Pastor beginnt seine Predigt, Lieder werden gesungen – und meine Gedanken schweifen ab. In diesem Moment bin ich wieder in Garda, in einer kleinen Kirche neben einem rauschenden Bach. Leo hält meine Hand und flüstert mir zu, dass er mich liebt. Ich schließe die Augen und mein ganzes Inneres ist von Sehnsucht nach ihm erfüllt.

Dann öffne ich sie wieder und schaue auf Michael, der seinen Blick ehrfürchtig auf den Pastor gerichtet hat. Alles fühlt sich so falsch an. Vermutlich begehe ich gerade einen riesigen Fehler. Aber nun ist es zu spät. Und außerdem trage ich Verantwortung. Ich darf nicht länger in der Vergangenheit leben. Ich muss an die Zukunft denken und uns allen dreien die Chance geben, ein glückliches Leben zu führen. Also sage ich „Ja", als der Pastor fragt, ob ich Michael Wagner zu meinem Mann nehmen will.

Die Trauung ist vorüber, wir verlassen die Kirche und treten hinaus ins Licht. Bella hüpft vor uns her und wirft die Blüten aus ihrem Körbchen vor uns auf den Boden. Die Sonne blendet mich und ich hebe die Hand, um mein Gesicht zu beschatten. Freunde, Verwandte, Nachbarn und Michaels Volleyballgruppe drängen sich auf dem Platz vor der Kirche, rufen uns ihre Glückwünsche zu und machen Fotos. Da erregt die Silhouette eines Mannes meine Aufmerksamkeit. Er hält sich still im Hintergrund und sieht mich unverwandt an. Hochzeitsgäste strömen nach vorne und versperren die Sicht auf ihn, aber die Millisekunde, in der unsere Augen sich trafen, hat ausgereicht. Es fühlt sich an, als habe mich ein Blitz getroffen. Ich stehe da, wie erstarrt. Der Mann hatte ausgesehen – wie Leo. Jetzt kommt wieder Leben in mich. Ich schiebe die Gratulanten vor mir brüsk zur Seite und spähe erneut in die Menge. Panisch suche ich den Platz nach seinem Antlitz ab. Das Herz schlägt mir bis zum Hals.

Dort, wo er eben noch stand, ist nun niemand mehr. Ich atme hektisch ein und aus und ignoriere Michaels verwunderten Blick. Ich will losrennen und ihn suchen. Doch Michael hält meine Hand und verstärkt den Druck auf sie. Verdammt, was soll ich nur tun?

Und dann kommt der Zweifel. War es wirklich Leo, der dort stand und mich ansah? Oder war es nur ein Passant, ein Fremder? Hat meine Fantasie mir einen Streich gespielt? – Wie auch immer, der Mann ist verschwunden. Ich versuche, die Fassung zurückzugewinnen. Zu lächeln, als sei nichts geschehen. Bella zupft an meinem Kleid und sieht mit ihren großen Augen unter den langen geschwungenen Wimpern – Leos Wimpern – zu mir auf. „Mama, ich mag Hochzeiten. Jetzt bleibt Papa immer bei uns."

Ihre Worte bohren sich wie Pfeilspitzen in mein Herz. Er ist nicht dein Papa. Dein Vater heißt Leo und er ist der großartigste Mann der Welt, würde ich ihr am liebsten sagen. Doch meine Kehle ist wie zugeschnürt. Michael wendet sich mir zu und gibt mir einen Kuss auf die Wange. „Herzlichen Glückwunsch zur Hochzeit, Lilly."

Ende Teil 1

Und so geht es weiter:

Die kleine Ranch am Ende der Welt

Ein Mann auf der Flucht vor der Vergangenheit.
Eine Frau, die er nicht vergessen kann.
Ein Versprechen, das sein Leben verändert.

Leo hat nach seiner Flucht aus Italien fast alles verdrängt: das Land seiner Herkunft, den Klang ihrer Stimme, das Gefühl eines Sommertages in ihrem Lächeln. Nur eines nicht – wie es war, Lilly zu lieben.

Gezwungen, sich ein neues Leben aufzubauen, landet er in der Wildnis Patagoniens – am Ende der Welt. Er wird Ehemann, Vater, Ranchbesitzer – und ein Mann, der seinen Sohn zu Grabe tragen muss. In der Stunde der Verzweiflung wagt er es endlich, nach Hause zurückzukehren Und er stellt sich die Frage: Gibt es für ihn noch eine Chance für die Liebe, die er nie vergessen konnte?

Ein Roman über Schuld und Sehnsucht, über Hoffnung und Hingabe – und über eine Liebe, die selbst Zeit und Kontinente überdauert.

Blättern Sie um und lesen Sie das erste Kapitel des Fortsetzungsromans!

KAPITEL 1

Chacabuco, Chile, Ende August 1994

Die Gischt schäumt um den Bug der *Santa Eulalia* und vermischt sich mit den winzigen Regentropfen, die vom Himmel fallen. Es dämmert bereits und die Berge des Fjords zeichnen sich als dunkle Silhouetten vor dem Morgenhimmel ab. Ich ziehe mir die Mütze tiefer in die Stirn und schlage die Arme umeinander. Es ist kalt, höchstens ein, zwei Grad über dem Gefrierpunkt. In wenigen Stunden wird meine lange Reise hier in Patagonien enden. Fast zwei Monate war ich mit unterschiedlichen Frachtern unterwegs. Von Triest durch den Suezkanal, über den Atlantik, entlang der Ostküste Südamerikas, dann durch die Magellanstraße bis in den Süden Chiles.

„Fahr bis ans Ende der Welt, mein Junge, und blick nicht zurück. Tu es für uns, für deine Familie. Irgendwann wirst du zurückkehren, aber jetzt bist du auf der Flucht."

Das waren die letzten Worte, die mein Vater mir mitgegeben hatte, bevor er mit der Faust aufs Autodach schlug und ich Gas gab. Und hier bin ich nun: am Ende der Welt.

Andrew, einer der Matrosen, läuft übers Deck und sieht mich mit hochgezogenen Augenbrauen an. „Hey Davide, hast du es dir gut überlegt? Willst du wirklich in diesem gottverlassenen Hafen von Bord gehen?"

Ich zucke die Schultern. „Sieht ganz so aus. Allerdings hätte Puerto Chacabuco sich mit dem Wetter ein wenig mehr Mühe geben können."

Andrew lacht. Sein heiseres, nach zu vielen Zigaretten klingendes Lachen vermischt sich mit den Wellen und dem Rufen der Seevögel. Davide ist mein neuer Name. Ein Name, der in meinem gefälschten Pass steht und an den ich mich einfach nicht gewöhnen kann. Genauso wenig wie an mein neues Leben, das völlig unvorhersehbar am Abend der Hochzeit meiner Schwester begann. Ein lauer Sommerabend auf einem Weingut am Gardasee. Die Stunden und Minuten dieses Datums laufen seit 52 Tagen wie ein Kinofilm in Dauerschleife in meinem Kopf ab. Im Mittelpunkt steht eine junge Frau in einem wunderschönen hellblauen Ballkleid. Ihre langen, blonden Haare fallen ihr in Locken gelegt über den Rücken. Ihre Augen strahlen und ihr Lächeln bringt mich um den Verstand. Sie heißt Lilly und ist die Liebe meines Lebens.

Wenn ich an sie denke – und das tue ich fast jede Minute eines jeden Tages – krampft sich mein Herz vor

Schmerz zusammen. Manchmal kann ich immer noch nicht glauben, was damals geschehen ist. Wie alles so völlig schieflaufen konnte.

Dieser markerschütternde Schrei, als ich mich über Toni beugte und das Messer aus seinem Körper zog. Er verfolgt mich noch heute in meinen Träumen. An jenem Abend dachte ich, dass jede Menge Leute in den Innenhof kämen – aufgeschreckt durch den Schrei – und mich entdeckten. Aber niemand kam. Alles blieb still, bis mein Vater zurückkehrte und die Sache in die Hand nahm.

Heute denke ich, dass es vielleicht Lilly war, die geschrien hat. Sie muss mich gesehen haben. Und nun denkt sie, dass ich ein Mörder bin.

Wir nähern uns Puerto Chacabuco und der durchdringende Geruch nach Fisch schlägt mir entgegen. Ich habe meine Kabine bereits geräumt. All meine Habseligkeiten passen in eine kleine Sporttasche, die neben mir steht. Die *Santa Eulalia* wird nicht lange in diesem Hafen bleiben. Ihre Fracht – Maschinen für die Landwirtschaft, Zement und Baumaterialien – wird rasch abgeladen sein. Der Kapitän hatte mir erzählt, dass sie auf dem Rückweg Holz, Fisch und Meeresfrüchte mitnehmen und schnell wieder verschwinden. Er hatte mich gefragt, warum ich in Chacabuco bleiben wolle. Ich hatte geantwortet, dass es schon immer ein Traum von mir war, nach Patagonien zu reisen. Daraufhin hatte er mir einen langen, nachdenklichen Blick zugeworfen und geschwiegen. „Viel Glück", sagte er schließlich und wandte sich ab. Ich glaube nicht, dass er mir geglaubt hat.

Inzwischen ist es hell geworden und ich stelle fest, dass die Bucht, in der Puerto Chacabuco liegt, viel schöner ist, als ich geahnt habe. Der zerklüftete Fjord ist von schneebedeckten Berggipfeln umgeben. Wasserfälle ergießen sich von den steilen Wänden der Canyons in die Tiefe. Seevögel fliegen pfeilschnell über die Oberfläche des Meeres. Die Stadt selbst wirkt klein – und wie ein vergessenes Kleinod am Rande der Welt. Genau das, was ich gesucht habe.

Ich verabschiede mich von der Crew, die mich – ihren einzigen zahlenden Gast – wie einen Kameraden aufgenommen hat, und mache mich auf den Weg in die Stadt. Ein wenig wird das Geld noch reichen, das Milo – der beste Freund meines Vaters aus den alten Zeiten in Caorle – mir gegeben hat. Aber ich muss mir dringend einen Job suchen, um über die Runden zu kommen. Wer weiß, wie lange ich hier ausharren muss, bis ich wieder nach Hause kann. Ich möchte am liebsten gar nicht darüber nachdenken.

In der Stadt ist nicht viel los. Mir scheint, die meisten Leute hier arbeiten in der Fischindustrie. Nichts gegen Fische, aber wenn es sich irgendwie vermeiden lässt, möchte ich nicht in einem Job landen, wo ich Fische ausnehmen muss. Am liebsten wäre es mir natürlich, wenn ich in einem Hotel arbeiten könnte. Denn das ist schließlich mein Beruf. Ich schlendere durch die Straßen und finde ein kleines Hotel, das geöffnet hat. Ein junger Mann an der Rezeption liest in einem Buch und hat offensichtlich nichts zu tun. Als ich die kleine Glocke auf dem Tresen betätige, schreckt er auf und starrt mich verwundert an.

„Guten Tag, mein Herr. Womit kann ich Ihnen helfen?", fragt er auf Spanisch.

Ich seufze leise. Diese Sprache kann ich leider nur bruchstückhaft. Einer der Arbeiter auf dem Frachter hat sie während der Fahrt mit mir geübt. Ich antworte dem Chilenen holprig, dass ich ein Zimmer für ein paar Nächte suche. Er nickt beflissen und ich habe das Gefühl, dass um diese Zeit des Jahres hier kaum Leute einchecken. Wahrscheinlich habe ich Glück, dass das Hotel überhaupt geöffnet hat. Ich unterschreibe das Check-in-Formular mit meinem falschen Namen und bringe meine Tasche aufs Zimmer. Und jetzt?

Ich setze mich aufs Bett und sehe mich in dem tristen Raum um. Die Wände des Zimmers scheinen näher zu rücken und mich zu erdrücken. Die Traurigkeit in meinem Inneren dehnt sich mal wieder so weit aus, dass ich es kaum aushalte. Wieder muss ich an Lilly denken, an unsere wunderschöne, gemeinsame Zeit am Gardasee. Ich hatte nur auf den richtigen Moment gewartet, um ihr einen Heiratsantrag zu machen. Vielleicht hätte ich sie sogar noch auf Marias Hochzeit gefragt. Doch dann kam *das Ereignis* dazwischen – so nenne ich Tonis Tod inzwischen, um Abstand zu diesem schrecklichen Geschehnis zu schaffen. Nichts war danach mehr wie zuvor.

Ich schließe die Augen und versuche, mich an etwas Schönes zu erinnern. Unseren letzten Kuss zum Beispiel. Wir waren nach dem Hochzeitsessen ein Stück in den Weinbergen spazieren gegangen. Im rotglühenden Abendlicht hatte sich Lilly an mich geschmiegt und wir hatten uns unsere gegenseitige Liebe gestanden. Und dann hatte sie mir noch etwas sagen wollen. Ein Ausdruck tiefsten Glücks lag auf ihrem Gesicht. Doch in dem Moment platzte mein Vater dazwischen und die Gelegenheit war vorbei. Sie behielt ihr Geheimnis für sich und spielte es später herunter, als ich sie noch einmal danach fragte. Aber ich kenne sie. Es war etwas Bedeutsames, das sie mir hatte sagen wollen. Seitdem ich sie in Garda zurückließ, frage ich mich, was es gewesen ist.

Seufzend fahre ich mir mit den Händen durchs Haar und stehe auf. Es nützt nichts, hier herumzuliegen. Ich muss mich um eine Arbeit bemühen. Irgendetwas muss es doch hier für mich zu tun geben. Ich laufe in Richtung Hafen und sehe zu, wie die *Santa Eulalia* ablegt. Je weiter sich der Frachter von Chacabuco entfernt, umso einsamer fühle ich mich. Hätte ich mir einen anderen Hafen aussuchen sollen? Es sieht nicht so aus, als hätten sie hier auf mich gewartet. Und wer weiß, wann das nächste Schiff kommt, mit dem ich diesen Ort verlassen kann. Mit hängenden Schultern trotte ich durch die regennassen, menschenleeren Straßen. In einem kleinen Laden kaufe ich einen dicken Wollpullover, weil ich ununterbrochen friere. Ich überlege, wie warm es jetzt wohl zu Hause in Garda ist. Um die 30 Grad schätze ich. Seufzend ziehe ich mir den neuen Pullover gleich über den Kopf, bevor ich weiter spaziere. Am Marktplatz genehmige ich mir einen Bratfisch und komme mit einigen Leuten ins Gespräch. Sie amüsieren sich darüber, dass ich im Winter in ihre Stadt gekommen bin.

„Du hast dich in der Zeit vertan, Fremder! Komm

im Sommer wieder, dann kannst du wandern und zelten, fliegenfischen und reiten. Dann ist es wunderschön hier."

Ich nicke und frage, ob es vielleicht Arbeit hier gibt – bis zum Sommer. Da verschwindet das Lächeln aus ihren Gesichtern und sie schütteln die Köpfe. Ich könnte mich ohrfeigen, dass ich mich nicht früher erkundigt habe, was mich in Chacabuco erwartet. Was für eine bescheuerte Idee, hier von Bord zu gehen. Frustriert kehre ich ins Hotel zurück.

Von dem Jungen an der Rezeption erfahre ich, dass ich momentan wirklich der einzige Gast bin. „Die Saison der Touristen geht etwa von Oktober bis Anfang April, das ist unser Sommer. Im Winter haben fast alle Hotels und touristischen Unternehmen geschlossen. Unser Laden ist der einzige, der offen ist. Die besser situierten Leute aus Chacabuco und Umgebung kommen gerne zum Essen zu uns oder um ein paar Drinks in der Bar zu nehmen. Sie sollten auch mal unser Abendessen probieren."

Ich folge seinem Vorschlag und koste am Abend *Cazuela*, eine Art Eintopf mit Kartoffeln, Mais, grünen Bohnen und verschiedenen Fleischsorten wie Lamm und Huhn. Es schmeckt wirklich gut, aber das leckere Essen kann meinen Frust kaum lindern. Das Geld rinnt mir durch die Finger und ich habe keine Aussicht auf einen Job. Bevor ich mich wieder aufs Zimmer zurückziehe, setze ich mich an die Theke, bestelle einen Pisco Sour und beginne ein Gespräch mit dem Barkeeper. Er hat ohnehin nicht viel zu tun, denn außer mir befinden sich nur zehn andere Gäste im Restaurant – und die sind gerade mit Essen beschäftigt.

Er heiße Sebastian und arbeite schon seit fünf Jahren in diesem Hotel, erzählt der Barkeeper mir. Ihm ist offensichtlich langweilig und er gibt sich die größte Mühe, mich über mein Leben auszufragen. Doch ich muss vorsichtig sein, was ich ihm erzähle. Ich bleibe bei meiner zurechtgelegten Geschichte, dass ich Italiener bin, in der Hotelbranche gearbeitet habe und aus Liebeskummer von zu Hause fortgegangen bin, um die Welt kennenzulernen.

„Und da bist du ausgerechnet bei uns gelandet? Im Winter?", fragt Sebastian fassungslos und fängt an zu lachen. „Was willst du nun tun?"

Ich zucke die Achseln. „Arbeit suchen. Wenn ich hier keine finde, ziehe ich weiter."

Der Barkeeper sieht mich nachdenklich an. „Vielleicht hätte ich was für dich, Davide. Aber Señor Gonzales sucht jemanden, der nicht gleich wieder verschwindet. Er hat eine Gästeranch, etwa 80 Kilometer von hier, bietet Fliegenfischen, Reittouren, Wanderungen und Übernachtungen an. Reiten kannst du doch, oder?"

Ich schlucke. Meine diesbezüglichen Erfahrungen beschränken sich auf einen Eselritt am Strand, als ich fünf Jahre alt war. Aber was kann schon schwer am Reiten sein?

„Natürlich kann ich reiten", lüge ich. „Ich liebe Pferde."

Sebastian nickt zufrieden. „Also, falls du nicht

gleich wieder nach ein paar Monaten weiterziehen willst, könnte das etwas für dich sein."

Mein Herz schlägt schneller. Ist das die Chance, auf die ich gewartet habe?

„Wie komme ich zu der Ranch? Gibt es eine Busverbindung dorthin? Oder kann ich in dieser Stadt einen Mietwagen buchen?"

Der Barkeeper schüttelt lächelnd den Kopf. „Viel besser. Señor Gonzales kommt morgen hierher."

DANKSAGUNG

Ich danke meinem Lebenspartner Dietmar, meiner Familie und allen Freunden, die mich auf meiner Buchreise begleiten, anfeuern und unterstützen.

Vielen Dank auch an meine Testleserinnen (allen voran Kirsten Busche, Elena Eden und Jutta Lemcke) und Blogger, die meine Bücher auf ihren Seiten und in Social Media präsentieren. Vor allem aber möchte ich mich bei Ihnen, liebe Leserinnen und Leser, bedanken: dafür, dass Sie mir die Treue halten und meine Bücher lesen, dass Sie mir tolle Rezensionen bei Amazon hinterlassen und den Kontakt über E-Mails, Facebook oder Instagram zu mir pflegen. Sie sind einfach klasse!

REISETIPPS DER AUTORIN

Viele Fotos, Reisetipps und Geschichten zu den Schauplätzen des Gardasee-Romans finden Sie auf meiner Internetseite www.susandewinter.de

Wenn Sie sich dort für den kostenlosen Newsletter anmelden, werden Sie immer über neue Bücher, Gratis-Aktionen, Lesungen und Gewinnspiele informiert.

Folgen Sie mir auch gerne auf Facebook und Instagram und kommen dort mit mir ins Gespräch!

Wenn Ihnen mein Buch gefallen hat, würde ich mich über eine Rezension bei Amazon sehr freuen!!!

Ich bedanke mich ganz herzlich und wünsche Ihnen weiterhin viel Spaß beim Lesen (und beim Reisen!)!

Ihre Susan de Winter

ÜBER DIE AUTORIN

Kängurus auf der Veranda, eine Autopanne in der australischen Wildnis, eine giftige Schlange direkt vor ihr auf dem Boden: Susan de Winter hat bei ihren Recherchen als Reisejournalistin durch exotische Länder schon so einiges erlebt. Genau diesen authentischen „Stoff" lässt sie auch in ihre abenteuerlichen Liebesromane einfließen. Sie spielen in Australien, in Peru, auf Island, in Spanien, Italien und Schottland. Mit ihren Romanen verbindet Susan de Winter spannende Geschichten um Liebe und Magie mit der Faszination des Reisens.

Leser der Susan de Winter-Bücher dürfen sich auf kurzweilige Unterhaltung freuen und tauchen dabei tief in die Atmosphäre der jeweiligen Orte ein. Fasst alle Schauplätze sind authentisch und werden im Anhang der Bücher und /oder auf der Internetseite der Autorin näher beschrieben. Daher eignen sich die Geschichten

perfekt, um sich vor dem Urlaub auf das Land einzu-
stimmen oder während der Reise etwas „Landestypi-
sches" zu lesen.